不忘本来

廖舒静◎著

大田县老区建设促进会　编

百花洲文艺出版社
BAIHUAZHOU LITERATURE AND ART PRESS

苏区东方——风展红旗如画

三明是一块极具光荣革命传统的红土地,红色底蕴深厚,历史贡献突出,全域范围均属土地革命战争时期中央苏区的重要组成部分,是为中央苏区东方门户,被毛泽东誉为扩红补给、军事战略的"东方好区域"。

2007年,中央有关部门和闽粤赣等原中央苏区党史学者专家围绕"中央苏区范围究竟有多大?"的重大课题,以资政育人、告慰先烈为初衷,同时,为了进一步梳理苏区时期三明革命先辈以及三明人民的牺牲与贡献,以史为鉴、资政育人,让曾为新中国诞生付出巨大牺牲的红土地二百多万三明人民更好地执行国家振兴中央苏区优惠政策。与此同时,为了挖掘红色文化资源,做好红色文化资源的开发保护与利用工作,进而持之以恒地弘扬苏区精神、开拓三明新时代奋斗之路。时年,市委党史研究室在市委的领导下,启动了包括大田县在内的七个县(市、区)申报"中央苏区县"工作,历时六年余,至2013年7月,中央党史研究室作出权威确认:《毛泽东选集》备注阐释的早期21个"中央苏区县"和三明市辖包括大田在内的其他7个县(市、区)均为"中央苏区县"。

在中央苏区创建发展的历次反"围剿"斗争中,毛泽东、

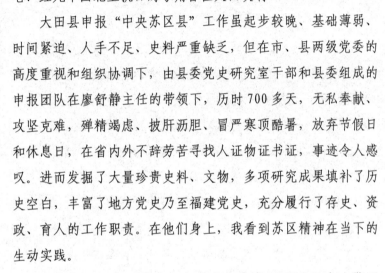

朱德、周恩来等老一辈无产阶级革命家，曾率领中国工农红军在三明这块红土地上浴血奋战，进行了波澜壮阔的伟大革命实践，为夺取中国民主革命的最后胜利奠定了重要的基础。土地革命早期，朱德总司令就将革命火种播撒在大田这片热土，叶炎煌等革命先驱把党的组织和信仰耕植在大田的山水之中，红七、红九军团北上抗日的号角曾在大田吹响……

大田县申报"中央苏区县"工作虽起步较晚、基础薄弱、时间紧迫、人手不足、史料严重缺乏，但在市、县两级党委的高度重视和组织协调下，由县委党史研究室干部和县委组成的申报团队在廖舒静主任的带领下，历时700多天，无私奉献、攻坚克难、殚精竭虑、披肝沥胆、冒严寒顶酷暑，放弃节假日和休息日，在省内外不辞劳苦寻找人证物证书证，事迹令人感叹。进而发掘了大量珍贵史料、文物，多项研究成果填补了历史空白，丰富了地方党史乃至福建党史，充分履行了存史、资政、育人的工作职责。在他们身上，我看到苏区精神在当下的生动实践。

不忘初心，牢记使命。中共中央总书记习近平多次警示说："共和国是红色的，不能淡化这个颜色。"他还在2019年9月份"不忘初心、牢记使命"主题教育情况考察调研时，深刻指出：我们要牢记红色政权是从哪里来的，始终铭记缅怀革命先烈。革命博物馆、纪念馆、党史馆、烈士陵园等是党和国家红色基因库。要讲好党的故事、革命的故事、根据地的故事、英雄和烈士的故事，加强革命传统教育、爱国主义教育、青少年思想道德教育，把红色基因传承好，确保红色江山永不变色。党史，就是我党走过的辉煌与艰辛的日子。大田丰富的革命历史是革命先辈留给我们世代相传的一笔宝贵精神财富。同样，申报"中央苏区县"这项意义重大的工作，既是续史，其过程也成为践行不忘初心的史实。

鉴往知来。苏区精神照亮新时代奋斗之路。廖舒静的《不忘本来》一书，记录了大田县的"申苏"历程，铺陈了大田革命斗争历史的烽火画卷，展望了大田绿色发展的美好愿景。更重要的是在他们身上再现了"坚定信念、求真务实、一心为民、清正廉洁、艰苦奋斗、争创一流、无私奉献"的苏区精神。在建党一百周年之际，欣闻该书即将出版，表示衷心祝贺。

是为序。

王仁荣

2020 年 8 月于厦门

目　录

不忘本来

BU WANG BEN LAI

笑和泪，都无法简单说出来。在"申苏"的700多个日子里，几多艰辛、几多煎熬、几多磨砺……历史不会忘记，大田中央苏区波澜壮阔的烽火岁月；历史不会忘记，在大田红土地上洒下鲜血献出生命的革命英烈；历史不会忘记，坚定拥护中国共产党从弱小走向强大、从中央苏区走向胜利的付出巨大牺牲作出重大贡献的原中央苏区广大百姓。

　　"申苏"历程中，万霞与团队一同见证，一起成长，一样收获……难忘"申苏"。

——题记

第一章　重启"申苏"

一　一石激起千层浪，全域苏区差大田

中央党史研究室的小会议室里，各类书籍、资料从地板堆到窗户顶一般高，挨着墙的书橱也全是书籍，使会议室萦绕着一股浓浓的学术研究气息。

会议室中央摆着圆形会议桌，依次坐着市委书记、四个县委书记以及随行的四个县党史研究室主任。他们来自福建省三明市，准备汇报关于苏维埃时期被尘封的历史事实，请求把四个县确认为原中央苏区县。工作人员钟飞熟练地为他们沏上滚烫的茶水，又收齐了他们呈上来的关于苏维埃时期历史的最新研究成果，立即去请中央党史研究室李副主任参加汇报会。

认真听取三明市委黄书记以及四个县委书记的汇报，李副主任谦逊地说："首先，非常感谢各位地方领导不远万里到中央党史研究室汇报你们的最新研究成果，我听了之后非常高兴，历史就是在不断研究推进中取得新成果，我从事了这么多年的党史研究工作，更多的是对我们党大的道路方向、历史事件研究剖析，却很少对各县域的历史细节了解得这么清晰，所以真的很感谢你们。其次，最近我们中央党史研究室也在承担

1

一个任务，回答中央提出的一个新命题：中央苏区的范围究竟有多大？这项工作也需要闽浙皖赣原中央苏区省各县的支持，你们作为地方的主要领导，工作压力大，事务繁琐，能如此亲历亲为抓党史研究工作，让我感到很欣慰。最后，党史研究部门要承担起'存史、资政、育人'的神圣职责，认真研究存什么史、怎样存史、存史为了什么等重要命题，历史是最好的教科书，历史是最好的清醒剂，这并不是一句空话。重温党的历史，回望那段烽火岁月，更有利于我们牢记初心使命，勇担发展重任。"

听完李副主任的讲话，四个县的党史研究室主任私底下互视了一眼，既高兴于得到了中央党史研究室的支持，同时也感觉到县委"一把手"高度重视之后的巨大压力。

会后，与会人员到楼下大门前留一张合影。

返回的第二天，三明市委党史研究室王主任到分管领导市委余秘书长办公室，汇报了市委书记带队赴京的对接成果。王主任说，从各县所呈材料以及李副主任等专家的意见看，这四个县基本符合中央苏区县的五个确认标准。

这样看来，三明市全域中央苏区就只差一个县——大田县。王主任认为，大田县也应该启动该工作，只是已有的史料记载如此，他也不好多说什么，实属无奈。

三明市有12个县（市、区），以前有五个县被归为原中央苏区县，2007年将乐县、沙县根据新的研究成果，已由中央党史研究室确认为"原中央苏区县"。这一轮，又有三元、梅列、永安、尤溪四个县（市、区）乘着"中央苏区范围究竟有多大"新的研究课题开展论证工作，取得了新进展，史料确凿，对照中央苏区县的认定标准，都应当被确认为"原中央苏区县"。

王主任的话音未落，余秘书长拿起座机，拨通了大田县委赵书记的手机："赵书记，你好！一个工作需要和你商量一下。"

"余秘书长好！请讲，请讲。"

"去年以来，我们三明市有四个县开展苏维埃时期党史研究工作，依研究成果看，基本可以确认为原中央苏区县，三明市全域中央苏区，如果只缺一个大田县，这既不符合史实，也不利于大田优惠政策享受，还会影响到整个三明市项目策划与申报，你们还是抓紧组织人员，以最短时间、最快速度取得研究成果，看看情况如何？"

"好的，好的。请余秘书长放心。我们一定按照您的要求抓好落实。"赵书记接到余秘书长电话后连声点头，表示立刻抓好落实，请余秘书长放心。

"余秘书长您一定要抽出时间到大田指导，您要对大田多关心啊！"

"一定！一定！"

此前，赵书记并没有专题听取关于申报苏区县工作汇报。他立即交待秘书，马上召集相关部门负责人开个碰头会，同时邀请县长参加。

二　卌载县室无人问，重启申苏事事难

2011年10月8日一早，休完长假的万霞回到县委督查室上班，习惯性地对上个月立项督办工作进行"回头看"，对未

办结的事项逐一梳理，作滚动跟踪抓落实。这时，电话铃声响起，电话那边的陈秘书通知说，赵书记召集开会，请马上到。

万霞顾不上纳闷，拿一把水芯笔与工作记录本子匆匆赶往县委三楼的会议室，只见赵书记、汤县长、江部长、谢副县长、县委办徐主任、老区办林主任在会议室圆桌前围坐了一圈。万霞好像是临时被点了名通知到会的，赶忙找个角落位置落坐。

赵书记看见万霞进来，很诧异地说："怎么是你？"

在赵书记印象中，万霞是县委督查室主任，每天跟在身边搞会务，负责督查抓落实，什么时候跟县委党史研究室产生关联？

原来，在2010年4月，万霞兼任党史研究室副主任，与十几年来历任的县委党史室主任、副主任一样，主要承担县委办的工作，兼顾党史研究室工作。

大田县委党史研究室自1982年以来没有任命专职的主任职务，都由县委办的副主任兼任，长期以来成了惯例。党史研究室职能也慢慢弱化虚化。大田县武陵乡参加过抗战的一位老同志，曾担任闽中工委副书记、书记，西北特委书记，解放后就职于省直机关，副厅级。老同志退休后，每逢省委主要领导来慰问，他都不忘宣传大田在抗战时期的历史贡献，希望省里领导到实地考察调研指导，支持革命遗址修缮保护和利用。后来，武陵乡的闽中工委旧址修缮保护、革命历史纪念馆成立，每年得到省级的资金补助，建设了省级、市级的爱国主义教育基地，吸引县内外不少的瞻仰者。由于县党史研究室职能的弱化虚化，除去武陵乡闽中工委旧址西河祠抗战遗址得到较好的修缮与保护，全县其余的革命斗争历史资料挖掘与整理、遗址保护与利用、革命故事收集与整理等等都被搁浅、被尘封。

万霞没时间多想和解释，只听得赵书记说，今早，接到市委常委余秘书长电话，三明已经有 7 个县是原中央苏区县，目前 4 个县正在申请确认属于原中央苏区范围，研究论证工作已经全面完成，并于 9 月底由省委党史研究室及省老区办联合行文上报。三明全域中央苏区只差大田县。

停顿了下，赵书记接着说，经多方论证，三明应该是一片红，而不能落下大田一个县，余秘长要求大田县立即重启"申苏"工作。

大田的"申苏"工作非做好不可，且务必以最短的时间完成，这是市里的意见，更是县里当下的重中之重的工作。

真可谓为"火落到脚背上"。

后来万霞得知，大田已经在省老区办罗主任的建议下，与全省 19 个申报县一起，由省委党史研究室和老区办联合行文向中央党史研究室正式提出转报申请。只是，没有附上论证材料。如果没有足够的史料支撑，要获得批复，绝对不可能。所以，务必以最短的时间完成论证文本呈报。

万霞随即电话交待党史研究室清姐送来两份现成的活页申报材料，每份有 10 来页，呈赵书记和汤县长。书面报告两位主要领导，就目前占有的史料情况看，要完成这个任务几乎没有可能。

县里在 2009 年已经启动该项工作，由于查无实据，缺乏史料支撑，这项工作就停了下来。

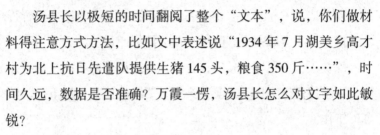

大田是闽中宝库，已探明储量的矿产有48种，是全国首批重点产煤县，全县三分之二以上的财税都来之于矿业。长期以来，人们被采矿业快速而强大经济收益冲击，被矿业企业主挥金如土的做派影响着。至于文化，特别是史志工作，似乎弱化到可有可无的境遇。

汤县长以极短的时间翻阅了整个"文本"，说，你们做材料得注意方式方法，比如文中表述说"1934年7月湖美乡高才村为北上抗日先遣队提供生猪145头，粮食350斤……"，时间久远，数据是否准确？万霞一愣，汤县长怎么对文字如此敏锐？

后来的论证工作，万霞时时想起这个指导意见，时时注意科学的表述，严密的论证。

此次县委专题会议议定了关于"申苏"工作用车、工作经费、重新调整"申苏"工作领导小组成员等相关事宜。同时还议定了具体事项：所需经费先从民政局预支；工作用车先由县委办协调解决；拟定于8日下午由江部长率党史室和老区办两位负责人赴市里听取指导意见；拟定于10日由赵书记带队，江部长，党史室、民政局、老区办等相关负责人前往福州，拜访省委党史研究室、省老区办领导，听取指导意见。万霞负责做会议记录并于当天撰写了《县委专题会议纪要》（〔2011〕27号）。

按照县委专题会议议定，10日下午13点，县委办、统战部、民政局的三部车在县政府门口集中出发。他们到达福州时已17点36分，来不及安排入住事宜，便匆匆地赶往省老区办罗主任办公室。

罗主任热情招呼赵书记一行在小会议室围坐成一圈,一位小年轻用一次性纸杯为每人沏了一杯茶,罗主任很认真地谈起前些日子由省委党史研究室和老区办联合行文申请确认原中央苏区县的事情。原来省委党史研究室提交的名单是17个县,后来在罗主任的建议下,增加了革命历史较为厚重的大田和华安两个县。

大田县是革命老区县。罗主任对全省的老区县的革命斗争历史如数家珍,对大田也不例外。

虽然在请示文件的名单中加了大田县,可是论证材料不附上,也是枉然。因此,务必在最短时间里完成论证工作,并将申报论证文本送呈中央党史研究室。而完成论证工作就是要大量的佐证资料,按照确认的五个标准,一个也不能少。通常领导要的,是结果而不是细碎的过程。大多数人也只喜欢知道结果。万霞作为该项工作的第一责任人,内心的苦楚不知该跟谁说去。

如果2009年启动时,就是万霞负责,情况会如何?

如果一开始推进该工作,领导就大力度支持,情况会如何?

如果几十年来党史研究室不这样形同虚设,而是认真存史、资政、育人,情况又会如何?

多想无益。此刻除了想法子完成,任何假设都没有用。

赵书记非常感谢罗主任对大田多年的关心和帮助,同时表示,大田县的申报文本也一定会在最短时间内报呈,请罗主任放心。

万霞不明白:赵书记跟哪位上级领导都表态,一定会在最短时间内完成工作。

可是，他是否知道，历史不是小说，并不是展开想象就能大写特写的，也不像散文诗可以随意抒情，更不像写某些公文，关在办公室认真加个班就成了。

历史是已经形成的，是就是，不是就不是。不能作假，不能篡改！

行政思维与专业思考真的差距不小。

可下级对于上级，除了服从还能如何。

万霞想解释点什么，看这架势，压根儿没有解释的余地。

赵书记表情凝重，特别是投向随行人员的眼神，严厉中透着焦急；只有面对罗主任时，才充满了感激。

万霞在县委办工作近 10 年，对赵书记的"急性子"以及工作极端负责任是了解的。所以，接下来的工作的急迫与艰巨可想而知。

一同申报的有 4 个省 100 多个县，单说福建省就有 19 个县，中央党史研究室只怕是不会等大田县慢慢地将材料补齐才开展批复认定工作。

虽然大田县于 2009 年启动了"申苏"工作，但由于党史研究室没有专职领导，该项工作布置由民政局牵头推进。

而存史职能在党史系统。

2009 年，由于查找历史资料方面工作没有突破，工作开了个头就中断了。

除了无奈，万霞更多的是感受到万钧的压力，不知如何而为之。

造成这种工作被动而落后的局面，谁之过？而追究个中原因，于事何补？

11日早上9点，在省委办公厅老乡吴处长的带领下，车子得以开进省委屏山大院。在省委党史研究室三楼会议室，巩副主任微笑着招呼赵书记一行在圆桌前围坐了一大圈，秘书处工作人员礼貌地为每个人沏了一杯热腾腾的茶水，巩副主任还叫来了黄处长、王处长。

客气了一番，巩副主任要求先汇报县里"申苏"工作开展情况。

赵书记简要地介绍说，县里已经成立了"申苏"工作领导小组，组织抽调专门人员，要钱给钱，要人给人，下一阶段将集中精力，以最短时间完成论证工作。

接着，赵书记介绍随行人员说，这位是江部长。

"哦，是县里的组织部长？"

"是统战部长，今年县里换届新到任的领导，对这项工作尚不了解。"

本该按序介绍，赵书记却略过另外几位，用左手指着万霞介绍说："这位是县委党史研究室主任。"

赵书记说："万霞，你汇报一下。"

按常理，万霞作为党史研究室的负责人，应当作详细汇报。

可是，万霞刚兼职不多久，看着手中由塑料封面夹着的10来张活页的"申苏"资料，不知从哪儿说起，只是急促地来回翻，一句也没说上来。

几个月前，万霞接任党史研究工作时向室里同志了解到，对照"申苏"5个条件，已占有的史料无法论证大田属于原中央苏区范围。

此刻，她既不能如实说，更不能瞎说。

2009年启动"申苏"工作，万霞连工作人员都不是。

从县里出来时只想着到省委党史研究室好好请教，没料到阵式如此严肃，要求逐一汇报情况，没准备呢。

万霞正措手不及，老区办的林主任看在眼里，便主动说，由他来汇报一下大田的苏区史实。他介绍，在苏维埃时期，曾有三支中央主力红军进驻大田，1929年朱德率领的红四军二、三纵队出击闽中大田，但攻打大田县城未果；1934年由红七军团、红九军团组成的北上抗日先遣队，在攻占大田县城后，后方追兵逼近，一路边走边打，从湖美高才往尤溪，又途径福州，到浙江怀玉山时大部分战士牺牲，非常悲壮。

最后林主任说："我于2009年参加'申苏'工作，具体的也不太熟悉，只简单地说到这里，说得不好，请领导批评。"

他是2009年7月县里启动"申苏"工作人员之一，是大田这次前来的一行人中唯一能汇报几句的，为一行人解了燃眉之急，也消解了些许尴尬。

几位县领导，特别是万霞暗舒了一口气，觉得林主任真懂啊！

这时，巩副主任说："不错，你还比较熟悉。"

其实，汇报的这个内容对照"申苏"的5个基本条件真是一个条件也没够上，巩副主任也只是给基层干部留了一点面子而已。

巩副主任转而严肃地说，你们县要推进"申苏"工作，得抓紧多抽调一些能干活的人来啊。现在只差你们两个县的材料未报呈，若不抓紧，只怕是赶不上"末班车"。她接着告诉说，可以先从《福建革命历史文件汇集》（共21册）里查找相关资料，另外，这次一起申报的17个县论证文本都已经正式上报。你们可以借阅参考这些县的材料，借鉴他们的好经验好做法，避免走弯路。

最后，巩副主任又鼓励着说，看得出来，你们县里对这项工作高度重视，相信你们一定能做好。在推进的过程中有什么困难问题，她和两位处长都会尽力帮忙。

万霞心底揣测，巩副主任大概看到大田县的"申苏"工作基础如此，文献资料缺乏如此，想用最短的时间将论证工作完成，真是太艰难了，正替大家着急呢。

在巩副主任眼里，万霞是啥也不懂的人。更为糟糕的是，两位县领导也像是这么看万霞的。一言未发的万霞暗下决心：我哪里是不会，只是还未介入此工作，我定会用最短的时间从不会到会！让你们刮目相看！

不信，等着瞧。

万霞自小倔强拧巴，就在这一刻，给自己立下"军令状"，要在3个月之内完成此项工作任务。想办法大量地查阅文献史料，走访记录当地老人回忆，争取以最短时间恢复大田在苏维埃时期的历史原貌。

脑子里急切地搜寻着有哪些科学方法能事半功倍，祈祷着能有奇迹发生。

这一刻，万霞多么希望自己像孙悟空那样又神又能！

2009年7月，大田曾启动"申苏"工作，成立了"申苏"

工作领导小组，组成的责任部门有民政、党史、档案、老区办、文体以及 18 个乡镇等，也在县内县外查找了相关资料。只是有关大田苏维埃时期的史料记载太有限了，加上知情者大多已经过世，健在的由于年事已高也模糊了相关记忆。所以，在史料查找方面没有突破，所有的干部群众以及党史研究的专家都认为，大田是游击区而不是中央苏区。事情搁浅下来，也就没有哪一位再提起。

申请确认属于原中央苏区县的 5 个条件，首要条件是，必须"在苏维埃时期有建立党的组织"，而 1999 年由福建人民出版社公开发行的《大田革命斗争史》明确记载，大田建立党组织的时间是在 1937 年 2 月。按照这个历史事实，大田是属于游击区而不是中央苏区。县里的干部群众，以及省、市的党史工作者大多数持这个观点。

要论证大田属于原中央苏区，这一个问题必须首先突破。

那么，工作的突破口在哪里？

能否突破又如何突破呢？

许多人认为，大田是原中央苏区，怎么可能？！

在此之前，党史系统与全县的其他同志一样，从不曾在公开发行的史书中，看到过关于大田苏区革命斗争历史的相关记载。

杨歌也嘀咕：目前占有的史料一个要件也没有，如何论证也是徒劳。

大田是中央苏区，怎么有可能？！

党史研究室的另几位同事也认为，上级领导提出这个要求，简直是天方夜谭。

从事历史工作的人都清楚《史记·齐太公世家第二》"崔

杼弑齐庄公"那个典故。

历史哪能容得虚假？

历史是即成事实，不是写小说，无法凭想象与虚构"戏说"，也不是小姑娘，可以任人打扮。

党史研究要尊重史实，哪能用行政命令？

当这样的一个任务突然降临到自己头上，万霞内心是恐慌的，同时也感觉到万钧压力。

万霞虽然在多个岗位从事综合文字工作长达10多年。可是关于历史，脑子是空的，空得用力击打会发出回音。

虽说文史是一家，可在这么急切的情境下，真不知如何为之。

万霞喜欢畅想未来，因为可以看到无限可能，可以感性；而历史是已经形成，不能杜撰，无法更改，需要的更多是理性。万霞借了这么一小小的借口，一直以来纵容自己不喜欢历史。

而此时，万霞心里比口含黄连还苦。

10月11日，福州"三明大厦"酒店，5点钟不到，万霞就醒了。她起身找了一张纸，草拟一份《大田县"申苏"工作分解抓落实方案》，将史料收集、展馆布置、"申苏"请示件、《主报告》撰写、论证文本制作、革命遗址遗迹考据考证、开展武装斗争情况、历史贡献与牺牲、各乡镇调研点安排、"申苏"专题片制作等工作逐一列出。8点不到，也顾不上还没到上班时间，万霞便电话清姐，要她拿笔记下，每一项工作的责任单位、责任人以及完成时限，要求她将《抓落实方案》在下午会议前印妥，确保会前分发至与会人员。

清姐和杨歌都在党史研究部门工作10多个年头了，此情此景，他们俩也一样承受万钧压力。他们也都不知道要如何去完成领导下达的在他们看来根本不可能完成的任务，然而对万霞围绕"申苏"派生出的大小不等的每一个任务他们都尽全力配合。

万霞在想，清姐对于每一个任务都认真去做，毫不含糊，莫非也期待"申苏"能有奇迹，又或者真的希望能够完成领导的"交办任务"：

成功论证大田属于原中央苏区县？！

她也渴望成功，只是一时之间也没有找到好的妙计？！

中午自福州返回，万霞直接到县委党史研究室，校对了《抓落实方案》文件，顾不得奔波的旅途劳顿，头发乱蓬蓬的，径直到县政府4楼查看会场布置情况：横幅、主席台、话筒、座位安排、会议签到单、茶水准备等等。

14点30分，"申苏"工作会议准时召开，会议由谢副县长主持，江部长作动员讲话，宣传部、县委办、广电局、文体局、民政局、档案馆、图书馆等责任部门负责人以及18个乡镇的主要领导参加。

会议要求，各责任单位要进一步统一思想、明确任务、齐心协力、履行职责、加强沟通、服务"申苏"大局，给中央党史研究室领导专家实地调研论证交一份满意的答卷。县委党史研究室要继续做好各种材料（主要是"申苏"工作汇报材料、《主报告》）、调研线路安排、论证会筹备工作；拟定关于征集大田苏区革命文物和红色故事《通告》文件；文化部门要收集大田革命斗争故事，做好新发现的革命遗址、遗迹的认定和挂牌、立碑工作，抓紧做好大田中央苏区革命历史陈列馆的准备与布展工作；建设、屏山、武陵、桃源、上京等建立过区乡苏维埃政权的乡镇要做好调研点的布置；宣传广电部门要负责做好大田苏区申报工作的宣传报道，进一步营造良好氛围，要高质量完成宣传片、演示课件的制作等。

会议第二个议程，万霞到主席台右侧发言席落座，对迎接中央党史研究室领导专家莅临大田调研"申苏"工作相关事宜进行布置。

会上，万霞对与会人员要求说，"申苏"工作既有政治意义、历史意义，更有经济意义，事关重大。省、市、县领导都高度重视并由"一把手"亲自抓，容不得有半点懈怠，只许做好，不得拖延，否则担当不了责任云云。

会上，万霞还特别强调各单位务必于 10 月 16 日前全面完成《抓落实方案》中的责任分解事项。

万霞琢磨着留下 4 天时间给自己，可以作相关审定和准备工作。

根据"申苏"工作量盘算，正常情况下，要完成论证工作至少需要一年时间。而这次会议布置的时间仅半个月，过后想想荒唐之极。

后来，中央党史研究室的专家领导腾不出时间，并没有在原计划的 10 月 20 日前来三明考察调研，这为大田县完成工作赢得了宝贵的时间。冥冥之中仿佛得到上苍之暗佑！

10 月 11 日傍晚，"申苏"工作动员会刚结束，万霞接到市党史室朱科长来电。通知说，市委余秘书长拟带领 5 个"申苏"县主要领导到中央党史研究室汇报工作，各县要带上以

A4 纸打印的《工作汇报》纸质材料，一式 20 份。

赵书记在福州出差，这汇报材料要在当夜完成并于第二天上午 6 点前交到在福州的赵书记手上。

万霞试着联系驻榕办林主任，问能不能将材料电子版发给他，请他帮助打印。他说，晚上时间哪里去找文印店？抱歉了。

万霞对此表示理解，找不到文印店只是一个托词，个中缘由乃是怕负责任。

当然，他不能代办还有另一个原因，《请示件》需要加盖县委、县政府的公章。

最令万霞为难的是，整个工作才刚重新启动，严重缺少史料，巧妇难为无米之炊呢。

只是无论如何，工作非完成不可，所以只能尽全力地加班加点，发挥文字特长。杨歌负责整理《工作汇报》，万霞负责《大田县委大田县人民政府关于申请确认大田县属于中央苏区范围的请示》的撰写。

夜里 11 点了。万霞急忙将两份材料再仔细推敲一遍，修改了几处，很快到了 12 点。没有时间再推敲下去了，得定稿打印出来，"两办"管理公章的同志早已经等烦了。

印刷完成。匆忙地将县委、县政府公章盖齐，然后装订。

走出县政府办公楼，万霞来到政府大院，四周静得没有一点声响。她抬起头，天空是黑漆漆的，很费劲地才发现几颗小星星醒在暗夜里，她又看了下手表，原来已凌晨 1 点 45 分了。

万霞坐在车驾右侧位置。她心想着，像这样的工作强度才刚开始，接下来很长的时间将不会再有休息天，加班加点肯定是免不了的。

心里凉津津的。

杨歌和清姐对于万霞马不停蹄地来回奔波心疼不已，但有些事也只能由着她自己担着，无法代劳。更何况，他们都长期处在党史研究部门，在县里属于最冷的门，低调谦卑惯了，不善于独当一面大胆协调各方。

此事若能委托中介公司做就好了。

只可惜呀，关于大田苏区的史料非自个儿逐条逐条查找不可！

要论证，非得拿出铁证不可！

往福州的路上，只见车窗外雾气像一缕缕白纱，往车前镜漫过来，重得要用车灯破开。路灯外是隐约的山的轮廓，再往远处便什么也看不见。

由于是下半夜行车，担心司机打盹。尽管一整天折腾下来早已精疲力尽，万霞还强打着精神，陪司机有一句没一句地聊着。

满心的委屈与无奈。

陈师傅看万霞一脸倦容，几次劝她在车上休息，不用陪着聊天。但万霞心想，政府部门不是企业，师傅应该极少这样下半夜出车。所以，实在没好意思自顾自地睡。

约凌晨 5 点钟到三明大厦，酒店已客满。

这两天在福州大田两地来回跑着，没着家，手机早已经没电，万霞也没有看到驻榕办林主任发来的预定酒店的信息。所以并不知道酒店已经预定。

司机到外边找酒店休息。

万霞问了酒店总台值班小哥陈局长的房间号之后径自敲门。他的司机裹着被子朝墙面弯着，睡得正香。万霞与陈局长聊了几句，立即将活页的论证文本一一拆开，再将20份修改过的加盖县委、县政府公章的《请示件》装到文本的最前边，完成了一拆一装的任务后已5点57分，才发现手指疼极了，且口干眼花的。

领导大概分两种：有的，习惯"当官"指挥，有模有样有榜有眼的专业，官当久了，自然只会指挥，而不会伸手做具体事。对于具体事情操作推进过程中可能存在的各种困难问题，也淡化和模糊，只会作粗线条的了解，自然也无法找到科学有效的措施方法。而有的，能够在一线亲历亲为，既善于谋划决策指挥，也率先垂范，善于抓"牛鼻子"，采取最妥当的措施方法，使得事半功倍。

喝完一杯陈局长递来的热开水，已6点整。

陈局长要乘飞机去北京，时间差不多了，得下楼与其他县同志集合出发。

万霞也没好意思再待在司机正熟睡着的房间里，陪着陈局长到酒店大堂。

一会儿，永安市委黄书记由他们县驻榕办主任以及党史室主任陪同下楼来。永安市委黄书记与陈局长是旧相识，10多年前为党校培训班同学。

黄书记与陈局长招呼，问，"你现在在什么单位任职？"

"在民政局。"

黄书记奇怪地问："那，怎么是你来？"

陈局长也不知如何回答，只指了指万霞："党史研究室主任，她也来了。"

大田县的党史研究工作情况，说来话长，20多年来党史室主任位置不是空缺，就是仅任命一位副主任或主任且由县委办干部兼任，与省室、市室工作交流沟通甚少。所以造成了太多太多的历史欠账。长此以往，省、市党史研究室领导颇有微词，但也改变不了县里的情况。文化发展指标通常都没有列入地市对县的考核体系，多数时候看基层领导的情怀以及对文化事业的热爱程度而决定其重视程度。

6点刚过，赵书记手里拿着个水杯在县驻榕办林主任陪同下来到了酒店大堂。

陈局长立即上前与赵书记热情地打了个招呼，说："万霞很辛苦，昨晚加班做好材料后连夜送过来，凌晨近5点才到。"

对于万霞一连几天往返大田与福州长途跋涉，尤其昨天一晚上的通宵达旦，陈局长像是动了恻隐之心。

赵书记并没有正眼瞧，匆匆上车了。

万霞理解，赵书记内心何尝不焦急，哪能顾及表扬或者感动？

看他样儿，烦着呢。

瞧他一言不发一脸严肃模样。也许，他一夜没睡好，也考虑着这事。或许他也还没理出个头绪……陈局长没敢多说，迅速坐到副驾驶位置。

车子一下就开远了，只留下一溜烟尘。

送他们上车后，万霞睡意已远，与驻榕办林主任坐着泡了一壶大田美人茶。

万霞不停地诉说关于做好论证工作带来的一连串焦躁与担忧。

心情沉重，无法释怀。

林主任除了不停地添茶水，不知如何安慰。正商量着早餐后到西湖栈道走走，放松一会儿心情。

8点钟江部长来电，要求万霞到省委党史研究室，或求点资料或请教点方法。

江部长并不知道万霞加班到凌晨，更不知道万霞下半夜才前往福州，通宵不曾合眼。电话客气地命令，虽非有意，而万霞也不便解释。

可是，万霞没法超凡脱俗，心底不免升腾出酸涩和委屈，真想到没有人烟的地方大声呐喊，更想放声大哭一场。可是连这个时间都没有。

万霞照江部长的要求向省委党史研究室借了些资料。

市委余秘书长带着5个县的主要领导以及党史室干部到中央党史研究室作专题汇报。这5个县都存在不同程度的"鲜为人知"的历史。他们此行的任务有两个：一是市委余秘书长汇报市县联动开展"申苏"工作情况以及5个县分别汇报属于中央苏区范围的史实依据；二是热情邀请中央党史研究室专家领导到三明5个"申苏"县考察调研并作具体指导，邀请考察的时间预安排在10月20日，含考察行程预安排方案也一并递呈李副主任。

李副主任很感谢三明市领导多次赴京邀请，更感动余秘书长把调研方案都呈上了。

"实在抱歉。近期实在排不出时间，等急的任务一完成，定抽出时间到三明。你们汇报这么多鲜为人知的史实，我也很期待能到实地看看。"李副主任谦卑地说着，让大伙儿喝茶。

后来听外县的党史干部说，此行赵书记在中央党史研究室领导专家以及几个县主要领导面前露了丑。别的4个县"申苏"工作已开展两年，论证充分，汇报起来头头是道。唯大田县，重启"申苏"工作才4天，还没有确凿史料可以证明属于原中央苏区范围。赵书记最后一个汇报，底气不足、磕巴。只怕这也是赵书记后来对万霞严厉异常、"又逼又压"的原因之一。

赵书记在大田工作10年，可谓是尽心尽力尽职尽责，从来没有哪一项工作落在了全市之后，县里的各项经济指标在他的任内大都是在全市排名前三的。这一回丢失的"面子"，只怕他无论如何也想挽回。

"申苏"工作启动4天，万霞已经在福州、三明、大田的路上往返了5个来回。压力、疲倦、愁眉不展、焦躁不安……

许多朋友、新老同事都很关心地劝万霞，压根儿不可能成的事，犯不着背负恁大压力。关于大田建立党组织，关于建立政权，从来就没有在哪个公开发行的书里读到过，哪怕是内部资料，听都没有听过呢。找不到资料，也只能说历史上不存在，谁能怪得了你们？更何况世俗间的人习惯以成败论英雄，只关心结果，不问过程。

万霞的心里比谁都清楚，要做好这论证工作包含巨大的工作量，又哪里是短时间内能够见成效的？面对茫然的未来，不知怎的，万霞情不自禁地吟起唐代诗人崔颢的两句诗："日暮乡关何处是？烟波江上使人愁。"

第5天，陈局长碰见万霞就说："这回进京是为你打工，另4个县都是党史室主任陪同前往，我被他们笑话名不正言不顺。"

可是，该工作不是民政局的职责，为何 2009 年大田县"申苏"工作领导小组是他任了"申苏"办主任呢？

这原因，问谁？

万霞满腹委屈。无言的苦楚。

大田县的干部群众包括各级领导，几乎不知晓有县委党史研究室。

一直到"申苏"工作开展了好久，进行了一系列宣传。还有人问，怎么有党史研究室这个单位，办公地点在哪儿？怎么从来没听说过呀？

瞧他们把万霞问得！

三　大胆假设先定论，夜海行舟忽见光

在无数个等不及、坐不住、食不香、眠不安的日子里，万霞想到胡适先生在 1919 年发表的《新思潮的意义》一文中提出评新文化运动的一种新态度——评判的态度。胡适指出，对于社会上糊涂公认的行为与信仰，都要问：大家公认的，就不会错了吗？他在 1928 年发表的《治学的方法与材料》一文中，又指出：科学的方法，说来其实很简单，就是"尊重事实，尊重证据"。在应用上，科学的方法就是"大胆地假设，小心地求证"。其中提到的治学方法，归纳起来就是"大胆地假设，小心地求证"。

万霞大胆地假设："大田属于原中央苏区范围。"她在第一时间把这个假设知会杨歌和清姐。

杨歌纳闷，万霞是怎么了，做出这样一个大胆近乎荒唐的

假设？

清姐看了看杨歌，也是一脸惊诧，不明白，也不理解。

虽然，"申苏"团队几乎是被万霞的大胆假设震惊，甚至是基本不敢苟同。但万霞的假设已经做出，并在每一次的"申苏"工作例会上，反复地阐述，表明原委。

大田在历史上属于原中央苏区范围。只是大田错过了20世纪50年代、80年代全国至上而下统一部署的修史任务，加之近100年来采矿经济侵蚀了文化土壤，特别是弱化了修史修志，诸多的史实被尘封，鲜为人知。

统一思想比什么都重要。当然，万霞更清楚，"大胆地假设"背后，需要"小心求证"。

而"小心求证"不能停在假设或可能的路上，而要求他们进行一系列艰难的求证过程。想办法查找足够的历史文献资料佐证，包括物证、人证、文献资料等，对照着"申苏"5个条件，逐一开展论证工作。

他们仨，想到"小心求证"所涉及的工作量，除了着急，还是着急。万霞想，得多抽调几个人帮着做。

茫茫人海，谁才是能帮助他们的人呢？从来，只有县委办、政府办"两办"，组织部、宣传部、统战部"三部"借调人或者抽调人，能让干部"进步"成长的岗位才能吸引人。而党史研究室如此冷门、边缘单位，如何吸引到人呢？万霞想到了大田县第一中学即将退休的语文教师汪老师，他曾经参与大田集美学村的史料整理，他对历史有着较为浓烈的兴趣，定是个合适人选。万霞与他多次联系请教，他也多次到党史室了解情况。对于做好这事儿，以他的原有认知，感觉难度太大，再看到"申苏"团队连续加班加点心力交瘁的情形，他以委婉的理由拒绝。

紧接着经人推荐，万霞找到了县文联小严，他是县里知名度较高的地方史资料收集爱好者，又多年从事文联工作。万霞如获至宝，前往请求帮助，许是对于"申苏"工作火急火燎的快节奏不适应，也许是对此事心存悲观。小严只来了3个半天，便告诉说单位上的工作忙不开，就不再来了。

杨歌和清姐也四处务色人选，一个合适人选也没有网罗到。

万霞又想到自己的一位恩师，福建师范大学历史专业，又有多年从事中文教育的经验，改行后过着悠闲的日子。对于这样专业型人才，万霞当然求贤若渴，好说歹说，他好像是经不住软磨硬缠，终于答应暂且加入"申苏"的团队。只是不到半个月，他便以党史研究室办公室冬天没有阳光、太阴冷，身体不适为由，再也不来了。

正当万霞万分苦恼之际，邻县一位业务精湛的小安，伸来橄榄枝，主动表示愿意帮忙。万霞欣喜异常，摆了一桌酒，相互举杯，频频致谢。

"你们的事情，我包圆了！"

"关于革命文物征集，我更有特殊渠道。"

"你们县里革命历史博物馆的文物部分，也尽可以放心包在我身上！"几瓶白酒下肚，小安豪爽地拍胸脯表态，将全力帮忙。因为他所在县的"申苏"工作已经全面完成，又有丰富的经验，真是打着灯笼也找不到。哪料，他的顶头上司担心县与县之间竞争，将他的几个部下严格控制，就连万霞打电话向他们求教，几次都因该领导到场而终止通话。罢了，罢了。

　　绕了一圈，一连串的碰鼻之后，还是回到原点，万霞这才突然明白，求人不如求己。首先用好在编的两位干部，根据他们特长，分任务，压担子，给信心，勤督促。另外，县委督查室三位精兵强将小颜、小刘和小陈，年轻且有这方面素质。万霞自然不会放过"外援"。将所有可借助的人员力量整合，将工作分成文献、材料、宣传、文物四个组，每个小组各设一位组长作为责任人。

　　万霞以商量中有命令的口吻要求督查室三位干部，这三个月帮忙查找史料，每人先发一本资料书，要求只要看到有关于大田的记载，就用小纸条塞夹，便于统一录入电脑。他们将书领了回家，每晚加班，看完一本再领一本。

　　万霞即时召开"申苏"工作例会，作了一番思想动员，再次强调"申苏"工作的重要意义，摆明各级领导高度重视的情况以及她自己所承受的压力，将工作量逐一罗列出来，指出要用最短时间完成论证，目前唯一的办法就是向时间要效率，接下来要每晚加班，周末不能休息。

　　"一把年纪了，还像年轻小伙子一样加班？"

　　"这么冷的门也突然热了？"杨歌自嘲到。

　　"我血压都标高了，十几年在这单位，从来没碰到过这样的工作节奏。"清姐苦笑着，每天不忘定时吃降压药。

　　要求他们加班，万霞自己先做表率。在办公室工作 10 多个年头，对于主动加班已习以为常，只是党史室的几位同志没有经历过这么强的工作节奏。时不时感慨道："在这单位工作十几年，还从来没有加过班呢！""十几年工作量总和也不及现在的几分之几呀!"

而万霞的心里时时惦记的是要完成任务,而且要以最快的速度、最短的时间完成。万霞对他们的要求近乎严苛,常常沉着一张脸,只要工作没达到预期,就免不了脾气暴躁,免不了疾言厉色,着急上火。

万霞时常质问:"对工作要求怎么就那么低呢?"

"不能高标准、严要求一回么?"

"与其要完成,不如主动提前完成。"

"与其要完成,不如高质量完成!"

对于万霞的急脾气,他们是理解的、包容的、体谅的,整个工作从始至终都保持精诚团结高效推进。

"三个臭皮匠抵得五个诸葛亮。"

所有的困难问题,他们仨一坐下来讨论,常能迎刃而解。

大田革命纪念馆的选址?

"专门选址新建一座理想的场所,目前看不可能,那就选择在革命遗址芳联堡,它是中央红军堡,国保单位,古堡建筑美观大气,场地也宽敞。"杨歌说。

"白岩山公园南边老干局楼下有一空场地1000多平方米,适合建馆。全县党员领导干部、青少年要去学习参观也方便,外地领导或者客人过来参观也方便停车。"清姐说。

万霞把选址方案一逐级报至县委赵书记,被驳回,没同意。方案二,经协调县老干局,他们临时布置老年人书画展,尚未腾出空间,布展到何时未可知。只能作罢。

"武陵乡西河祠,闽中工委旧址,已经有布置武陵乡抗战革命斗争历史,如果把原来的一间拓展至西边两间,把内容重新梳理布置，环境更为理想。再者，武陵乡承载着大田 20 年的革命斗争历史，红色文化最为厚重，全县对此认可度也更高。"万霞在讨论中强调。

方案上报县里相关领导，得到首肯。武陵乡范书记也大力支持，立刻把西边的房屋整理出来，装修与布展，历时半年，顺利完成。

大田中央苏区馆的选址与布展？

朱德出击闽中大田遗址群的修缮、保护、利用？

北上抗日先遣队攻占大田县城遗址群的保护与修缮？

叶炎煌烈士纪念馆的布置？

爱国主义教育基地原址选择？

每一个问题，都在讨论中找到最佳方案。

缘于此，有了一个党史室口头禅：三个臭皮匠抵得五个诸葛亮。推进中遇到的许多困难问题，万霞都定期召集他们开"申苏"工作例会，将业务工作一一讨论，所谓"如切如磋，如琢如磨"，所有问题在推进中迎刃而解。也有许多问题一时意见不统一，万霞就采取先集中再民主，按自己的理解判断要求执行。好在结果证明，万霞的假设与判断方向基本正确。当然，万霞深知，做学问不能靠行政手段。因而，每次作出决定都深思熟虑，多方征求意见，尽量做到万无一失。

加班的第一晚，一页书放在眼前，瞪着眼看到黑，还是这页。万霞这人死脑筋，一个问题没思考清楚，就不急着跳到第二个问题。这种阅读既不是学生为应付考试的读书，更不是看闲书的那种随意阅读，是带着问题的求证式阅读。她很喜欢阅读，但只限于对纯文学的书籍爱不释手，对于这些纸张发黄发旧，散发着一股霉味且内容枯燥的史书，要不是工作所逼，她定然觉得索然无味。

窗外的小操场中，气排球击地声以及投得好球的欢笑声，一浪高过一浪。万霞的心也跟着球员们的欢声笑语忽高忽低。

之后的数百个加班的日子里，都有球场中几十个业余球员与她们陪伴，有球场上方那两盏不灭的灯，见证"申苏"的艰辛历程。

曾听得球场有一女士说："这是什么单位呀？怎么每天灯火通明地加班，好在我们不属于这部门。"

另一个男士回答："还好我们没遇到女领导。"听到这些话，万霞的心底如打翻了五味瓶。倒不是人言可畏，而是他们在提醒，如此沉醉于工作之中，究竟图什么？

万霞犹豫过，自责过，反思过，但总是有一股无形的力量将她摁在位置上。

终究是什么力量呢？万霞也无法说清。

是探寻真相的强大好奇心？

还是由于执行上级领导交办事项的强大责任心？

是一贯较真的极端负责任的工作作风？

还是被"中央苏区范围究竟有多大"的重大历史命题所吸引？

好像以上原因都有包含！也好像还另有原因无法言说。

"妞，好久不见。晚上有七仙女聚会，乌山头高山草场烤全羊，你再不出现，我们可就把你开除出列了哈。"万霞的闺密夏雨来电，提前约晚上聚会。

"真抱歉。晚上真不行。等到我手中的重大历史使命完成，一定把该补的都补上。"

每天晚上，他们仨都是匆匆用过晚餐就直接回到办公室加班，工作任务就像具有了魔力，牢牢地把他们仨吸引在办公室里，愣是什么人约任何局，都无法把他们仨请走。

10月19日下午，根据县领导要求，万霞组织了文体局、老区办等相关责任单位负责人，一前一后开着两部车赶到邻县参观苏区展馆布置。风尘仆仆，他们吃了闭门羹，展馆和论证文本都没让看。但通过"听"与"嗅"，着实让他们傻了眼，慌了神。他县的论证工作早已完成，专题片制作，革命遗址遗迹的保护与修缮，陈列馆的布置，调研点布置以及相关的宣传工作全都有声有色。研究成果也陆续见报。万事俱备，只欠东风。

万霞之前也知道邻县早已完成工作，毕竟只是听听而已，百闻一见之后，猛然发现，与自己感受到的完全不一样。工作落后所带来的压力有如雾霾笼罩，几乎将整个人吞没。

正在这当儿，三明市委党史研究室通知有事儿交办。万霞独自前往三明。在路上，忽然感觉呼吸十分困难，近乎窒息，心底惶惶然，是回忆几个月来工作的迷惘，还是对未来茫然，或者二者兼而有之？

在4个多月后"申苏"论证文本正式上报后，心里的那份舒坦松快的感觉，再想到三明之行出现的难于呼吸的状况，才想起医书上说过的：像这种呼吸困难近乎停止了的状态，是由于情绪影响呼吸系统导致呼吸频率放慢，二氧化碳在体内聚集造成的。

那一天，万霞由于看到周边县全面完成工作，而大田县的"申苏"工作才开始，能否做成全然是未知数，中央党史研究室会在哪一个时间开展确认工作更是心中没个底儿，也许是下一个月，也许是下一周，如此大的工作量必须用最短时间完成，因而形成了巨大压力。

没有充分翔实的史料作佐证，哪位专家领导会帮他们胡乱地确认呢。

不可能！

大田要申请确认属于原中央苏区范围，得拿出证据来。

目前，就苦于严重缺乏证据，而做假又是万万行不通的，那只会成为历史的笑话。

李副主任说过，"申苏"是一个严肃的政治问题，也是一个严谨的学术问题，不能有半点马虎。石老主任也说过：党史研究的科学性与真实性必须统一于实事求是。

好长一段时间里，万霞心里直埋怨，怎么这么个艰巨的任务偏偏落到自己肩上呢？

市党史研究室的王主任，是一位热心肠的领导，他看到万霞的苦恼与茫然，安慰说："不是你县的错，怪不得你们，当初也是因为在公开发行或者内部资料汇编等各类书籍中，实在是找不着关于大田苏区革命斗争历史的相关记载，没有足够史料支撑，论证没有依据，所以在另4个县启动时没有硬性要求你县同步推进。""后来，经过认真考虑，认为大田不应该放弃这次认定机会，因此建议抓紧推进。"王主任表示愿意与大田县一起努力。

这对于万霞而言，无疑等于注入了一支兴奋剂。

在那一刹，感觉有了可以帮助的人，就像一艘航船有了航标灯，心里顿时变得轻松。

一连着许多日子，他们都在做着埋头发掘故纸堆的事。单位里几百册的存书全分到每位同志手中，认真地查阅，将所有与大田苏区革命斗争史相关的记载全摘录下来。

在连日的挑灯夜战中，杨歌在《福建革命历史文件汇集》甲7、甲9两册书中查找到3处关于大田县在苏维埃时期存在党组织的记载。《中央巡视员巡视福建情况报告》一文中载："……大田、安溪这两县去年省委破获之前本有地方党部组织，及后失去联系，现该处有同志到厦门来找关系……同安、泉州、永泰、德化、大田、安溪，这几县亦有党领导下的秘密农会，人数不过三四十人……"；《中共厦门中心市委给中央报告——市委组织情况及工作的斗争》一文中"……兹把厦门与闽南各县的组织情形分开叙述如下：永春有派人到大田工作，情形未悉……"

这是"申苏"工作第一个"重大发现"！

有建立党的组织，这是属于中央苏区范围5个条件中首要条件，有了这个条件，论证工作才有了可能。也可以说，有了这个条件，其余的4个条件就有存在的可能。

这是第一次看到"申苏"成功的希望，就像黎明天空出现的第一道曙光。

一段时间以来，万霞每天都将查找到的史料，逐条地在餐桌上说一遍。说的时候大都是兴高采烈眉飞色舞。家人从始至终都如水般的温和与宽厚，对于她的急脾气以及唠叨从来都是宽容与包容。但有一天儿子忍不住问："老妈，你这查资料要继续到哪一天呀？"万霞始终没注意到，夫君与儿子早已听累了听烦了。

有几次，万霞在夜里说梦话都是关于查阅资料的事儿。

的确，每一天都有或多或少的新发现，虽然紧张而又辛苦，但同时也不断地被喜悦包围着。

偶尔碰到朋友闺密，万霞也都要将近期查找的证据逐一数来，强迫他们听自己的红色文化"推介"与"宣讲"。万霞说，这是见缝插针地传播大田红色文化。

朋友闺密大多不以为然。

"大田县是原中央苏区？没听过有这回事儿，不可能！"

"在苏维埃时期就建立政权？不可能！"

"靠这几个人想在短时间里完成论证工作？不可能！"

"明天五朵金花上大仙峰·茶美人景区采茶喝茶，你记得好好打扮一下，穿上与中国美茶园色彩环境相搭的衣服哈，美美地拍一组宣传照回来，也为大田代言！"闺密夏雨又发出周末邀约。

"加班呢！等完成工作任务后再好好跟你们疯一下！等着吧。"万霞不假思索地秒回。

一位好朋友曾忍不住问万霞："犯得着像你这样吗？！你为何如此在意找了多少资料，需要如此这般的担心着急么，就算是一条资料也没找着，那也是历史的确没发生过，不存在，与你又有何干系？"

也有领导和老同事善意提醒，别搞得太累，注意劳逸结合。可是，每次坐到那个位置上，万霞的倔脾气又犯了，打破沙锅问到底，问题非弄个水落石出不可。

希望和失望都表示知识缺乏和心灵的软弱无力。

自己缺乏平和的心态吗？万霞无数次地自问。

"为什么要勇敢"等各种问题从脑中升腾，算作自我反醒吗？

"因为这个世界不总是友好的，尤其是当你'弱'的时候，你的温和、谦虚、忍让，别人却认为不值一提，会贬低，甚至攻击你。只有当你足够强大的时候，你的谦虚和忍让，别人才会领情，才会感激。"

"温柔是一种能力。在还不具备这种能力前，只能让自己慢慢成长，不断'强'起来，才能给予别人温柔的同时，既做到真正有能力帮助别人，也不害怕被伤害。"自问自答，像是给自己喝一碗心灵鸡汤。

"什么时候才能具备温柔的能力呢？"依目前看是一个遥不可及的目标。

四　申苏一词内涵妙，条件五个全需要

2011 年 10 月 8 日下午，万霞拜访王主任，他很有耐心地给万霞解释"申苏"的几个重要概念。万霞心想，王主任对"申苏"工作真熟悉呀！心底陡生敬佩之情。

万霞虽然听得似懂非懂，却愣是要求自己牢牢记下了。

"申苏"，即申请确认属于原中央苏区范围。也就是由地方党史研究工作部门提出申请，由中央党史研究室根据历史文

献资料、人证、物证等依据判断，确认某一县（市、区）属于原中央苏区县或者中央苏区范围。

"申苏"这种表达其实不够规范也不够科学，属于或不属于原中央苏区范围，不是积极申请就可以获得认定批复的，得讲求证据，历史上是就是，不是就不是。但各县都这么简称，也就成为大家对这一独特工作内容的习惯性表述了。

"老区"：是革命老根据地的简称，是指第二次国内革命战争时期和抗日战争时期，在中国共产党和毛泽东等老一辈无产阶级革命家领导下创建的革命根据地。它包括苏区与游击区。革命老区乡村遍布中国大陆除新疆、青海、西藏以外的28个省、自治区、直辖市的98个县（市、旗、区），福建省老区遍及68个县（市、区）。在战争年代，老区人民养育了中国共产党及其领导的人民军队，提供军队长期斗争所需的人力、物力、财力，为壮大革命力量和取得最后胜利付出了巨大的牺牲，贡献卓绝。大田县是省定革命老区县之一。

苏区（及苏区范围）：曾建立党的组织，有革命武装，发动群众，进行打土豪、分田地等运动，建立了工农政权并进行了武装斗争，红色面积超过50%并坚持半年以上时间。

游击区包括：中央红军战略转移后，党和党所领导的武装，在根据地坚持武装斗争的地区；抗日战争时期所开辟的游击区，这种地区时间长短不一，长的达十多年，短的仅两三年，一般都没有建立过革命政权，但有农会等群众组织；解放战争开始至大军南下渡江（1949年4月）以前开辟的游击区，称为老游击区。

"中央苏区"也称"中央革命根据地"，是指在1929年至 1934 年土地革命战争时期，中国共产党在赣南和闽西建立的革命根据地，是全国 13 块革命根据地面积最大、人口最多的一块，是全国苏维埃运动的中心区域，是中华苏维埃共和国党、政、军首脑机关所在地。1979 年 6 月 24 日国家民政部、财政部《关于免征革命老根据地社队企业工商所得税问题的通知》中所提出的第二次国内革命战争根据地的划定标准，即"曾经有党的组织，有革命的武装，发动了群众，进行了打土豪、分田地、分粮食牲畜等运动，主要是建立了工农政权并进行了武装斗争，坚持半年以上时间"。

关于这些知识，后来林主任曾多次在县委中心组学习授课中为大田县的领导干部再解读，再普及。

2011 年以来，由国家发改委牵头，江西、福建、广东三省协同，正谋划出台《赣闽粤振兴原中央苏区发展规划纲要》，对于曾为新中国建立付出过巨大牺牲做出巨大贡献的原中央苏区范围的县（市、区）给予优惠的政策扶持，意在让老区苏区人民共享改革发展成果，早日过上幸福生活。

所涉及的四个省各县市区领导，都在积极作为，为当地争取优惠政策尽心竭力。

大家都认为，申报中央苏区工作具有政治意义、经济意义、历史意义、现实意义。"申苏"工作不仅可以恢复大田在中国革命史上的历史地位，还原土地革命战争时期历史本来面貌，而且是对全县干部群众进行党史教育的过程，更有利于大田县争取中央更多优惠政策，助推经济社会科学发展，跨越发展。

万霞怀揣着"功德无量"的宏大伟业，围绕着"申苏"5

个条件，对所有的工作细数盘算，再逐一分解到各责任部门责任人，并一一定出完成时限，每周回顾一轮、跟踪一遍。

特别值得一提的是：寻找党组织。

中央党史研究室审查认定"中央苏区县"有五大标准，这五大标准缺一不可，而五大标准的第一条标准就是要有建立中共党组织。在现有的史料记载中，在人们的印象中，大田最早的党组织是1937年初建立的中共武陵小学支部。如果根据这个史料，大田是不可能成为中央苏区的。所以，攻克大田建党史料查找难关成为"申苏"的首要任务。万霞及时调整思路，集中人员集中时间，组织党史室全体人员先内查后外调。2011年10月起，连续四个多月，每天日夜加班，先从本室资料室查起，把现有的史料、图书认真搜寻一遍。10月16日晚，杨歌和同事在查阅一套泛黄的《福建革命历史文件汇集》，这套文件汇集共有21册，当杨歌查阅到《福建革命历史文件汇集》甲7第308页时，看到了1931年8月3日中央巡视员姚仲云写的《中央巡视员巡视福建情况报告》里的这段文字："同安、泉州、永泰、德化、大田、安溪，这几县亦有党领导下的秘密农会，人数不过三四十人"，立即跟万霞报告，万霞浏览了一遍全文，立刻又在这篇报告里面发现了另一处有关大田党组织的记载："大田、安溪这两县去年省委破获之前本有地方党部组织，及后失去了联系，现该处有同志到厦门来找关系。如能派人去亦可将组织恢复起来。"大家看到这篇报告后都兴奋不已。这套《福建革命历史文件汇集》是1985年由中央档案馆和福建省档案馆合编的，全部内容都是摘自中央档案馆原件，内容的权威性不容置疑。而后，他们又在这套书查找到多处有关大田党组织建立与活动情况的记载。据党史专家考证，中央巡视员姚仲云的这篇报告写于 1931 年 8 月，"大田、安溪这两县去年省委破获之前本有地方党部组织"，说明在 1930 年之前大田就已经有党组织；"党部组织"不是支部，是比县委小比支部大，推断应该是特区委。安溪于 1930 年底在冬溪成立安南永特区委，特区委与支部是不可能放在一起的，大田、安溪最少是同一级别组织才摆在一起，而且时间在安溪之前，书写报告时才会把"大田"二字放在安溪之前。之后，他们又在其他史料中找到许多有关大田党组织建立与活动情况，经专家进一步论证，证实大田早在 1929 年初就建立中共大田特支，同年 8 月朱德率红四军出击闽中，帮助恢复大田党组织并更名中共大田特区委，改属中共闽西特委领导，从此大田的工农革命运动有了坚强的领导核心，为此后全县红色政权的建立与发展奠定了坚实的基础。

2012 年 3 月 9 日晚上，万霞与杨歌、清姐、老涂等一如往常地在党史研究室办公室加班加点，突然响起了敲门声，原来是杨歌的一个老乡带来了一位老人，说是有重要的故事要来讲述，希望他们写入党史。杨歌为他们沏了一壶大田美人茶，请他们仔细说来。

这位老人姓林，林老告诉杨歌，吴山乡有一个非常重要的人物：全国推普先进——陈进四。

林老喝了一口茶，递给杨歌一份泛黄的《红旗》杂志，娓娓道来：

大田是推广普通话的先进县。1958 年《红旗》杂志第 4 期发表《福建一个乡的奇迹》，报道吴山乡普及普通话的事迹。

1958 年 8 月 23 日《人民日报》发表《是奇迹，也是宝贵的经验》的文章，全面介绍大田县推广普通话的经验，省人委授大田县"推广普通话先进县"并向吴山乡赠送锦旗。陈进四是推广普通话的先锋，在 1958 年 7 月 31 日光荣地出席在北京举办的全国第一次普通话教学成绩观摩会，受到周总理、陈毅副总理的接见。会上教育部和中央推广普通话工作委员会向吴山颁发锦旗，被誉为"普通话之乡"。8 月，在上海召开的第二次全国普通话活教活学观摩会上，陈进四介绍了大田县推广普通话和推行汉语拼音的经验。1958 年 9 月 31 日，中国文字改革委员会主任胡愈之率领检查团视察大田县并题词，检查团代表和文字改革委员会向大田县赠送锦旗。

1960 年 6 月陈进四第四次上北京，参加全国教育、文化、卫生、体育、新闻的社会主义建设先进单位和先进个人的代表大会。1976 年 12 月 17 日，中国科学院语言研究所侯精一、于根元、张惠英等到大田编写推广普通话教科片电影剧本。1985 年福建省电视台在大田县拍摄《普通话之乡》和《推广普通话的先峰——访陈进四同志》纪录片。

大田县自然实体为"九山半水半分田"，山峦阻隔，早年境内"十里不同音"。

大田县原是尤溪、永安、漳平、德化分辖之地，处于延、漳、泉三府之交，明嘉靖十四年（1535 年）割尤溪县 14 个都、永安县 1 个都、漳平县 1 个里 10 社、德化县 1 个团置县。这个建置特点，造成了大田方言繁多。有前路话、后路话、闽南话、桃源话、客家话五种，甚至同一个村都有着不同的语言。境内方言复杂，乡亲沟通交流困难，特别是前路话和后路话之间交流起来，有如"鸡同鸭讲"。

吴山乡是福建省最偏僻的地方之一，全是崇山峻岭，方言非常杂乱。有时，一河两岸的村民说话都互相听不懂。因语言的障碍，曾经发生过许多痛苦与尴尬的事。

解放初期，吴山乡的干部大都是从北方来的，都是一口普通话。当地农民可犯了愁，开会、做报告，他们听不懂普通话。

吴山乡一位名叫陈贤才的农民，讲的是带有"地瓜腔"的闽南话，他参加鹰厦铁路建设，因为不会听，更不会讲普通话，独自一人找不到回家乘车的车站。最终，他只能挑着行李走路回家，这一走整整走了 3 天。

1949 年 9 月，大田解放。解放军在大田剿匪，南下干部发动群众开展剿匪反霸和土地改革运动，群众听不懂普通话，干部和解放军战士也听不懂大田话。特别是吴山乡崇山峻岭、交通闭塞，隔山隔水，除了个别富家子弟，大部分农民目不识丁。乡里曾叫一个地主的儿子当翻译，他伪装积极，窃取了农会主席职权，使贫苦农民遭了不少罪。

1951 年，驻谢洋乡的剿匪部队让一位群众带路，他因为听不懂普通话，本来要到 1.5 公里外的落洋村，结果错带到 7.5 公里外的象山村。

在政治上、经济上得到解放的大田人民，迫切要求在文化上求翻身。于是，一场以普通话为突破口的文化学习热潮被自觉掀起。

1951 年，大田县开始推广普通话，要求各级干部在开会、打电话、市场商品交流中都要讲普通话，学校用普通话教学。

1952 年，县里成立识字运动委员会，办起 1000 多所民

校，组织全县 90% 青壮年参加学习，培训速成识字班师资 290
人，开办 71 个班，有学员 4000 多人，掀起了干部群众处处
学、处处讲，亲教亲、邻教邻，夫妻互教，儿女教双亲的万人
教、万人学的推广普通话热潮。

陈进四脱盲后成为民校民办教师，与邻居几个小伙子结成
小组，轮流放牛，轮流上学，互教互学。没有毛笔、纸张，她
就用树枝当笔，在地上练字；没钱买课本，她就上山砍柴卖。
平时书不离身，稍有空闲，家里、山上、田间到处是她学文化
的场所。

上夜校时，每位扫盲教员负责召集小组成员学习，边学边
教，边教边学，当时没有电灯、手电，大家全是一手拿着竹火
把，一手练字学习。谁没教好或没学好，就要扣积分 2 分，平
时讲方言被人发现后要罚洗厕所。

吴山乡在"推普"中还创新了"看物识字"做法，在家庭
内外的每件物品上都标上物品名称和汉语拼音。如，在椅子上
注"椅子"两字和拼音"yǐ zi"。看到什么就可学什么，屋
里贴满了识字的字条，村头路口也标明了各类名称。生产队出
工干活前，队长要把当天活动内容写在小黑板上，如"今天去
半山陇插秧"，并注上拼音，插在路口，群众出工学习一遍，
收工复习一遍。

奇迹的创造来自于劳动人民的智慧，大田县"推普"：当
地采取"结合生产，结合扫盲"的办法，把普通话带到山上、
田间、工地、课堂、会场、商店等场所，做到"做什么讲什
么，见什么学什么"。没有教师，就采取"能者为师，互教互
学"的办法；没有教材，就把日常生产、生活及工作中常用话

编成课本。

1958 年 1 月，全县学习贯彻周恩来总理"推广以北京语音为准的普通话就是一项政治任务"的指示，如吴山乡组织群众苦学 4 个月，上课 105 天，提前实现"无文盲乡""普及普通话乡"。

1958 年，全县 5.95 万名青壮年，会讲普通话的占了86.5%；1.89 万名少年，会讲普通话的占了 96.4%。

党中央理论刊物《红旗》1958 年第 4 期曾以"福建一个乡的奇迹"为题作了专题报道，文章中写道："在方言区的男女老少的农民中间普及普通话，这件事全国直到现在还只有一个乡做到，而这个乡恰恰是方言最难懂最复杂并且是交通最闭塞的一个乡——福建省中部大田县的吴山乡。这确实是一个奇迹！"

解放后，陈进四积极参加扫盲学习、推广普通话工作，放牛也不忘以树枝当笔练习，一年识字 1500 多个，她积极参加普通话教学，一直担任吴山扫盲班的老师。在推普中创新了很多金点子，表现出可贵的精神——"敢想、敢做、敢于打破常规"，取得可喜的成绩。曾 4 次被评为全国"扫盲""推普"积极分子。

"福建有个大田县，山高峻、少人烟……乡乡社社办学堂，学习知识扫文盲，'推普'工作创奇迹，红旗永飘戴云山。"这首 20 世纪 50 年代流传在大田的民谣，正是当时"推普"的真实写照。

大田县是我国方言区第一个普及普通话的县，为全国"推普红旗"的典型，1963 年吴山乡获"全国推广普通话红旗乡"

称号，推普旗手陈进四受到毛泽东、周恩来、陈毅等老一辈党和国家领导人的接见及合影留念。

现如今，位于吴山中心小学的"吴山乡推广通话主题馆"几经重新布置，一直都在接待着来自各方的重要客人。"敢想、敢做、敢于打破常规"的推普精神也一直影响着吴山中心小学的师生们奋勇前行。

对于大田吴山的"推普"，杨歌以前有所耳闻，而这是第一次如此详细地了解。杨歌告诉林老他们，这是有关大田县的一个很好故事，是一个很重要的历史，当下很强调要讲好中国故事，我们必须讲好大田故事。但是，党史是指我们党走过的苦难与光辉历史。我们这次要申报中央苏区县而收集的历史，是1929年至1934年土地革命时期也就是苏维埃时期的历史。

杨歌还把刚学到的申报苏区县的五个重要条件为他们复述了一遍，耐心而细致。

林老表示明白了。他小心翼翼地把泛黄的《红旗》杂志收起来，谢过之后，便和杨歌的老乡一起黯然离开。

五　宣传申苏数发动，革命故事渐流传

做好舆论宣传工作可收万世之功。市委邓书记如此说过。

除了大量查阅、收集文献资料以外，还需要广泛地征集革命文物，挖掘保护革命遗址遗迹，访问知情者，等等，需要全县广大干部群众的积极支持参与。

通过宣传发动，统一思想，凝聚合力，乃当务之急。

就好比那划龙舟活动，必须心齐，必须听从号令，统一

使力，统一划桨，船才能平稳前行，不会往一边倾斜。如若不然，容易进水不说，稍有不慎，会造成龙舟翻覆、人员落水的结局。所以，赛龙舟活动必须紧紧依靠团队每一个成员，心往一处想，劲往一处使，才能赢得胜利。

推至其余的工作，同一个道理。

关于工作责任分解在"申苏"动员会上已有布置，接下来的关键是进一步抓好落实。分给自己的工作任务，努力想着法子及早完成。

2011年10月15日，县广电局制作纪录片《红军在大田播下革命火种》在大田电视台播出。在同样无米之炊的条件下，电视台工作人员率先完成了工作任务。回头再看这部纪录片，由于缺乏内容，显得较为苍白，但终究是尽最大可能地在规定的时限内完成的。相形之下，另外10多个相关的责任部门，并没有按时完成会上布置的工作，却也没有显出一丝的着急与不安，更遑论彼此探讨、寻找对策了。

时间悄无声息地流逝，分解出去的大部分工作又像皮球一般被踢回到自己身上。

上面千条线，底下一根针，各乡镇各部门工作任务千头万绪，身为"一把手"的主要领导们，确实也忙得够呛，哪一项工作不是万分重要呢？很多工作被疲于应付耽误了。

万幸的是，中央党史研究室的领导专家排不出时间，并未在10月20日前来三明考察调研，10多天来坐不住、等不及、食不甘味、寝不安席，总算可以稍缓一口气。

时间往后推延，却没有明确具体时间节点。

如果没有做好比较充分的准备，史料极度欠缺，领导专家前来，没有可看可听的资料，便有可能先入为主，留下不好的印象。专家领导实地考察调研的时间向后推移，给大田留下更多的时间与空间，深度挖掘史料、充分展开论证。万霞长长地舒了一口气，真是天无绝人之路。

老区办林主任带几位老同志，负责到每一个乡镇召开动员会，对县委县政府开展"申苏"工作进行再动员再部署，宣传发动全社会力量，寻找革命遗址遗迹，收集红色故事，寻访各地的老人，并召开座谈会，回忆苏维埃时期大田革命斗争开展情况等。

各乡镇的主要领导、分管领导也根据各自工作安排，层层开展宣传发动。全县的干部群众都认识到"申苏"工作既是一件政治任务，恢复大田历史地位，又是一件经济任务，"申苏"成功可以享受中央苏区优惠政策，有利于推动当地经济又好又快发展。

大田县地处闽中，在戴云山脉西侧，九山半水半分田，山高林密，属典型的山区，交通闭塞，百姓勤劳纯朴、善良热情。大田也是全国 100 个重点产煤县之一，是福建省重点矿区，探明储量的金属矿和非金属矿多达 48 种，素有闽中宝库之称。1929 年 7 月，朱德军长率红四军二、三纵队出击闽中大田，就是居于占领闽中制高点利于占领八闽的战略考虑。虽然由于天气和匪帮过多等原因，攻占大田县城未果，但中央红军途经的 6 个乡镇，有了朱德军长深入的宣传发动，革命热情空前高涨。当年朱德军长驻扎的武陵乡百束村林笋隆家，深受革命思想的熏陶，抗日战争时期出现一门三英烈的悲壮故事。大田 20 年红旗不倒的革命斗争历史，在史籍中鲜见，在百姓中间却有许多感人至深的传说故事。

林主任一行在走村串户过程中，实录了数不尽的军民渔水深情故事。

例如，鲜为人知的《大田红军"挑夫"的故事》：1933 年 9 月，一位名叫吴明梗的青年加入了一支与众不同的队伍。此时的他并不知道，这支队伍叫红军，是一支由共产党领导的穷人的队伍。从此，他紧跟着队伍，一根扁担挑着一对皮箩，经历了一段平凡而又传奇的岁月，走过了举世闻名的二万五千里长征。

感人至深的红军挑夫丁刚的故事，最初却只有梅山镇雄峰村的村民能讲述：

吴明梗，1902 年 5 月出生于大田县梅山乡雄峰村一个贫苦家庭。他 10 岁那年，盘踞在当地的卢兴邦匪部进村，一把火将他家的房子烧得片瓦无存。吴明梗一家无家可归，父亲又被逼上吊身亡，裹脚的母亲带着吴明梗和他的弟弟离开家乡，风餐露宿，艰难度日。

1929 年秋，吴明梗到沙县一户姓土的东家打短工，沦为雇农。

吴明梗 31 岁那年，红军驻扎沙县，他在地里干活，听战士们讲红军是"打土豪的"，于是就报名参加了红军。

由于怕家里受牵连，就改名换姓，因其母亲姓陈，梅山方言"陈"音译为"丁"，其名"梗"音译为"刚"，于是他就以"丁刚"为名。

丁刚所在连队属中央红军第一方面军红三军团，由彭德怀指挥，每天日夜急行军。连队到江西后一直负责大部队的后勤运输工作，为党中央挑文件、粮食及少量的药品。因丁刚常年在田间山林耕耘劳作，拥有健壮的身材和脚力，在行军途中，部队首长便安排他担任挑夫，负责肩挑党中央的机要文件。

1934 年 10 月，由于第五次反"围剿"失败，中央红军开始战略大转移。丁刚跟随部队到达遵义后，他所在的连队改为中央教导队。部队首长告诉他，这次他肩挑的党中央文件"比生命还要珍贵"。

从遵义到云南、西康，在前有堵截、后有追兵的情况下，丁刚用"铁肩膀"挑着机要文件，始终跟在首长身边，在队伍中间行走。丁刚虽然没有文化，但他却深深地明白，肩头挑的东西非比寻常，容不得半点闪失。

部队行至西康后，教导队又改为中央干部团。一路上，随时都要面临敌人的围堵，与敌人交锋激战无数次，贵州省的习水城、广西省的桂林市、四川省的二郎山、西康的毛盖儿……无不留下战士浴血奋战的身影，而丁刚肩挑着党中央的机要文件，既要在枪林弹雨之中负重前行，又要保证机要文件的绝对安全，最终把文件完好无损地交到党组织手中。

丁刚曾对后人说，在长征途中，红军队伍人数越走越少，沿途到处是战死、饿死、冻死的红军战士。到达延安后，他才得知，自己跟随着红军队伍渡江、爬雪山、过草地，就是后来被载入人类史册的二万五千里长征。

据丁刚之子丁维民回忆："父亲从小教育子女要将饭碗里的每一粒饭吃完，不能掉一粒。上顿没吃完的剩饭剩菜，下顿热一热再吃。炒菜锅上的残油，空菜碗中的残汁，用开水冲一下当汤一口喝干。"

丁刚对子女严苛要求，是因为他在长征途中，吃过草根，啃过树皮，还熬过牛皮带充饥，他亲眼目睹了许多战友因饥饿失去宝贵的生命。在丁刚看来，哪怕浪费一粒粮食，也是对饿死在长征途中战友的亵渎和不敬。

1936 年到达陕北后，部队开始进行轰轰烈烈的大生产运动，丁刚所在团负责的生产地是马南县。在长征路上勇挑重担的丁刚，在大生产地里很好发挥了自己的特长，主动请缨，个人承包了 20 亩地，不分白昼黑夜，辛勤劳作，获得了好收成，为部队贡献了三四千斤的粮食，为此他还受到了中央嘉奖。

1945 年 6 月，丁刚被编入中国人民解放军二野西南服务团，随军南下进军西南，来到四川宜宾。

直到 1949 年 10 月，四川宜宾解放，丁刚被组织统一分配到宜宾专区地委工作，担任过宜宾县横江区区长等职，参与地方政权建设。

1954 年，不图名利的丁刚主动要求到宜宾地区农场工作，后转到宜宾地区农科所任招待所所长，当时城内尚未安装自来水设施，全城饮用水靠人力手提肩挑，招待所又需要大量生活用水，丁刚身体力行，常常到岷江边挑水。

许多年来，当地居民一直误以为，每天往返于江边挑水的这个满脸风霜、身材清瘦的老人，是招待所雇佣的挑水工。

一次，前来宜宾视察工作的省长看见挑水的丁刚老人，严厉批评了陪同视察的地委书记说："怎么能让一名红军老战士挑水呢。"实际上，对丁刚来说，长征时肩挑党中央机要文件，是革命工作；解放后，为招待所挑水，同样也是革命工作的一部分。

丁刚于 1976 年 10 月退休，1981 年 5 月改办离休，1982 年 3 月回到出生地福建大田探亲。1995 年 10 月 94 岁高龄的丁老因病在四川宜宾去世。

脚踏实地，一步一个脚印，永不停歇，一个劲儿往前走，丁刚就是这样一名老黄牛式的"挑夫"。

现如今，这个革命故事已经广为流传，在这个故事宣讲的同时，大家明白了，革命的胜利需要叱咤风云的将军，也离不开默默无闻的"挑夫"。新时代更要大力弘扬"挑夫"精神，坚守初心勇挑担，甩开膀子闯难关，为实现中华民族伟大复兴中国梦一往无前奋进。

另外，中央红军村采风活动中，大田红色故事《风雨"安良堡"——储存历史的瓦罐》，也被重新抒写：

群山间，一座土堡依山落差而建，孵育了一个姓氏，繁衍生息；山脚下，一把"太师椅"（土堡形似而得名）威严而立，卫护了一个家族安宁的梦境。

安良堡，一个储存历史的瓦罐，诠释着除暴安良的蕴意！

驻足观望，古堡缄默，但始终醒着。颓废的门头、斑驳的堡墙见证了一个姓氏成就的历史、风雨的岁月。看那堡墙，遍布的瞭望窗似乎还在窥探着深不可测的危险，而那一个个隐蔽的枪眼仍在捍卫着一个村庄宁静的梦乡。

匪患已匿迹，金戈铁马也早已远遁。淳朴的乡民用勤劳的汗水、虔诚的目光将土堡的记忆捡拾延续！

借时光之眸迂回搜寻，深深凝望；脚步挪动，掀开历史的页章。穿越百年，做回被牢牢抱定的子民。瞻仰抑或朝拜！

低矮的厝堂，门窗破损，墙灰脱落……残损颓废，黯然飘渺。唯那窗格上的牌匾"中国工农红军第九军团驻扎地旧址"几个字还在熠熠生辉、光彩炫目。目光定格，思潮澎湃。风过，墙角下的棕榈摇曳昨日的旌旗；逼仄的廊道，红军战士摩肩接踵，直指北上抗日。

一座椭圆形的土堡，圈出一方姓氏，圈出一片圣地，圈出我记忆的天空。深深埋藏，记忆永远！

红色故事、红色文化已经成为文人抒写的不可或缺的重要题材。大田土堡群，曾经她只是以古建筑方面的文化价值被世人关注。

安良堡，位于大田县桃源乡东坂村，建于清代嘉庆年间，至今有200多年的历史。整座土堡依山而建，历经5年完工，外观为半圆造型，成鱼鳞叠状，四周设有射击孔，可四面御敌，该造型罕见。

安良堡的造型，是前方后圆的结构，南北横40米，东西纵35米，占地面积近1500平方米，沿山势所建，围墙上建有48间房间，高达14米的落差使错落有致、逐渐递增的堂屋更显气势非凡。安良堡是一座防御设施独特、居住形式别致的村中堡垒性建筑，呈不规则半圆形，正门左右墙体上分别建有15栋悬山式顶结构的木质廊屋，自上而下似鱼鳞般重叠，平时用来储存粮食，战时可做"避难所"。安良堡内的走马廊，这是土堡的典型特征之一，人们可以在堡墙上的走马廊自由穿行。

安良堡内注水孔却暗藏玄机，如果遇到土匪，堡内的人们从楼上顺着注水孔，将滚烫的热水、热油往下倒，便可烫伤土匪。注水孔的另一功能是，如果土匪用火烧大门，注水孔就起到消防栓的作用。从安良堡的最高处的瞭望堂看出去，堡外的情形一览无遗。前低后高的结构使土堡很立体，便于观察防御。安良堡是典型的依山而建的防御性土堡，土堡墙体周边布设射击孔，可四面御敌，不留死角。

这个第七批全国重点文物保护单位除了建筑方面的研究价值，因为中央红军第九军团驻扎，更增添了红色的气质。

令人落泪的是另一个中央红军村的采风文章：《桃源分水隔烈士墓前的怀想》。

山不在高，有仙则名；水不在深，有龙则灵。桃源分水隔，一个在中国版图上找不到的地方，将我的目光牵扯，凝思追怀。悲戚满腔疼痛！

肃立，凝重，我沉到尘埃里。

听松涛阵阵，群山呜咽。大地悲恸，记下沉痛的记忆：1945 年 9 月，一声正义的枪声响彻在岩城龙门的夜空。敌众我寡，突围、突围……林友梅、林冠民、陈树霖、苏占兑、林占赓、陈相、肖应时，7 个年轻的生命不幸被捕。

针扎、火烙，严刑拷打，不屈的身躯挺起正义的脊梁。历史不会忘记，岩城的人民不会忘记，同年 11 月的一天，天空低徊，日月悲泣，正义的呐喊声再次响彻在桃源分水隔："中国共产党万岁……"活埋，7 个年轻的生命，用鲜血在五星红旗上涂抹下了一笔厚重的色彩。生命垒起革命的高度！

"投身革命即为家，血雨腥风应有涯。取义成仁今日事，人间遍种自由花。"青山悠悠，埋下的是躯体，不朽的是英魂；不灭的理想、坚定的信念扬起解放中华民族的旗帜。

分水隔有幸埋忠骨，烈士英名万古扬！

桃源分水隔烈士墓，位于福建省三明市大田县桃源镇分水隔（又称分水岬）。桃源分水隔烈士墓始建于1964年，2004年9月被列为县级爱国主义教育基地。1945年9月，闽西北挺进游击队在攻打大田龙门乡保安队夺枪的战斗中，陷入重围，部队边打边撤，历经八昼夜，在突围中林友梅等人不幸被捕。同年11月，林友梅、林冠民、陈树霖、苏仁兑、林占赓、陈相、肖应时7人在桃源分水隔被敌人活埋，壮烈牺牲。

像《红军"挑夫"》《风雨"安良堡"》《桃源分水隔烈士墓前的怀想》这样鲜为人知的红色故事讲也讲不完，在走访中相互倾听着、感动着，心灵得到一次又一次的洗礼和升华。

10月19日上午，赵书记再次召集汤县长、江部长、谢副县长，以及党史室、民政局、老区办负责人等，听取"申苏"工作汇报，解决存在的困难问题。万霞率先发言：目前已经有了第一个重大发现，就是"1929年大田就建立了党部组织……"，这是"申苏"工作的第一要件。有了党组织的领导，一切工作便有了开展的可能，县档案馆所存的档案资料非常有限，接下来需要到国家和省、市以及周边省市县档案馆、图书馆查找资料，需要县里提供经费保障。

接着，每位参会人员或简单或具体地作了发言。这次专题会上，明确了下一阶段"申苏"工作任务：在全县范围内营造申报中央苏区工作的浓厚氛围，深入宣传大田苏区革命斗争历史；要充分发挥方方面面的力量，多方收集，补充完善论证资料；充分发挥乡镇社区居委会的作用，县内已经发现的和尚未发现的重要革命历史文物、遗址、遗迹，特别是建立过区、乡苏维埃政权的均溪、石牌、太华、建设、上京、桃源、屏山、武陵、奇韬、湖美、广平等乡镇，朱德率领红军战斗过、建立过党组织和苏维埃政权的地方，要广泛发动群众，多方寻找 1927 年到 1935 年间革命文物，包括县、区、乡苏维埃政府印章、旗帜、红军钱币、红军公债、标语、打土豪分田地的有关地契田契、分财物的有关证明、老照片、红军战斗过的遗址遗迹等苏区文物资料；要做好历史文献考据与论证，组织人员到中央档案馆、中央军事博物馆、国家博物馆、中国第二历史档案馆、江西省档案馆、福建省档案馆、省博物馆等地查阅资料，为中央党史研究室专家的实地调研论证工作提供翔实的史料证明；要做好与省、市委党史研究室专家的沟通联系，充分听取中央、省、市党史研究专家的意见与指导，争取更多的帮助与支持。

万霞负责会议记录，并撰写《县委专题会议纪要》（〔2011〕28 号）。

2012 年 2 月 19 日，在大田影剧院召开的县委三级干部大会上，赵书记在做完县委工作报告后，专门用了 10 多分钟，对"申苏"工作再动员。

赵书记在发言中分析了大田特殊的地形地貌和区位特点为红色政权存在提供了的可能，一口气罗列了 12 个大田属于中央苏区县的要件原由。万霞听得一愣一愣的。

赵书记的学习与领悟能力就是不一样，站得高，看得远，视野更宽，见识更广，只偶尔看看材料听听汇报，便能做到条分缕析，头头是道。

全县三级干部 200 多人受到了感召。新一轮传播红色文化、继承革命传统、弘扬苏区精神的活动拉开序幕。

"曾经，跟周边红色地市县谈及革命斗争历史，总感觉底气不足，没想到的是，大田的革命斗争历史竟如此厚重。"屏山乡内洋村苏大双说。

"是啊。大田的革命故事、英烈事迹，还都只是在民间流传，并没有得到系统的收集整理，更谈不上广泛宣传了。"美阳村郭文化说。

郭传海抢过话锋："在大田，鲜为人知的革命斗争故事太多了，就发生在我们屏山内洋村的红色故事，你们俩都知道了几个？"

第二次土地革命时期，朱德、彭德怀、陈毅、罗荣桓、粟裕等老一辈无产阶级革命家在大田开展革命活动，这对大田来说，无疑是十分重要的且是大添光彩的历史事件。大田因为他们的到来而发生了重要改变，也因为他们的到来留下了许多可歌可泣的篇章。

1929 年 8 月，朱德率领的红四军二、三纵队 3000 多人出击闽中大田。8 月 22 日，部队驻扎在屏山。时任红四军第三纵队副官的赖毅在《出击闽中》的回忆录中写道："这一带的群众都饱受兵灾祸害，自古以来谈兵色变。红军抵达之前，当地的土豪劣绅就造谣污蔑，说什么朱毛军青面獠牙，在每个老百姓的脸上都要打上共产党三个字的烙印。红军来了要共产共妻。还威胁群众，谁要是不跑就以通匪论处等等。"所以当地群众知道红军要来，便都躲开了，"部队只好在廊檐下、树林里和草堆边露营……敬爱的朱军长等领导同志都和战士们一样风餐露宿"（见《出击闽中》）。

这是饱含深情且极具震撼力的文字，寥寥数语，勾勒出一个十分感人的场景。就因为村里人不在，红军官兵们便没敢进屋而是在屋檐下草垛边露营。这么做，无疑是红军对百姓及百姓财产的尊重和爱护，是官兵一致之下的习惯使然，是共产党领导的革命队伍铁的纪律的生动体现。而当他们发现有个16岁的名为郭守苞的残疾孤儿藏匿家中时，红军则给予郭守苞无微不至的关怀。朱德军长随即赶往他家中看望，让卫生员为其治病，让警卫员夜里与他同寝，为他讲故事，等等。

朱德军长以及红军战士热情友善的言行，郭守苞看在眼里、记在心里。外出躲避的村民开始陆续回到村里时，郭守苞便将所见所闻告诉大家，大家才开始相信这确实是一支非同寻常的革命队伍。

多年后，孤儿郭守苞结婚生子。为纪念在屏山牺牲的红军烈士，郭守苞特意将两个儿子分别取名为郭传烈、郭传士。

为了保护百姓的利益，为了体现对百姓的关爱，为了增进和提高红军的凝聚力、向心力和战斗力，红军纪律严明，秋毫无犯，同时绝大多数红军将士也十分的自觉与自律。

红军进驻美阳村时，一位农妇说有位红军战士抓了她家的鸡后没有给钱。知此情况，红军首长立即让农妇前来指认，结果有位红军战士被农妇冤枉了。无奈之下，为自证清白，该红军战士竟当着农妇和大家的面剖腹，结果肚子里除了稀饭和南瓜，却不见它物。在场的群众和红军战士见之，无不流泪。

这确是一桩被泪水长期浸淫的往事。

此事为万霞所熟知，20 世纪 80 年代万霞与同事们一起编撰《中国民间故事集成福建卷大田分卷》一书时就已多次听说，可谓历时甚久，印象极为深刻。万霞经常会想起这起"冤假错案"，而几乎每次想起它都会被感动和气恼得不行。其实这位红军战士可以战死沙场，却不可以这么简单草率地死去。他被冤枉了，可以喊冤，可以申辩，可以要求农妇再仔细辨认，可以要求领导彻查。倘如此，真正的抓鸡者才可能被认出被查出或促使他自己"挺身而出"，队伍中的"害群之马"才会受到应有的惩处。反之，不但失去了自己年轻而宝贵的性命，又无意中纵容了真正的抓鸡者，还会让有些人因此而产生一种侥幸心理。

而这位农妇呢，她真是个"瞎了眼"的泼妇。鸡被抓走没得到钱，生气是难免的，可总得认准人，总得为自己的言行负责，怎么能凭个模糊不清的印象就一口咬定是他干的而不是别人？万霞慨叹这位红军战士，同时严厉谴责冤枉好人的农妇。万霞一直以为，农妇的懊悔、愧疚与自责之情，远远不是在该红军战士的坟头上种一棵"赔罪树"就能了却的。万霞想，也一定是因为太多的人斥责和鄙视该农妇，内心接纳不了她，羞得与这种人为邻为伍为同村，以至于在人们口口相传"冤案"时，她的"属地"和"户口"一直没着落，成了悬而不决的问题。美阳村村民说这妇人不是美阳村的，是屏山村的；而屏山村的人则说她是美阳人，屏山村不会出这种小人。这种情况与当今的孔子、屈原等名人的"出生地之争"正好相反，形成了一个鲜明的对比。

红军对百姓的爱是"点多面广"的，也是不预设条件的。当年，郭开篇在屏山街上开一杂货铺，为人们提供煤油、火柴、盐巴等生活用品。红军进店购买东西，均按市价足额付款，没对店主有特殊要求，店主也没有予以特殊照顾。红军没有额外得到什么，不亏欠店主什么，似乎没多大必要去特别感谢郭开篇，可临走时，红军却"为了表示谢意"，特地赠送郭开篇一盏马灯以方便其夜间行走。这马灯乃是铜材制作，在当时肯定是十分稀罕与珍贵的（马灯现由郭开篇之子郭守诚珍藏）。1934 年 7 月 21 日，由红七军团改组的北上抗日先遣队 6000 余人在军团长寻淮洲、政委乐少华、参谋长粟裕的率领下，驻扎在玉田村。其间，军爱民，民拥军，军民产生鱼水之情。为方便当地群众取水，红军战士特地在玉田村官厅前挖了一口井。饮水思源，这口井后来被玉田村的村民称为"红军井"。

为让百姓尤其是年轻人能够学习和掌握文化知识，红军进驻屏山期间，还在杨梅、许坑等村创办"红军夜校"。在杨梅村，每天晚上都有临近的蔗乾、陈地、黄牛沓、大路兜等村落的众多青年执着火把赶到夜校。红军选派文化水平高的红军战士当教员，教大家认字写字，还借此机会宣传革命道理。红军离开后，当地老百姓学习文化热情不减，后来在"红军夜校"原址创办了一所初级小学。在许坑村，许多热血青年在夜校一边学文化，一边接受进步思想的熏陶，此后该村有十几个青年报名当了红军。有个叫章新进的年轻人，他在红军进驻期间的积极主动表现引起朱德军长的特别注意，后来他成了朱德军长的勤务兵。在寻淮洲、乐少华、粟裕等率北上抗日先遣队进入闽中前，章新进被朱德军长忍痛割爱派给了先遣队，他既是战士又是向导，成了先遣队之"双料队员"。

抗日战争结束后，章新进在华东野战军四纵特务团任排长，1950年他随所在部队赴朝参战。因为自从当红军后他就中断与家人的联系，家人便认定他已战死，之后请人在家里为他"做功德"，超度他的"亡灵"，希望他来世不受苦，能够到极乐世界享乐去。朝鲜战争结束后他转业回家，奇迹般地出现在亲属及乡亲们面前。人们甚觉意外，还以为他是"重返人间"的鬼神。

红军为大田百姓付出了爱心与真情，大田百姓也为红军做了很多好事善事。

朱德率领的红军抵达屏山时，时逢暑季，气候炎热，加之战事频仍，饮食无常，朱德和数十个红军战士罹患痢疾。当地中医郭景云和郭昭远得知此情况，赶忙进山采集草药，并按祖传药方对症下药，治愈了朱德军长及红军战士们的病。朱德十分感激，赠送一支六角形法兰西铅笔给郭景云，又将随身的两个书箱送给郭昭远。法兰西铅笔现保存在省革命历史纪念馆，两个书箱被当地博物馆收藏。

蒋山村蔗乾自然村有个教堂，为西式建筑，是英国传道士用以传道及西医诊病之场所。红军进驻期间，传道士与当地几名中医一起为红军战士治病疗伤。郭高枢作为传道士的学徒及医生，还上战场抢救伤员，以减少部队人员伤亡。这期间，教堂被扩建为"医院"，有西医2人，中医8人，护理10人。红军部队离开后，周围民众有病仍到这里医治，"医院"给乡民们带来了极大的方便。

尤其值得一写的是同处于蒋山村蔗乾自然村的枪厂。该枪厂是章国标创办的。章国标是何许人？为何要创办枪厂？与朱德和红军有何关系？是否为红军做出过重要的贡献？

章国标，字兰魁，号桂馨，1890年4月出生于蒋山村蔗乾自然村，16岁在永春被福建陆军招用，1917年任连长，1918年任营长，此后担任孙中山的警备统领（上校军衔），守卫总统府。1919年孙中山亲自委任他为第七独立旅二团警卫二营营长，负责孙中山的警卫工作。1921年12月章国标护送孙中山抵达广西桂林，设立北伐大本营。在桂林期间，为了加强国民革命军的武装，孙中山指示章国标在闽中较隐蔽和安全的山区筹办枪厂，由国民政府拨出专款购置设备。此后不久，枪厂便落户在章国标老家房屋的不远处。

1922年9月朱德到上海会见孙中山，章国标作为孙中山的警卫认识了朱德。数年后朱德率领红四军二、三纵队在漳平县开展革命活动时，正好章国标任漳平县县长。在朱德的影响下，章国标赞同红军的战略思想和军事主张，同时积极参加红军的革命活动。通过频繁的接触与沟通，他们建立起深厚的革命感情。

朱德进驻蒋山村期间，在章国标的陪同下视察了蔗乾枪厂，详细察看和认真了解了枪支的制作流程。由于长期作战，红军出现了枪支老化、零部件损坏等情况，章国标当即组织枪厂工人义务为红军修枪，还无偿赠送了一批新造的枪支弹药给红军。此后，蔗乾枪厂承担起为红军制造、维修武器及运送枪支弹药的任务。为造出更多的枪支，红军还从湖北调来一部分设备，扩大了枪厂的生产规模。

1929年8月至1933年8月，蔗乾枪厂生产的枪支弹药，由章国标组织马队（最多时达300多匹马）运送，同时组织由共产党员及游击队骨干组成的队伍护送，冒着生命危险，过道道关卡，将枪支弹药送达红军部队。之后由于路途遥远，运输困难，在红军安排下，一部分设备转移至龙岩等地，合并到红军所属的造枪厂，蔗乾枪厂只生产枪柄、枪管等零部件。1933年9月，章国标由于长期为红军运输武器弹药等原因，在漳平县被张贞匪部抓捕，押往龙岩监狱，最后遭国民党当局枪杀。章国标为了支援红军、为了革命的事业流尽了最后一滴血。

在大田，像章国标这样能为红军做出重大贡献的人自然是少数，而尊崇和爱戴红军和红军战士的却不乏其人。建设镇建设村林景耀接过话茬：1934年7月18日，红九军团长罗炳辉、政委蔡树藩率领红九军团一部护送北上抗日先遣队，途经大田进入尤溪。8月10日起担任护送任务的红军陆续回撤。建设镇建设村村民林景地热情接待路过的红军，并悉心照顾负伤的战士，其中有一个红军战士牺牲在林家。对此，林景地并没觉得不祥与晦气，而是认真地按照当地的丧事做法将其安葬，坟墓就选择在离房子的不远处。

为何让坟墓离家那么近？万霞想，或是林景地生怕那位红军战士离他们远了会觉得孤单和害怕，才这么做。"你不要怕，还有我们在你旁边呢。"或许林景地就是这么想的，几十年来，林家人每年都为这红军烈士扫墓。

这个红军战士是不幸的，年纪轻轻就献出了宝贵的生命，然而他又是十分幸运的。林景地与他素昧平生，萍水相逢，甚至连他家居何方姓甚名谁都不知道，却能够把他当作自己的亲人一样对待。几代人接力为其扫墓，缅怀纪念。

现如今，县里对这个无名红军墓重新修缮，每年清明节前后，临近的中小学都组织祭扫无名红军墓，使之成了名符其实的革命爱国主义教育基地。

林景耀、郭传海滔滔不绝地打开话匣子，郭文化、苏大双在一旁不停地附和："是啊，是啊，这些故事我也依稀听村里的老人讲过，还不止你说的这几个呢！"

郭文化说："我还听说《一支法兰西铅笔》《两只书箱》的故事呢，你们可都听说过？"

苏大双说，我们先组织屏山乡的老年协会的老同志，把所有的红色故事初步整理出来，送给党史研究室，听说他们正在整理《大田红色故事》，希望他们能把发生在屏山的故事汇编成册。

赵书记在县委工作会上的这个宣传发动，是继 2011 年 12 月 29 日县委中心组学习扩大会上林主任半个小时的关于大田"申苏"工作分析动员鼓劲推动之后的又一次大范围的宣传发动，为有效推进工作落实营造了良好的氛围，奠定了坚实的基础。

屏山乡有几位热心的老同志，也许意识到历史事实不能在自己身上湮没，自己有心要陈述一段已尘封于岁月深处的往事，多次到党史研究室，报告情况，提供人证物证，提供线索。这种源自土地一般的质朴互动，一次又一次地感动着"申苏"工作人员。

龙年春节刚过，正月初七上班一早，屏山乡村民郭直呈老同志，身着过年的新衣，两鬓染霜，满脸沧桑，焦急地等在县党史室门口。见了万霞就说，他大年初一给党史室的干部发贺年短信了，还分别打了电话，万霞手机没接听，所以急着在上班第一时间过来拜访。

这位老人只有小学一年级的文化，可是凭着他的热心肠，为"申苏"团队提供了朱德旧居、红军留款信、无名烈士墓等革命遗址遗迹，收集了10多个红色故事，10多件重要革命文物。个别村民不愿意将文物捐赠给县里，他一次又一次地拜访、说服、动员。有的无法说服，就打电话跟文物保存者在大学里就读的孙子沟通，或者通过念过书在外工作的亲戚，绞尽脑汁，软磨硬泡，直到同意捐赠出来为止。

当然，也有些热心帮助者希望万霞他们"投桃报李"。屏山乡蒋山村老章，数次到党史研究室，对重要革命遗址遗迹、重要革命文物以及红色故事征集与发现提供帮助，先后提供了苏维埃政府印章、路口枪厂、炮弹等许多重要线索。万霞对他非常感激。不过，后来才知道，他这么做有他的诉求。据老章陈述，他担任国民党漳平县县长的爷爷曾支持帮助过共产党。他希望万霞能够将此事写进党史。万霞这才憬悟，原来，热情的背后另有"诉求"。不过，转念一想，这也是人之常情，祖辈荣耀过，晚辈希望能够将之载入史册，万古流芳。可是，历史需要以事实说话，不可仅凭嘴巴说。他拿不出相关的证据，万霞自然不能也没有理由答应他的要求。老章先是不解，认为帮助"申苏"做了恁多的事情，而党史研究室却不能满足他一个小小夙愿，因此，还发生争执。后来，经过万霞晓之以理耐心解释，对老人为大田县"申苏"工作做出努力表示感谢，但是，将他爷爷载入党史一事，由于缺乏铁证，还是没能如他所愿。老章总算明白且不再纠缠，之后，依然一如既往，时不时到党史研究室提供佐证资料，喝喝大田美人茶，与万霞几位同志成了至交。

2011年12月，章培昆为党史研究室提供了"路口乡苏维埃政府"印章。这是"申苏"工作的第二个"重大发现"，也是给"申苏"工作带来最大惊喜。在大田新闻宣传报道后，全县的广大干部群众都为之欢腾，对大田属于原中央苏区范围，大多数同志从这一刻起由将信将疑变成坚信无比。

2013年4月，章培昆又提供红军当年留下的九枚"七生五"大炮弹，最重的一颗有14斤，高度达50厘米。

毛泽东在《青年运动的方向》一文中写道："革命是什么人去干呢？革命的主体是什么呢？就是中国的老百姓。革命的动力，有无产阶级，有农民阶级，还有其他阶级中一切愿意反帝反封建的人，他们都是反帝反封建的革命力量。但是这许多人中间，什么人是根本的力量，是革命的骨干呢？就是占全国人口百分之九十的工人农民。"（1939年，《毛泽东选集》第2卷第526页）经过这次"申苏"工作，万霞深深觉得人民群众的力量。万霞进而又想，在广袤的土地上，有多少珍贵的历史散落在民间啊！

六　红色遗存先保护，再迎宾客来参观

　　文化是一个城市的名片和灵魂，也是一个城市气质和内涵的重要表现形式，遗址遗迹是一首首凝固的音乐，是一曲曲无声的歌。那些弥足珍贵革命遗址遗迹，大多数已严重破损或者即将消失，若不及时加以保护与利用将不复存在，修缮与抢救遗址遗迹一刻也不能耽搁。

　　大田革命遗址遗迹现存有 70 多处，覆盖全县大部分区域。红色资源空间分布的广泛性与零散性，需要通过转化达到集聚的教育效应。为此，县党史研究室对保存完好、影响力较大的红四军指挥部旧址、朱德旧居暨中共大田特区委旧址、闽中工委会址、建设红军标语房等多处革命遗址进行了优先修缮，并对全县各地的遗址遗迹实行立碑挂牌保护。同时在交通便利、遗址遗迹较为集中的地区布置展馆。在叶炎煌故居布置叶炎煌生平事迹展，在红四军指挥部旧址布置大田中央苏区革命历史陈列馆，在闽中工委会址布置大田革命斗争历史展，在林笏隆烈士故居布置"一家三英烈"事迹展，在湖美乡高才村布置北上抗日先遣队攻占大田县城陈列展。这些展馆既展现了大田整个革命历史进程，又有针对性地展现了在土地革命战争、抗日战争、解放战争各个时期可歌可泣的英雄故事，同时把全县各地的革命遗址遗迹的图片、革命文物，收入大田中央苏区革命历史陈列馆、大田革命历史陈列馆，对红色资源进行了整合与转化。依托这些爱国主义教育基地、党史教育基地，搭建学习大田革命历史、接受革命传统教育、感悟革命精神的平台，把

红色资源教育纳入人民群众的生活实践过程中。"大田集美学村"旧址陈列馆、大田中央苏区革命历史陈列馆、闽中工委会址现已成为大田党校党员干部培训的定点教育基地，成为全县政府机关干部、部队官兵、学校师生接受革命传统的教育基地，是各地游客红色之旅的红色景点，是省内外大学生暑假实践教育活动的重要活动场所，集美大学、福州大学、华侨大学等高校众多师生慕名前来参观。目前，已接待数十万名省内外来宾前来参观，成了大田打响革命红色历史文化的品牌。

朱德出击闽中革命遗址群修缮保护与利用项目、北上抗日先遣队攻占大田县城革命遗址群保护修缮与利用、大田集美学村遗址群保护修缮与利用项目全方位启动实施，已经形成三天两夜、两天一夜闽中红色之旅研学基地、党日活动重要实践基地。

目前，大田县红色旅游项目大田中央苏区主题公园完成建设并投入使用。该公园位于城区霞山战斗遗址，投入资金2500多万元，成为综合红色苏区文化、军事历史展示、野外运动拓展等多功能为一体的文化主题公园。通过开发红色旅游等举措做好革命遗址遗迹的全面保护、充分利用和良好传承，让"党史活教材"重焕光彩。

为加大革命遗址遗迹保护和利用，大田县邀请上级文管部门专家对革命遗址遗迹的修缮与保护进行专门指导，并投资近亿元，优先修缮了武陵乡朱德旧居暨中共大田特区委旧址、玉田红四军指挥部驻扎地旧址、罗炳辉旧居暨三民乡苏维埃政府旧址等遗址遗迹，同时，红四军指挥部旧址布置中央苏区革命历史陈列馆，将其打造成大田革命历史传统教育基地。现已立碑挂牌保护 50 多处，多处为濒危或已严重损毁的遗址遗迹。

近年来，大田县还根据县域内遗址遗迹较为集中，利于开发红色旅游资源的特点，以城区为中心点，设置了城区、武陵等 7 条红色旅游线路，形成红色旅游圈。完成大田红色旅游专项规划，整合闽中工委会址、朱德旧居暨大田特区委旧址、武陵乡革命烈士陵园、林大蕃烈士故居等遗址遗迹，将其列入重要的旅游线路和红色景点，并对其周边环境进行全面的整治与绿化。这些景点的开发将整合周边的红色旅游资源，带动区域经济发展，发挥遗址经济效益和社会价值的双重功能。

为贯彻落实中共中央办公厅、国务院办公厅 2018 年印发的《关于实施革命文物保护利用工程（2018-2022 年）的意见》，中宣部、财政部、文化和旅游部、国家文物局关于公布《革命文物保护利用片区分县名单（第一批）》的通知，确定了井冈山片区、原中央苏区片区、湘鄂西片区、海陆丰片区、鄂豫皖片区、琼崖片区、闽浙赣片区、湘鄂赣片区、湘赣片区、左右江片区、川陕片区、陕甘片区、湘鄂川黔片区、晋冀豫片区和苏北片区 15 个革命文物保护利用片区。其中，大田县三民乡苏维埃政府旧址暨红军标语墙、大田县三民乡苏维埃政府旧址暨红军标语墙、大田革命烈士陵园、罗荣桓旧居、红四军前委机关、三纵队旧址（林志群故居）、红四军军部旧址、林笏隆故居，位于大田县武陵乡百束村、红四军指挥部旧址、路口乡苏维埃政府旧址暨朱德旧居等 7 个地方上榜。

第二章　内查外调

一　档案古籍苦寻访，数条实据一炎煌

秋风瑟瑟，树叶泛黄，夜凉如水。万霞在车水马龙的街道上望着不远处五光十色的霓虹灯，心里焦急得如热锅上的蚂蚁。

县内可查可找的都已经查阅遍，为了论证工作更加有理有据有力，万霞寻思着只能到外省外地市的档案馆图书馆作进一步查找，希望碰碰运气。

根据县委赵书记指示，外出查找资料的第一站是到中国第二历史档案馆——南京。杨歌在网上预订了 10 月 25 日厦门飞往南京的机票。

县委专题会议议定，用车事宜由县委办负责协调。万霞跟县委办徐主任报告事由，被拒绝。事事从来落实难。有多少会议议定事项不落实，有多少上级精神贯彻不到位呢？落实难，难落实，从来是事业发展的最后一公里。

万霞陪着笑脸小心翼翼向外单位领导借了车。25 日起个大早，与杨歌、清姐三人来到厦门机场候机厅。坐在机舱里，望着机窗外翻滚的白云，万霞内心茫然而惆怅，此行能否找到大田苏维埃时期的革命斗争史料？

下了飞机，置身陌生环境，望望四周，感觉有几缕阳光驻进心里。南京机场在郊外，他们仨先乘坐公交车到了市区后，拽着拉竿箱一路走着，按照来之前百度的方位找到一家酒店，凑到总台向清新亮丽的小妹询问房价，总台服务员用甜甜的声音告诉他们：标房 456 元。

他们仨一琢磨，超过标准了，住不得。只能另觅宾馆；出门，往左走 800 米，有个快捷酒店深藏在小巷子里，他们仨赶紧前往。拿出地图仔细查看，中国第二历史档案馆竟然就在附近。

中国第二历史档案馆是国家档案局所属的国家级档案馆，集中保管中华民国时期各个中央政权机关及其直属机构档案，成立于 1951 年 2 月，原名南京史料整理处，隶属中国社会科学院近代史研究所，1964 年改隶国家档案局，并易现名。

第二天万霞他们起了个大早，步行到南京市中山东路 309 号的中国第二历史档案馆门前，一座庄严而古朴的建筑，与周边现代建筑形成强大的反差。门口站着一脸严肃的武警，万霞他们拿出事先开具的大田县委介绍信，入内走向左边的检查室，所带的笔记本、相机、水、背包等物品一应被要求寄存。院子里来回走动的全是穿着白长褂的身影。万霞好奇前去询问，才知这些都是专业的档案抢修人员。杨歌与清姐到登记处寄存物品，万霞摁不住好奇心驱使往前 50 米四下探望这典雅而幽静的仿古建筑，立刻被保安人员喝斥着退回登记处。

中国第二历史档案馆是国家档案局所属的国家级档案馆，共收藏有 932 余个全宗，计 180 多万卷，排架长度达 50000 余米，收藏的民国时期图书资料有 5 万余册。其中编辑出版的

《中华民国史档案资料汇编》《中华民国史档案资料丛刊》《中华民国史档案资料丛书》《中华民历史图片档案》及老城市、老照片等系列丛书共 70 余种数亿字的档案史料。

他们仨绕过曲径来到院落后的档案室，干净、安静、典雅、温馨，仿佛能听到自己的呼吸。压低嗓门与工作人员说明来意后再次登记，借阅了相关档案资料，坐在咖喱色的三角型"查档桌"上专心致志地查阅。

可是，他们三人查阅了 10 多本档案资料，却没发现一条与大田相关的内容。档案馆不许带水壶入内，他们口渴难耐，但强忍着，半天没喝一口水。一个人在专注地做某件事时，时间便如孔夫子所慨叹的"逝者如斯夫"。

转眼 12 点已过，只得先到大门外找午餐，三人互相看着，充满沮丧，料想着此行是找不着所需的档案了，当然，他们仨谁也没说出来，只是心照不宣，眼神泄露出心底的失望。草草用过午餐，便又回到档案室。

万霞再与其中一位档案馆工作人员详细说明他们查档的用途以及所需的档案资料范围，比如 1929 年至 1935 年国民党军事斗争方面的相关史料记载。这时，工作人员给他们一套《民国档案资料汇编》70 卷中的 5 卷。

终于，他们查找到国民党军事日记中 90 多条关于中央红军在大田开展革命斗争的详细记载，这便是他们要的历史证据！

这些材料从反面证明了苏维埃时期大田开展革命斗争的史实。

外出查找第一站的第一天，终于有了满意的收获，心里升腾起无限的希望。原来，大田苏维埃时期，竟然有 20 多位将帅带领中央主力红军部队在大田驻扎开展革命武装斗争。这与此前县内记载的 3 支中央红军过大田有着很大的出入。

他们仨将相关的档案资料一一复印并加盖档案馆的蓝印章。按捺不住喜悦之情，晚饭变得可口无比，三个盘子很快见底。夜色中，走在熙熙攘攘的大街上，他们的脚步变得轻快了，愁云惨雾散去之后，之间的话也多起来了。他们仨互相鼓励着，对接下来的查找充满了信心。灵光一现般，他们对历史的理解更进了一层，对于前人所记载的历史也不能盲目相信。即使是正史，也可能存在不真实的地方，即使是野史也可能有真实的反映，对于历史，要以辩证的眼光去审视。要全面了解历史，读正史的同时也要读野史。这便是他们的感悟，也正应了"实践出真知"这句名言。

"大胆地假设，小心地求证。"这是胡适的一句名言。信然！只有这样，才有可能推翻既定的描述，从而进行重新认识，重新分析，重新判断，重新书写。

第三天，他们到了南京图书馆、古籍书店查找民国时期的旧报纸、旧书籍。晚上，他们仨又去逛了夜市，购买古书籍。

第四天午餐后，离登机时间还有 3 个小时，他们仨又到图书馆，再查阅一些资料，复印了几份珍贵的资料并加盖了馆章。

在南京期间，几乎每一天，江部长都打电话询问查阅的收获，并要求将所查的情况向林主任和省室黄处长报告，方便他们帮助大田县开展论证工作。

那当儿，不难想象，江部长的心理压力也不小。他一定很焦急，就像父母亲关心第一次出远门的孩子，每天都要打电话问一问。可是，对于万霞他们而言，江部长虽然只是问一问，却给予他们鼓舞，同时，也加大了他们心底的压力。

11月4日，省委督查室通知说有一个信访督办件，反映上京镇矿山污染水田纠纷问题，要大田县相关领导以及事件责任部门与当事人赴省委办公厅，参加一个协调会。县委安排郑副书记率上京镇、农办、督查室等相关责任领导前往参加。

万霞盘算着带上党史室的5位同志一同前往省档案馆、省图书馆、省委党校、省委党史研究室资料中心等地查找资料。参加完协调会，其余领导返回县里，万霞就留在福州继续查档工作。

郑副书记当日返回，临行前一再交代驻榕办林主任在此期间要好好关心党史室一行，务必要做好后勤保障工作。万霞明白，领导越是关心，万霞他们越是不敢辜负。

在好长一段日子里，这种被关心的温暖犹如冬天里的阳光。

11月9日，又是一个暴雨天气，万霞撑着一把随身携带的小阳伞，从三明大厦往省委党史研究室资料中心。斜长的雨，像一根根棍子敲打过来，皮鞋里的水满上了，每踩一步都发出吱叽的声音。到了资料中心，顾不得"寒从脚起"，万霞迫不及待地翻阅查找档案资料。桌上查阅过的书籍资料堆成小山一般。猛一抬头望窗外，暮色降临，四周高楼已是一片粲然的灯火，双脚麻得站不起来，冷得直打颤，拎起裤管，还挤出一串水珠，皮鞋袜子湿透……

整栋楼的工作人员早已下班了，只见资料室隔壁办公室里，一位披着长发的小姑娘只身坐着。万霞带着歉意问："下班时间已过，你为何不提醒我们离开？"

她说："我看你们拼命三郎似的废寝忘食样儿，不忍打搅。之前，有许多县也组织人来查找资料，却从来没有像你们这样，一来8天，而且如此认真。我被你们务实的工作作风打动了。"

万霞忙不迭地向她说谢谢。

她柔声说，其实，外边的雨又那般大，她也想等雨小点儿再走。家里有很疼她的婆婆，把她的二宝和家务打理得妥妥的，从来不用她操心。再说了，服务基层本就是她们的工作，不必客气。

万霞知道，她的这个借口是为了减少万霞他们的愧疚之情。其实，在"申苏"的艰辛之路上，有多少像小姑娘这样无名的热心人啊！一路被感动着、关心着。

省委党史研究室的黄处长看到他们一行榕城8天查到了丰厚的资料，为他们感到高兴。黄处长也纳闷，搞党史研究40多年，关于大田苏区革命斗争史料掌握甚少，可以说几乎没有阅读过。更让他感到困惑的是，曾经的大田党史工作者怎么就只写抗战历史而将苏区历史放弃了呢？黄处长对于万霞他们的坚韧执着与认真态度，给予充分的肯定。

也许是被万霞一行的执着精神感动，也许是作为一名专业人士的正义之心，黄处长从个人藏书中整理出300多册，用大袋子装好几大袋让杨歌清姐带回查阅。黄处长谆谆告诫说，巧妇难为无米之炊。有足够的史料支撑，论证才能有理有据，其情也灼，其意也綦！

尤其值得一提的是，此行查阅档案中，清姐在省图书馆看到《福建民报》1934年10月25日和26日的报纸第7版中两则大田籍革命烈士叶炎煌牺牲的相关记载，这是"申苏"工作中的第三个重大发现。

叶炎煌，厦门市委机关工作人员，因身份暴露而被捕牺牲。他是大田叶氏的哪一族？与大田党部组织的建立有着什么样的联系？他的后人在哪儿呢？还有哪些相关的线索可以支持？紧接而来的一系列疑问从万霞心里升腾起来。

武陵乡、梅山乡、太华镇、华兴乡等有叶姓的村落，一一考察，仍没发现相关线索。从叶炎煌（叶延环）的辈份及叶氏外出游医到厦门开中草药店情况看，万霞他们大胆假设他是华兴乡京口村人氏，依据是当年该村有很多中医到泉州厦门等地行医。综合各种分析，他们基本判定叶炎煌是华兴乡京口村人，但缺乏有力的证据。历史，需要拿事实来证明，否则，再雄辩也显得苍白。

于是，万霞开始对大田苏区革命斗争历史原貌的所有可能展开思考。疑问一旦开始，逻辑自会推你至应往之地。

带着一串串疑问，万霞又多次组织人员甚至借用公安侦察手段到厦门市档案馆、厦门市委党史研究室、厦门市公安局户籍管理处、厦门市革命历史纪念馆等处多方查找访问。为了减少不必要的麻烦，清姐还用电话查访当年参与编撰《福建省组织史》《厦门市组织史》的组织部、党史室同志，希望获得相关详细信息。

功夫不负有心人，最终与客居香港的叶炎煌烈士后代取得联系，原来断了的线索终于衔接上了。那天，久违的太阳出现在大田县城上空，照彻大地。

对于大田的党组织创始人的疑问总算得到答案。叶炎煌，大田县华兴乡京口村人，早年跟随父亲到厦门一中求学，在校期间，他受先进思想的熏陶，加入中国共产党，1927 年至 1928 年间任厦门团市委书记，属厦门市委机关工作人员，并以行医身份作掩护，开展党的工作。1929 年初曾返回大田开展党的工作，并在谢武乡建立中共大田特支。1930 年曾多次与陶铸夫人曾志等同志一起到同安、泉州、永春、德化、大田开展巡视，指导党团工作。

二　剥茧抽丝为真相，尘封历史终还原

对于大田革命先烈叶炎煌的发现与寻访，是一个特别艰难而又充满传奇色彩的迂回曲折的过程。

因为一个人物的发现，还原了大田一段历史的真相，大田建立党组织的时间往前推了 8 年。

2011 年 11 月 17 日，厦门市图书馆二楼借阅厅，"申苏"外调组成员不知疲倦地在搜寻着，希望在图书馆近 200 万册藏书中，能够找到他们需要的材料。当他们从图书馆管理员手中拿到一套发黄的《福建人民革命史参考资料》，翻开第一篇《国民党反动派在青洋的血腥统治》，看到《福建民报》1934 年 10 月 25 日刊登的"保安处今晨枪毙共产犯六名"，其中有一名"叶炎煌，年二十六岁，男性，大田人"，这则消息让他们眼睛一亮，这不就是他们要找的资料吗。于是一场寻访叶炎煌及其家人的工作就此展开。

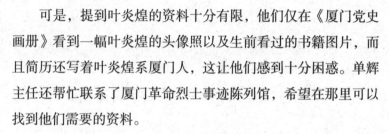

由于年代久远，许多知情者相继离去，寻访过程十分艰难。

2011年12月19日，外调组成员来到位于厦门公园南路的厦门市委党史研究室办公楼。单辉主任热情接待了他们，拿了一套《厦门革命历史文献资料汇编》和往年厦门市委党史研究室编印的《厦门党史通讯》《厦门党史参考资料与研究》以及《厦门党史画册》给他们看，还打开党史室的资料室为他们提供方便。

可是，提到叶炎煌的资料十分有限，他们仅在《厦门党史画册》看到一幅叶炎煌的头像照以及生前看过的书籍图片，而且简历还写着叶炎煌系厦门人，这让他们感到十分困惑。单辉主任还帮忙联系了厦门革命烈士事迹陈列馆，希望在那里可以找到他们需要的资料。

第二天一早，他们早早来到厦门烈士陵园边的厦门革命烈士事迹陈列馆，工作人员打开资料柜，在一个资料袋里找到了叶炎煌的烈士登记表、全身照和烈属优待证。烈属优待证怎么会放在这里，工作人员也没法说清楚了。

优待证是1951年由厦门市人民政府颁发，家长栏写着：

姓名：叶锦文；

年龄：19岁；

与烈士关系：父子；

职业：修理车工；

住址：厦禾路22号。

家属状况栏写着：

祖母：林氏英，71岁；

庶祖母：宙春，47 岁。

他们想，有了这张优待证，找到叶炎煌的后人应该不会太难。随后，他们又来到厦门市民政局，希望在这里可以找到叶炎煌儿子叶锦文的联系方式。可工作人员在电脑上一查，根本找不到叶锦文的名字，再帮助打电话给思明区民政局请求帮忙查找，结果还是令人失望。

随后，杨歌一行外调组带着介绍信，来到厦门市公安局办证大厅，查询叶锦文的户籍资料。1951 年厦门市政府颁发的优待证记载叶锦文 19 岁，据此推算叶锦文应该出生于 1933 年左右，也就是叶炎煌牺牲时，他的儿子叶锦文才 2 岁。

经工作人员查询，全省叫叶锦文且年龄相仿的有七八个，但在厦门居住的没有一个。厦禾路几经拆迁改造，现在的厦禾路早已不是当年的厦禾路，当年的邻居也早已散居各处，所以无从找起。

下午，杨歌一行又来到厦门市档案馆，在那里找到了叶炎煌的一些遗物，有叶炎煌生前看过的书籍《医宗金鉴》全套、《精校断句赵注孙子十三篇》等，还有一些衣服，由于时间太久远，档案馆工作人员怕被翻破，不便给人触碰。他们只是隔着玻璃橱窗拍了几张照片留作资料。

关于叶锦文的联系方式还是没法找到，杨歌一行只好先打道回府。

查找工作一直在继续。千辛万苦，终于找到叶炎煌孙子。

2012 年 3 月 6 日，杨歌一行再一次踏上寻访之旅，不同的是，以往一起前往寻查的是几位党史研究室的同事，这次万

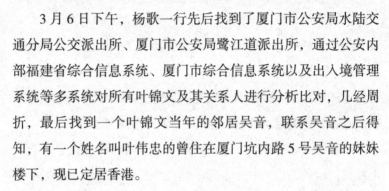

霞专门请江部长出面协调了公安部门人员协同查找。县公安局派出了网安大队教导员林少煌、督察大队柳芳两位同志。林少煌在公安局多个岗位工作过，办案经验十分丰富，工作认真细致。出发之前，林少煌就根据已经掌握的一些资料，通过公安局内部网做足功课，并且联系了厦门公安系统的同学朋友。

3月6日下午，杨歌一行先后找到了厦门市公安局水陆交通分局公交派出所、厦门市公安局鹭江道派出所，通过公安内部福建省综合信息系统、厦门市综合信息系统以及出入境管理系统等多系统对所有叶锦文及其关系人进行分析比对，几经周折，最后找到一个叶锦文当年的邻居吴音，联系吴音之后得知，有一个姓名叫叶伟忠的曾住在厦门坑内路5号吴音的妹妹楼下，现已定居香港。

3月7日一大早，天还下着雨，杨歌一行急忙赶往坑内路。坑内路在厦门一中后面的小山上，小路弯弯曲曲，门牌杂乱无序，好不容易才在小山顶上找到5号。吴音的妹妹住在2楼，这个叶伟忠住在她楼下，便是一楼了。

敲了几下门，开门的是一位年轻男子，屋里还有一个女青年。

当杨歌问到这个房子主人是不是叶伟忠时，那位女子说，好像在哪里见到过这个名字。

一会儿，这位女子拿出一张水费缴费单。

上面的户主写着：叶伟忠。

由此，杨歌一行就基本确认这套房子的主人就是叶伟忠了。于是请这位女子帮忙联系一下出租人，负责该房子出租的是叶伟忠妻子的姐夫曾志强。通过电话联系，曾志强赶到这里。杨歌一行跟他讲明来意后，曾志强立即与在香港的小姨子林怡新取得联系。

功夫不负有心人，兜兜转转，终于找到了叶炎煌的后人。由于叶伟忠在机场上班，不便联系，杨歌一行与林怡新约定晚上与叶伟忠通话。

晚上，经与叶伟忠近一个小时沟通，基本确定叶伟忠就是叶炎煌孙子。由于叶伟忠工作繁忙，不能请假，于是他委托妻子林怡新第二天乘坐飞机回到厦门与杨歌一行面谈。

3月8日上午9时45分，林怡新乘坐香港到厦门的国际航班回到厦门。

11时飞机到达厦门机场，杨歌与曾志强到厦门机场把林怡新接到了她妈妈在寿彭路的家。在林怡新妈妈家，杨歌与林怡新进行短暂沟通，林怡新拿出了当年政府颁发的叶炎煌革命烈士证明书以及一些相关相片。随后，他们到了坑内路5号林怡新的房子，找出叶炎煌亲属的一些相片，包括叶炎煌母亲林氏英、妻子黄秀珍、儿子叶锦文以及叶伟忠儿时的相片。

这时，杨歌才明白为什么叶伟忠到香港定居已多年，还一直把厦门这套房子留住，是因为这里有太多他儿时的记忆。

晚上，林怡新乘坐飞机返回香港。

7月11日，江部长率队又踏上深圳之旅。这次约好在深圳皇轩大酒店与叶伟忠见面。江部长接见了叶伟忠、林怡新夫妇。叶伟忠把叶炎煌烈士证明书带来给江部长看，江部长向叶伟忠夫妇详细了解了叶炎煌当年的革命斗争情况。

寻访的路是艰辛的，值得欣慰的是大田的一段重要历史得到还原。

之后深入查找，还在开国上将叶将军的回忆录中了解到，叶炎煌是叶将军入团介绍人。解放后，叶将军任全国人大副委员长期间，每到厦门出差，都去看望叶炎煌的父母。在曾女士回忆录中了解到叶炎煌父母长期把自己行医收入，都捐赠给福建省委，把自己家的中医药店"叶丽春堂"提供作为中共地下党的秘密联络点。厦门党组织曾经把陶先生与曾女士6个月大的儿子"小铁牛"托养在叶家。当时，叶炎煌结婚两年多，没有生育，叶的父母对养子视如己出。只是由于叶氏一族是中医世家，方圆百姓得了荨麻疹传染病，防护不当，"小铁牛"被染上，没有治愈而夭折。

一个为国家和民族作出过重要贡献的人，不该被忘记也不会被忘记。

叶炎煌，是大田人民永远的光荣，将永远铭记在大田人民心中！

三 革命历史引反响，后裔恳亲归故乡

胡适说过，做事情要聪明人下笨功夫。关于历史人物、历史事件、历史问题的分析判断尤其需要如此。

南京、福州、厦门之行以及县内的广泛查找，关于大田苏区革命斗争历史脉络基本轮廓已经还原。这中间查找了多少资料，行程几何，吃了多少苦……就让它湮没在时光河流之中吧！

紧接着，万霞认为，他们的任务是开展有效宣传。

万霞在冥思苦想中，"铭记一段将被遗忘的历史"这句话很自然地从心的石坝上流淌出来。万霞立即以这句话为题，以大事记的方式将大田苏区革命斗争史按时间为顺序梳理，分5期刊在《"申苏"简讯》上，呈给全县各级各部门领导干部等；之后每一期内容分别编排"'申苏'动态""新闻链接""红色印记""史海钩沉""遗址遗迹""乡镇动态"等栏目。

反响之大，出乎万霞的意料！

短短几天，万霞接到了全县干部群众的许多电话，他们都主动谈了关于《"申苏"简讯》的读后感，当然，更多的是鼓劲与肯定。

成就感是每个人的需要。越觉得有难度的事情，做成了，就越有成就感，越对自己有信心。这也是一种价值感的体现。一个人心中有价值感，就会觉得踏实，幸福。

万霞的心里不再像刚开始时那样茫然无措，变得踏实而坚定。

曾经的那些东西，像石头，死沉沉地压着，随着时光流逝，沉重感日趋减缓，直到释然。

走过一段阴霾时光，终于迎来灿烂的阳光。

一连好几天，万霞走在路上，边走边哼着小曲儿。

胡适说，有了不肯放过一个塔的真伪的思想习惯，方才敢疑上帝的有无。

果然，他们顺着一条条藤蔓，摸到了一串串的瓜。

大田许多重要史料系国内首度发现，媒体的多方宣传，也引发国内各大传媒争先报道。一位中国作协作家专门到大田，追寻这个感人的抽丝剥茧查寻之旅，并以叶炎煌烈士为原型，历时半年时间走访与调研，写了一部纪传体小说《叶炎煌》。

几乎同时，八一电影制片厂导演听说了这个传奇查寻之旅，决意以此为题材拍摄一部红色题材的电影。尤导演带领团队多次到大田实地考察调研，二次塑造人物形象，选取电影拍摄实景地。电影以叶炎煌为原型，以写实的手法再现了苏维埃时期那段难忘的烽火岁月。电影取景地就在大田县叶炎煌烈士故居以及战斗过的大田山水间。

一位被尘封了60多年的大田革命先烈，终于被拂去历史的尘埃，再现在全县人民心中。一部烈士纪念文集出版，一个烈士故居完成修缮，一个烈士纪念广场建成，一个烈士纪念馆布置完成，一个红色文化主题公园开园，一部以烈士为原型的小说出版，一部红色故事电影拍摄完成，一笔大田人民的宝贵精神财富被保存了下来。

万霞借势策划一个叶炎煌革命先烈后代返乡恳亲活动。

与叶伟忠提前预约好返乡恳亲的时间，再与华兴乡和京口村商量好活动方案再报县里审定同意。

由于叶炎煌牺牲时，叶锦文才两岁，为了躲避国民党的追杀，叶炎煌父母失散，妻子四处逃难不知所踪，幼小的叶锦文由叶炎煌母亲的陪嫁丫环宙春抚养长大。解放后，叶炎煌父母定居厦门。长时间沉浸在丧子之痛无法自拔，少与老家人联系。久而久之，华兴乡京口村民也与叶一家失去了联系。

所以，在万霞、杨歌联系到叶伟忠一家之前，叶伟忠他们虽然知道自己老家并非厦门，却不知道具体是哪里，之前多方打听查找，却始终没有结果，后来便不了了之。

此时，村民得知万霞与烈士后代取得联系并安排了恳亲活动，满心期待。村民们提前把村子整理齐当，故居扫了又扫，还专门定制了空气拱门以及欢迎横幅。族长召开多次宗族会议，讨论迎接烈士后代返乡恳亲的每一个细节。锣鼓队、夕阳红腰鼓队、花束队、舞狮队、南音表演、提线木偶表演、梨园戏曲演出、祭祀祖先的仪式等等，考虑得一应俱全。

县里对于烈士后代恳亲活动也安排了具体的行程和陪同的领导。

2012 年 8 月 8 日，大田县革命先烈叶炎煌之孙叶伟忠一家返乡恳亲。郑副书记、江部长代表县委、县政府热情接待。郑副书记致欢迎词，并简要介绍大田县经济社会发展情况。江部长对大田县革命先烈叶炎煌后代返乡恳亲表示欢迎，深情回顾县委党史研究室寻找叶炎煌烈士的曲折经历，并详细了解烈士后代的工作和生活情况。

简单的欢迎仪式之后，叶炎煌孙子一行在县领导的陪同下，驱车到京口村。一入村口，远远能望见充气的红色拱门书写着的大字："热烈欢迎叶伟忠一家返乡恳亲活动！"一串很长的鞭炮噼啪鸣放着，响声久久不绝。

村里组织的欢迎队伍一直排到叶氏大祖祠广场，错落随风的氢气球下飞舞着竖条幅！各条幅都写着热烈欢迎的大标语。多串鞭炮齐放，响彻云霄。叶氏大宗祠客厅中央摆设着祭祖所需的用品一应俱全。仪式由叶氏族长主持，有条不紊地进行，严谨而精心。

仪式之后，叶伟忠一家由亲人陪同参观了叶炎煌烈士主题馆和大田中央苏区革命纪念馆。几十年漂泊在外烈士后代终于寻根溯源，回到亲人怀抱。

在京口村部四楼会议室，叶炎煌孙子一家与村民们开怀畅叙乡情，座谈会远远超出预期的时间与效果。不善言谈的村民愣是把真心的话都掏出了心窝子。烈士后代也被从未谋面的朴素的村民们一遍又一遍地感动着、温暖着。

四　岁近年关借车窘，红都之行取经忙

为了进一步完善论证资料，春节之前万霞安排了江西之行。

万霞向民政局陈局长协调出差用车。陈局长说，年末局里工作忙，实在是无法安排。的确，年终岁首总难免比平时要多出许多任务。

万霞又一次臊眉耷眼地向外单位领导借工作用车。

跟人借车时，万霞汇报说大约需要三四天时间。因为年关将近，哪个单位也都紧着用车。如果一开口说太长时间，定然是借不到车辆的。当然，事实是此次红都之行共8天整。

万霞知道这样近于耍赖的行为不妥，可是为了工作只能"先斩后奏"了，这么远的行程她希望一次性完成查阅工作，成本小，效率高。关键是万霞寻思着年前要把需要查找的档案资料一股脑儿全面完成，这是万霞自己掐的时间节点。把需要论证的资料全都备齐，专家学者任何时候来实地确认，都能有备无患，不急不慌。

凭着一张江西地图以及导航仪，万霞仨先后踏寻了江西瑞

金中央革命根据地历史博物馆，瑞金革命烈士纪念园、红军烈士纪念塔，井冈山革命历史博物馆，江西省档案馆、图书馆、地方史馆，赣州市党史研究室资料中心，赣州市档案馆、图书馆，还拜访了赣州中央苏区史主编凌步机专家。

通过江部长在赣州市纪委的一位朋友介绍，他们仨顺利地从赣州党史室借阅到 18 个县丰富的资料，他们仨各拎着两大摞资料回酒店。因为计划在这儿查档的时间不长，与他们约定到下午 5 点前将这些重要资料悉数奉还。

旅途的辛苦加上水土不服，他们仨都疲惫不堪。可是，这些材料于他们而言，可谓是如获至珍。他们充分利用中午休息时间，在酒店里如饥似渴地边读材料，边做笔记，酒店里没有复印机，遇到需要成段或成篇抄写的文字，他们就用照相机拍下来。

下午 5 点前，他们按约定时间返还所有资料，心里又感激又庆幸。

经赣州市委党史办阳振乐副主任打电话介绍，当晚他们还顺利拜访了久仰大名的中央苏区史研究专家凌步机主任。那是一间极简朴的小套房住所，却给人"斯是陋室，惟吾德馨"之感。

客厅里坐着他老家来的几位亲戚，粗布衣，满脸沧桑，却言笑晏晏，仿佛在自家瓜棚架下聊着庄稼的收成。凌主任领着万霞和杨歌、清姐到他的书房。

一张小床，电脑桌前堆放着颇为零乱的"半拉子"作品。

屋子的三面墙都立着书橱，摆满了史料书籍。

寒暄之后，凌主任得知了他们的来意。他们逐一向凌主任汇报最近一段时间所查找到的重要史实，告诉他在中央档案馆与省档案馆合编的《福建革命历史文件汇集》的甲7、甲9中有三处记载大田曾建立党的组织。

凌主任说，有"党的组织"是"申苏"的首要条件。有了党的领导，一切工作开展便有了可能。苏维埃时期，所有工作都在党的坚强领导下开展的。

万霞还向凌主任请教了许多问题，他都耐心地一一为之作答。

返回酒店，心里喜滋滋的。

第二天一早，杨歌发现笔记本落在凌主任家里。

怎么办呢？他的那小笔记本，记录了几个月来查找的重要资料，凝聚着他的心血，堪称宝贝。无论如何得去取回呀，还能有什么别的办法。

这天，正好是赣州国际脐橙节，万霞他们挑选了两筐脐橙驱车到他家。

敲门，凌主任纳闷当儿，他们赶忙解释说，昨天邀请他合影时，将笔记本落在他的书房里了。

到凌主任客厅沙发坐下。

凌主任微笑着为万霞和杨歌倒了两大玻璃杯水，又抱歉地说，家里实在是简陋得很，在赣州新区有新置的商品房子，也装修好了，却一直没有搬迁。一者旧房子住习惯了，有很深的感情，二者家里书籍实在是多，又有一个国家课题未完成，一套丛书正在整理成册，一旦搬动，担心所需资料堆齐了反而寻不着。

的确，哪一位真正的大家不是对物质追求极为简朴的呢？

毕生的精力都花在专业领域的研究上了。此刻，万霞和杨歌都被凌主任的大家风范深深地打动。

一回生二回熟，万霞很愉快地和凌主任聊开了，还向他要了名片以及联系方式，方便以后求教。

临走，凌主任拿着笔记本交待杨歌说："还好落在我家里，这可真是宝贝啊！带好，别再忘了。"就像是长辈对晚辈的叮嘱。

凌主任还为他们介绍赣州的几个著名旅游景点，建议他们以后抽时间去看看。

万霞回应着"感谢""争取"一类客套话。可是心底很清楚，"申苏"工作没完成，哪有心思游山玩水呢？

万霞真诚地邀请凌主任到三明大田指导工作。

凌主任说，在 20 世纪 80 年代，三明作为全国文明城市时，他和江西的许多领导组成考察团前去学习参观过。他也很期待再到三明，现在一定变化更大，发展得更好了。

他执意下楼送万霞上车。

凌主任的勤奋和笔耕不辍给万霞留下很深的印象。万霞想，真希望自己能有一天也像他那样在该领域有如此深的建树。不是有说法，坚持同一件事情 30 000 个小时，就有希望成为该领域的专家了。自己一定也可以吧。对于党史研究工作，从一开始的责任使然，不知不觉间已经喜欢上了。万霞有一个与一些人不同的特点：不是干一行厌一行，而是干一行爱一行。因为，无论在哪一个岗位上，万霞对所从事的工作，总是投入十二分的努力和精力，所以容易出成绩，也能从成绩中获得成就感，品尝到成功的喜悦与甘甜。

万霞是一位把岗位当事业，把事业当爱人的职业女子。有许多朋友笑话她是一位极端认真的蠢人，万霞非但不气恼，还完全接受。她自己也知道从来都是不撞南墙不回头，撞了南墙要把南墙撞倒的执拗。朋友说的一点儿也没错，万霞就是一个这样执着而坚韧的人。

　　傍晚，下班时间到了，赣州市图书馆工作人员催万霞仨离开。

　　一出图书馆的门，远处的高楼顶上，一轮美丽的夕阳悬在前方屋顶的上方天空里，大而饱满，有如鲜美的橙汁要滴将出来，又带着几分悲壮。

　　万霞拿相机拍了几张，将这上苍馈赠的礼物收入现代电子器物中。一整天在发黄发旧的书堆里查阅得疲倦与焦躁，瞬间弥散。

　　离开赣州市图书馆，杨歌说肚子在叫了，他们顿时也觉得有些饿，但琢磨着如果在市区绕圈圈找餐馆，太耽误行程。他们顾不得用晚餐，先驱车赶往井冈山，计划着到路边服务区将就一餐。

　　沿途一看到服务区就停车去找吃的。可是，没料到这一高速路是新修的，所有的服务区均未开始营业，想要买一瓶水买一包快速面都不可能。

　　他们仨强忍着饥饿，直到22点40分才入住酒店。

　　司机小范忍不住提出抗议，说，接下来不许安排在夜里行车。视线不好，加上高速路上多数是22个轮子的长卡车，极长的车身用篷布包裹着，大粗绳交叉来回斜绑着，跑在高速路上，一上一下地颤悠着，频繁地超这些"大家伙"很不安全。

江西省方圆 16.69 万平方公里，他们只用 8 天时间横竖绕几圈，总算将红色摇篮红色革命圣地跑了个遍。每天 500 公里以上，白天在档案馆、图书馆或者资料中心，晚上这些地方没有对外开放。他们就收拾行李赶路，寻思着这样能节省出好多时间。

司机小范抱怨，和他们出差太没意思。一天到晚就在场馆内查档，早餐、午餐谈的全都是工作，就连在长途路上，除了工作没有一句别的内容，还成天绷着个脸，看着都觉得累。

万霞无奈地向他解释焦躁与着急的理由。

小范在理解之余居然生出了一丝同情。

千辛万苦、千苦万难，真是太不容易。

第七天赶往江西省上饶市拜访市委党史办工作人员，拟向他们借阅 1986 年编的《闽浙皖赣党史资料协作通讯》完整期刊以及了解当年参加编撰的工作人员。匆匆赶到时，已是傍晚时分，正逢周五，单位里只遇见一个年轻人。小伙子说他们刚搬了新办公室楼，许多资料都还未整理出来。周末没上班，他只能给万霞留了电话联系方式，等过后再联系。

车辆的主人已经下了最后的通牒，要万霞立刻还车。

工作已经基本完成，万霞也早已归心似箭。

在江西的 8 天时间里，每天上班时间在图书馆和档案馆里查阅资料，夜间赶路，深夜才入驻酒店，等盥洗完躺下闭上眼，还感觉身子在车里颠簸着前进。

每天睡前盘点着当天新发现的重要档案资料，心里的甜远远超过苦。每天就这么"痛并快乐着"。

"妞,明天杭州同学回来,在岩的十来位老同学都约起来,到大仙峰·茶美人景区聚会一下吧!你也开个车负责带几个同学。"

大仙峰·茶美人景区,是国家 AAAA 级旅游景区,位于戴云山脉西侧的大田县最高峰——大仙峰(海拔 1553 米)旁,距县城 22 公里,最高海拔 1108 米,至今有近千年的种茶历史,是中国首家以高山茶为主题、融文化体验、环境教育、文创展示、休闲度假等功能为一体的生态景区。

景区中的"土堡客栈",是以国家文物保护单位"安良堡"为原型设计的扶贫客栈,是景区中独具闽中特色的建筑。在古堡里,既能当"堡主",又能帮助贫困户,一举两得,是旅游居家出行、同学聚会的首选。

古堡的由来源自汉代,部分汉民族子孙从中原黄河之滨,长途迁徙到大田,初到闽中崇山峻岭之中,常常受到土著人的欺压、盗匪的打劫、虎狼的侵袭。为了生存和繁衍,他们不得不摆脱一家一户的独居方式,聚族住入土墙高筑的连屋之中。土堡客栈占地面积 1400 平方米,共有 18 个小套房,36 个床位。若是夜晚时分,在这里参加客栈里组织的露天篝火晚会,或是与三两好友登上栈道遥望星空都是极棒的体验。

"高山云雾育佳茗,茶韵飘香聚浓情。"在茶美人景区,可以看到茶文化群雕,栩栩如生;有三明市茶产业发展党员实训基地;有分布在景区不同区域的茶艺馆,根据客人不同需要选择茶品,约三五好友一品一整天;有"大田美人茶主题馆"。大田县是全国绿色茶叶标准化生产基地县,"大田高山茶"成为国家级农产品地理标志示范样板,"生态"成为闪亮名片。也正因为"山高、雾多、水甜、茶香"，在 2010 年，大田县被中国经济林协会授予"中国高山茶之乡"称号，也是中国唯一被授予高山茶之乡称号的县。大田高山茶中属"大田美人茶"质最优，被称为茶中"燕窝"。

大仙峰·茶美人景区的 7 座茶山曾被评为全国最美 30 座茶园之一。茶园茶叶生长过程全有机化，以无为而有为为宗旨，不耕地，不除草，遵循自然任其自然生长，从而保证片片茶叶都是有机生态茶。

种植环境：高山茶种植区域海拔均为 1000 米以上的高山，气候凉爽，常年多雾，昼夜温差大，光照适宜，种植环境得天独厚。

生长环境：土壤通透性好，有益茶树自然生长的营养元素齐全，通过合理的种植间距和人工枝剪以及蚯蚓等地下生物的自然翻松泥土，为茶树提供充足氧分、水分和光照。

施有机肥：使用本地农家天然有机肥，增加和更新土壤有机质，促进微生物繁殖，改善土壤的理化性质（土壤的物理和化学性质）和生物活性，增强茶树抗病虫害能力。

无农药：不使用农药，利用天敌昆虫，进行"以虫治虫"式的生物防治及物理作用除治害虫，避免造成环境污染，保证茶叶生态有机。

无生长素：在茶树生长过程中，不人为地施用生长素，保证茶叶纯天然的生长。

无二次污染：在生产加工过程中，细化茶叶工艺流程和技术要求，严格按照有机生产环境的规范加工场所条件，确保茶叶产品质量安全。

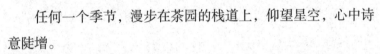

春赏花、夏避暑、秋品茗、冬观雪。置身万亩生态茶园，雾海茶人家民宿设施与绿意盎然的茶园，在海拔千米的高山上构成一道靓丽风景。在这里，静谧的茶园、清新的空气、自由的呼吸，坐在木屋廊前，沏上一壶茶，看茶叶片片起舞浮沉，呼吸木屋特有的原木香与茶香，伴随阵阵清凉的山风，每品茗一口，都是对心灵的一次洗涤。

任何一个季节，漫步在茶园的栈道上，仰望星空，心中诗意陡增。

万霞正遐想着茶美人景区的景致，只听得夏雨急切地督促道："妞，有没有在听我说话呢？同学们强烈要求你务必出场，屡屡不参加同学聚会，如此不友好，会被同学开除的呀！"

万霞无奈道："还在江西呢，正准备明天一早返回，最快也得明天傍晚到。这次只能再次错过，等完成这个重要任务，一定好好补偿同学们，拜托多多跟同学们解释。"

12 月 28 日，春节临近。

"申苏"论证文本《大田县委县人民政府关于申请确认大田县属于原中央苏区范围的请示及附件》（送审稿）终于出炉。编印 50 份，送呈给省、市、县的领导以及各届人士，广泛征求意见，请他们于节后上班前将修改意见反馈到县委党史研究室，以便于汇总修正。

在繁重工作面前，万霞庆幸在县委办工作期间的磨炼。4年的县委综合文字工作经历，让万霞撰写与审核"申苏"《主报告》等几百万字论证材料得心应手；6 年多的县委督查工作经历，使得万霞对于分解抓落实工作应对自如。多部门多岗位的文字综合以及综合协调能力的积淀，在这2年的工作中得以淋漓尽致地发挥。

忽然想起朋友的一句话：所有的苦，所有的累，都不会白白承受。

五　一心只为申苏计，半夜苦思不觉寒

"只问耕耘，不问收获。"

2012年2月7日，春节后第一个工作日，万霞打开邮箱即看到林主任修改过的《主报告》。迅速浏览后发现，经过林主任精心修改的《主报告》表述更严谨，逻辑性更强了。他将全文包括标题甚至标点整个地推敲一遍。

2月8日，万霞与杨歌、清姐、老涂带上春节期间加班的新发现，根据论证中所缺少部分，又到福州档案馆有针对性地再查找，还请省室黄处长帮助修改《请示件》。为了提高工作效率，入驻三明大厦后，万霞等四个人兵分两路，万霞与小杨拜访黄处长，讨教请示件修改的几个问题，小郑与老涂再到省档案馆继续查找相关史料。黄处长的老父亲九十多岁，长期卧病，生活不能自理，春节期间气温骤降病情加重，所以腾不出精力帮忙修改。他黯然神伤，情绪低落，万霞和他只是坐着，聊聊新年，聊聊工作与生活，当然，也聊大田县"申苏"工作创造的无数奇迹。

下午，万霞他们四人一同到了省档案馆。

馆里的工作人员用惊奇的眼神打量并询问："你们怎么元

宵未过，便这么急着来找资料呀？不过，你们来得也对，我们馆三月份便要开始搬迁至新址了，搬迁起码得三个月时间，你们得乘现在抓紧查阅。"

这当儿，万霞心底很是欣慰，冥冥之中若有天助，真是"天道酬勤"，若是等元宵节之后才匆忙赶到省城，结果会是什么？万霞真希望自己有孙悟空的"七十二变"能力，将该档案馆里与大田相关的所有档案资料全部收录到她的文件包里。

第三天返回县里。万霞心底虽然觉得有几分唐突，但是为了"申苏"工作，还是每天都给黄处长去一个电话，恳求说，时间紧迫，只担心中央党史研究室春节后便会开始相关认定工作，所以，无论如何要在此之前将申报文本送呈云云。

万霞知道，老这么缠着，自己也不好意思，但如果不请黄处长帮助审定，担心还存在不足或者说可能存在明显不足。毕竟，他这些年帮助十几个县审核过"申苏"材料，老马识途，经验非常丰富。

元宵甫过，万霞又迫不及待地到省室拜访黄处长，无论如何也要请他帮着把好论证文本的审核关。也许是内心太焦急，那天，万霞他们起个大早，赶在八点前到了省委屏山大院的东门，迅速赶到省委党史研究室4楼办公室。黄处长儒雅平易，先是对自己因家事没精力帮忙修改表示抱歉。万霞与他坐着闲聊，谈工作，谈理想，谈生活。闲谈中增进彼此的了解，也增进彼此的情感。万霞深知，求人办事，于人于己，沟通交流是前提。

黄处长答应，近期一定腾出精力和时间，为万霞仔细修改审定。

2012 年 2 月 14 日傍晚，万霞接到黄处长电话，说最近上班时间有好多别的事务忙不开，约好只能利用晚上时间修改稿子。

早春的夜还带着冬寒，冷得出奇。晚餐后，万霞立即回到办公室，深怕与黄处长约定的时间被错过。裹着大围巾，穿着厚棉袄、棉鞋，全副武装。在党史室的电脑前，通过邮箱与黄处长一来一回地传着稿子《大田县委大田县人民政府关于申请确认大田县属于中央苏区范围的请示》。凡遇见疑问之处，抓起电话就问。已经到了凌晨，黄处长还不厌其烦地让万霞将《请示件》的附件电子版发过去给他，他要帮助校对与订正。这可是有一百多页呢，涉及 156 个资料和图表。万霞深知，黄处长的工作是认真严谨的，自去年以来，已经记不得有多少个深夜，在电话里向他请教问题，讨论业务，听他的修改意见。

万霞能感觉得到他的指导是那种毫无保留的真诚与直率。

只有到了晚上时间，黄处长才有空在办公室。他说，晚上时间更适合搞文字工作，不仅可以静静地思考，而且不会有人打扰。

万霞抓住他的这一特点，遇到困难问题，总能很方便地第一时间向他请教。偶尔他们也会在电话中发发感慨，抱怨作为小人物的种种艰辛委屈与无奈。

夜里 12 点 30 分，经过反复推敲，终于将《请示件》定稿，开头先介绍大田在历史上的区位特点以及苏维埃时期二十几位红军高级将领在大田领导过革命斗争总的情况。

第一部分写早在 1929 年初，大田就有了党的活动。1929

年 8 月，朱德率红四军出击闽中，把大田纳入闽西苏区的发展范围。1930 年 1 月，大田就已被全苏区域代表大会列为"全国苏维埃区域"之一，是闽西苏区扩展时期的重要组成部分。

第二部分写随着土地革命的广泛开展，大田红色区域不断巩固。1933 年后，中央苏区主力红军在大田的一系列军事行动以及红军北上抗日先遣队攻占大田县城，更大范围地拓展了大田红色区域。大田成为中央苏区重要组成部分。

第三部分写土地革命战争时期，大田苏区人民坚持革命斗争长达 6 年之久，为中央苏区的扩展及巩固作出重大贡献。段落中每一个史实的阐述，都要有三个以上史料作为支撑。请示件之后所附的 156 个历史资料和图表，也经过黄处长帮忙，一一作了校对与订正。

"申苏"历程中，能遇到黄处长这样"贵人"的帮助、关心、支持。万霞除了感动，还是感动；每一次的帮助都不是一个"谢谢"能够表达的。

胡适说过做事情要"聪明人下笨功夫"。万霞原以为下笨功夫只是一种精神，但体会过了才知，笨功夫是一种方法，甚至是唯一方法。

每天下午下班后，万霞只花十几分钟吃晚饭，就下意识地回到办公室。对面办公楼三楼走廊外高挂着的两盏大射灯已亮了，陆续地有球迷前来健身。

万霞关上办公室的门，摁下开关，灯管怔了一下，亮了。小操场中的击球声欢笑声变得很遥远。

2012 年 5 月，三明市委市政府例行拉练工作检查，市五套班子领导与市直部门负责人以及各县市区主要领导参加工作检查。第一站安排到大田。万霞只站在一己思路，急着要将"申苏"工作中的"重大发现"以及"鲜为人知"的大田苏区革命斗争历史向各位来宾作宣传，思量着市里以及各县市区领导在出差的酒店里也许会利用闲暇翻看小册子，通过这些精心编制的内容可以接触大田苏区革命斗争历史以及大田厚重的红色文化。哪怕是随手翻翻，也是好的。

万霞报请赵书记，说了一大堆的理由，赵书记勉强同意。万霞同时请示汤县长意见，汤县长让万霞报告材料组。万霞与材料组好说歹说，材料组终于勉强同意。万霞马上召集人员连夜赶制宣传册子。

万霞这种"缠"的行为最终没有发挥功效，所有的辛苦付诸东流。在一百多个房间所分发的宣传资料，全被"枪毙"了。秘书组人员只用十分钟不到全部收回这些宣传品，万霞的这一次宣传计划以失败告终。不过，失望过后，反思自己，理智告诉万霞，凡事不能性急，更不能蛮干。

拧巴如万霞。常有朋友说，倔强的性格既是万霞的缺点也是万霞的优点。因为倔强，不讨人喜欢，自然免不了吃亏。因为倔强，所以好胜，有一种韧劲和不达目的不止的力量，有利于所负责的工作落实。

万霞最崇拜罗莎·帕克斯，整个世界为之改变的一个美国黑人。

罗莎·帕克斯是美国的一个黑人女裁缝。1955年12月，在阿拉巴马州州府蒙哥马利市，她在一辆公共汽车上就座。那时，南方各州的公共汽车上还实行种族隔离，座位分为前后两部分，白人坐前排，黑人坐后排，中间是"灰色地带"，黑人可以坐在"灰色地带",但如果白人提出要求,黑人必须让座。

那天晚上人很挤,白人座位已经坐满,有白人男子要求坐在"灰色地带"的帕克斯让座,她拒绝。

当司机要求乃至于叫警察威胁坐在灰色地带的黑人让座时,其他三个黑人站了起来,唯独帕克斯倔强地坐在原位。

如果对方是一个孩子或者老人,也许她会站起来,但这次,四十二岁的她厌烦了所有的黑人每天在生活中所受到的不公平对待。

她说:"我只是讨厌屈服。"

之后,她因公然藐视白人而被捕。

她的被捕引发了蒙哥马利市长达 385 天的黑人抵制公交车运动,组织者是当时名不见经传的牧师马丁·路德·金。日后,他得到"反种族隔离斗士"和诺贝尔和平奖的荣誉。这场运动的结果,是 1956 年联邦最高法院裁决禁止公车上的"黑白隔离",帕克斯从此被尊为美国"民权运动之母"。

五十年后,在帕克斯的葬礼上,美国国务卿赖斯说:"没有她,我不可能今天以国务卿的身份站在这里。"

万霞倔强地寻思着各种可能的宣传途径,电视、报纸、刊物、短信、网络等等,对于身边任何声音不管不顾,万霞的坚持到了固执且生硬的地步。万霞不知道,这种"撞到南墙不回头"的固执是否属于胡适先生所说的"笨方法"。

有朋友对万霞开玩笑说,你深得大田红土地上的革命英烈的护佑与帮助,所以才近乎疯狂的认真与坚持,所以才不断地有重大发现。

万霞一笑置之。

万霞倒是相信，"申苏"的这些经历，无数革命英烈的故事和精神给了自己坚持不懈的无穷力量。

六　旧书又有大发现，列属苏区字数行

万霞如胡适先生所说的，花了很笨的功夫整理史料。

然而，上苍似有怜悯之心，若虔诚了，就会带给人不断的惊喜，带来无尽的奇迹。在查找过程中，他们因不断地有重大发现，而喜笑颜开，心花怒放。

保持对不同论述的警惕，才能保持自己的独立性，探寻就是要不断相信，不断怀疑，不断幻灭，不断摧毁，不断重建。

江西之行返回，就将新征集到的《中国苏维埃》一书拿在手中，从头至尾看了一遍，似有一股热血从心中升腾了起来。乍一看整个纸质已经发黄的小册子，实在是不起眼，可从书里传递出来的内容，即刻让手中仅 61 页的小册子变得沉甸甸的。第一，此书系 1930 年 5 月由全国苏维埃区域代表大会编辑，分插图、论文、苏维埃区域的状况、附录及编者言五部分，原书名为《民权初步》，是研究中共党史尤其是苏维埃运动史的珍贵资料。第二，全国苏维埃区域代表大会原定 1930 年 5 月 30 日 "五卅运动" 五周年纪念日在上海召开，实际提前至 1930 年 5 月 20—23 日举行。出席全国第一次苏维埃区域代表大会的有中共中央和中华全国总工会两个发起单位的代表共 50 人（有闽西、鄂东、左右江、湘鄂赣边、鄂豫边、赣西南等苏维埃区域的代表，有红军各军和各游击区域的代表，有各赤色工会的代表和其他革命团体的代表）。第三，《民权初步》即

《中国苏维埃》一书收录的中央巡视员典琦的文章《全国苏维埃区域与红军扩大的总形势》，而该文即把大田县列为红色区域；书中的插图《目前全国苏维埃区域及红军游击发展形势略图》亦把大田县列入范围。第四，文章中所列举的福建省十四个县中，除了大田以外，另十三个县长汀、上杭、武平、龙岩、永定、宁化、清流、建宁、归化、将乐、邵武、平和、漳平均已被认定为中央苏区县。

大田历史上就是中央苏区县，只是因为"鲜为人知"，这一历史事实被尘封在漫漫岁月长河之中。万霞的心被深深地震撼了，第一时间将这信息向领导报告，向省、市领导专家报告。可是，应该如何将这震撼人心的信息向人们广泛地表述与传递，琢磨之后，万霞决定分别以影像、文字等形式在大田电视台，省、市的党史刊物，县"两办"的《岩城快讯》《大田政讯》分别刊登与报道。"申苏"工作又向前推进了一大步，成功近在咫尺，万霞看到了胜利的曙光。全县的广大干部群众看到新闻信息后，也强烈感受到"申苏"成功的希望正日渐走近。

在之后的艰难寻找中，又有不断的重要史料佐证被万霞等人员发现。

引用省委党史研究室原副主任林强的话：

大田"申苏"工作总的说起来可以表述为："五个前所未有""五个重大发现"。一、发现1927年至1928年任厦门团市委书记的叶炎煌是大田人；二、发现1930年之前大田就已经是赤化的红色区域；三、发现1930年之前大田就建立了党组织，把大田党组织历史往前推了8年；四、发现了《中国苏维埃》一书；五、发现了日文版的《中国苏维埃运动的研究》。

林主任说，党史研究室万霞尽心尽力尽职尽责，带着党史室的一帮人四处查找资料，通过几个月的内查外调工作：一是恢复了一段历史——大田苏区革命斗争史；二是改写了一段历史（大田组织史、大田革命斗争史）；三是为全国党史系统提供了大量苏维埃史研究史料；四是推翻了全国党史专家对大田苏区史的旧有观点，推动了全国重修革命斗争史，尤其是苏区革命斗争史。

大田苏维埃革命斗争历史可以简要表述如下：大田1927年至1934年苏维埃时期的革命斗争历史。总的说来，大田苏区的历史可以分为四段：一是建党组织时间，原先认为是1937年2月，实际上是在1929年初，这得提及大田籍在厦门求学的叶炎煌，叶炎煌是何许人？《叶飞传》中提到，他是省委书记叶飞的入团介绍人，是一个资历深厚的共产党人。他受中共厦门区委的委派返回家乡——谢武乡（现在的谢洋、武陵）发展党员，开展党的工作，建立中共大田特支，支部书记林壮锟。这一发现把大田的建党组织时间从1937年推到了1929年，前推了8年。二是扩展时期。朱德率领红四军第二、三纵队和前委机关3000多人出击闽中，于1929年8月17日，从漳平县的厚德到大田的谢武、石湖、玉田、济屏、路口等区乡，通过实地查看这些区乡，现今有多处标语可以为证，而且有很多文献依据，可以确认朱德率部来大田。朱德出击闽中的任务在古田会议之前就提出，要扩展闽西苏区。在红四军的帮助下，中共大田特支更名为中共大田特区委，扩大了党的活动范围。在红四军帮助和影响下，所经区乡开展打土豪、分田地运动。到1930年1月，大田被全国苏维埃区域代表大会确认为"全国苏维埃区域"之一，依据《中国苏维埃》中一份全国苏维埃区域代表大会开幕日印制的材料，编后记提到这是全国代表大会印制的材料。《全国苏维埃区域与红军扩大的总形势》一文把大田列入苏维埃的红色区域，大田是福建省苏维埃区域的14个县之一，同被列入的另13个县早已经被确认为中央苏区县。大田比之后被列为中央苏区县的沙县等地还更早，榜上有名，是全国苏维埃区域代表大会确定的，是确证。同时，也正是因为朱德出击大田，在大田创建苏维埃区域，大田才被列为闽西苏区的扩展区域。三是全盛时期。大田早期就成立红区，国民党在这里进行"围剿"，大田党组织与厦门党组织失去联系，大田革命陷入低谷，周围都不是红区，所以受了挫折。而后在三支中央主力红军队伍帮助下又复兴了。1933年8月彭德怀领导的东方军，1934年粟裕指挥的红七军团第十九师，1934年7月寻淮洲率领的北上抗日先遣队，在三支中央主力红军的帮助和支持下，大田又成为红军战事中心，不仅恢复了大田原先由朱德率红四军建立的苏维埃政府，而且把红色区域扩展到文韬、桃源、三民、上京、东坂、大华、广铭、高才等8个区乡，全县赤化面积达到了总面积的73%，成为中央苏区的重要组成部分，进入全盛时期。四是受挫时期。由于第五次反"围剿"的失败，整个中央苏区沦陷了，大田也不例外，跟着也沦陷了，之后就转入三年艰苦卓绝的游击战。整个苏区史得到复原，变得明朗。虽然后来沦陷了，但大田苏维埃时期走过的那段光荣辉煌的历史，大田人民永远不会忘记！

2012 年 11 月 28 日，周六。因为即将出版的两部书《大美之田》《岁月尘封下的一颗光辉灵魂》编印前需再次校对，万霞像往常一样到党史研究室加班，居然又有重大发现。顺着当日发现的线索，这一天又解开了之前的一大疑团，心里有说不出的高兴。

相同的一件事情，每个人以不同的态度、不同的责任心去完成，结果将完全不一样。万霞感慨万千，一颗激动的心久久无法平静。

第三章　专家垂询

一　专家指导生意外，高屋建瓴防走偏

回头再翻看"申苏"工作照片，每一次陪同专家领导，万霞的那个眼神，都带着孩子式的仰赖；一旦获得帮助，又是感激涕零。

2011年11月7日傍晚，万霞接到电话通知，明天省委党史研究室原副主任林主任将前往大田指导"申苏"工作。通完电话，万霞且喜且忧，喜的是，60多天集中精力的内查外调，关于大田苏区革命斗争史的脉络基本清晰；忧的是，林主任是获得国务院特殊津贴且是党史系统内有名望的专家，对现有的"申苏"材料，会持什么观点呢？他会给予耐心的指导吗？

在忐忑中急忙准备《工作汇报》，"申苏"工作重新启动以来编制的"申苏简讯"等材料。预安排了桃源、建设两个乡镇的考察调研点。考虑到他是从永安过来的，将调研点安排在桃源镇更顺路。报请领导确定后预通知桃源、建设镇主要领导，拟于8日上午9：50考察桃源镇东坂村的红军标语、红九军团驻扎地旧址、中央红军堡安良堡；8日下午考察建设镇建设村光裕堂红军标语房、罗炳辉旧居、红军墓等。

8日一早，江部长带着万霞到永安市洪田镇接林主任。原定九点左右可以结束的活动，却又临时加了好几个议程，时间延长到11点20分。

为了方便工作交流，江部长让万霞坐到林主任的车上，万霞征求林主任的意见说，想乘他的车，想顺便向他简单汇报近段时间以来"申苏"工作开展情况，特别是收集查找主要资料等等，林主任同意了。万霞又怯又倔，很不善于与陌生人打交道，加上一紧张一着急，将带来的一摞材料全洒到地上，万霞惭愧地一张一张地捡，到车子前右位置落坐后，发现地上还醒目地躺着两张。万霞嫌花时间，索性不要了。永安党史室的马副主任赶紧捡了起来递给万霞，说还有两张呢，万霞连"谢谢"二字也忘了说。

万霞到现在还能记得当时样子有多窘。人生难免遭遇一些尴尬，但随着时光流逝，正如俄国诗人普希金所说，一切都变成了美好的回忆。

从早上九点开始，桃源镇周书记每隔二十分钟便打一个电话联系。在车上了，仍不断地接到桃源镇周书记电话，看来他们也等久等急了。万霞小心地问林主任，昨天已经预安排了考察行程并通知桃源镇，镇班子都在调研点上等候；现在已经是午餐时间，是要直接回城用餐还是按原计划先看两个点？林主任说得坚决，按原计划。看过两个点后，返回城关已经是14：00，赵书记在龙山宾馆已等了两个多小时，一番握手欢迎，早已饥肠辘辘的大家才走进餐厅。

林主任首次到大田，居然被安排到14：00用午餐。午餐当儿，赵书记狠狠地批评了万霞。赵书记还"延伸"地批评了

103

江部长："万霞不懂，你也不懂啊，哪有这么接待客人的？"

呵，除了不懂礼貌外，还不是因为着急嘛。只怕江部长心里比万霞还着急。

林主任说，此行是市委余秘书长安排他来的。昨天余秘书长没有征得他同意便拿出电话给赵书记打电话通知说，今天请派人到永安接林主任。林主任说："我来之前，向你们大田的林志群老主任报告说要到大田调研。他叫我不要来。按照《大田革命斗争史》记载的大田建党为 1937 年 2 月，明摆着是游击区嘛。"

林主任说，"申苏"的五个支撑条件连第一个就没有，这工作怎么做呢，他总不能睁着眼睛说瞎话。在午餐桌上，林主任第一次在小范围里向大家普及了"申苏"工作的有关知识。他能用形象生动的比喻来诠释专业知识，挺新鲜的，大家听得津津有味。

午休后，林主任在赵书记等一行陪同下，到建设镇建设村的红军标语房考察调研。在调研点上，万霞在找角度拍照；林主任的发言就没认真听。返回车的当儿，赵书记乘边上没人，朝万霞严厉地说："再敢拍照不仔细听仔细记，我没收你的相机。"

其实，赵书记有所不知。万霞已经安排两位工作人员仔细记录了。万霞心底多少有些委屈，她这是"私物公用"，将个人的单反相机献为单位用，他不表扬居然还批评！不过，林主任毕竟也和赵书记一样，单看到万霞的拍照，而不知已安排工作人员记录。

万霞虚心听取，坚决不改。

万霞很是理解，赵书记对于"申苏"能否成功，心中仍没有个数，或许，上回到中央党史研究室汇报工作，受到刺激的阴影仍在，进出点火星儿也在情理之中。

晚餐后，大家在龙山宾馆茶室品大田高山茶，大约晚上9：00，市委余秘书长突然出现在大家面前。余秘书长说，林主任到大田指导工作，他一定要陪同，因为下午有个会议，所以来晚了。这次是余秘书长到三明工作后第一次到大田，说是专门陪同林主任，其实他是带着对大田的关心来的。

此时，万霞真切感觉到"申苏"的力量大增，心底暖洋洋的，"申苏"过程中经受的种种艰辛与委屈登时冰消释然。

林主任在赵书记、江部长的陪同下，到中国工农红军第九军团驻扎地旧址（桃源镇安良堡）、中国工农红军第九军团驻扎地旧址（建设镇光裕堂）和红军墓、中国工农红军第四军指挥部旧址（均溪镇玉田村官厅）、红军井以及中国工农红军第四军攻打大田县城三个制高点（霞山、白岩山、马路岭炮楼）战斗遗址考察。林主任认真地梳理了大田县已经查阅到的文献资料。他认为，大田县早在 1929 年就有了党组织，并在党的领导下建立过区、乡苏维埃政府，组建了赤卫队、贫农团、妇女会等，开展打土豪分田地等革命武装斗争，大田县已经基本具备申报中央苏区范围的条件。真的呀！这话可是出自林主任之口！从这一刻，万霞对大田"申苏"信心陡增。此时，太阳正透过密匝匝的树林洒下斑斑点点的光影。

第二天早餐后，林主任将返回福州，万霞等送他上车，他突然要万霞的邮箱及联系方式，说是接下来有许多材料要通过邮箱传送。林主任还说，一个月后他将再次到大田跟踪指导。

万霞心里美滋滋的，仿佛冬天里吹来一阵暖风，忽然想起英国诗人雪莱的诗句："冬天来了，春天还会远吗？"

市委余秘书长到三明工作后第一次到大田。赵书记参加县里团委换届工作会议，由汤县长陪同考察了马路岭战斗遗址、官厅红四军指挥部旧址以及范元超纪念堂暨玉田乡苏维埃政府旧址、群众工作部和京口工业园区等。

邻县已正式上报，大田县才开始重新启动，时间急，人手少，任务重，资料缺，心中的焦急，似乎瞬间窜出了火苗。不过，万霞克制着。多关注事情的结果，少追问原因与过程，此亦人之常情。

工作落后则陷入被动泥潭。这回算是深刻地领教了。而造成现在这被动的工作局面，谁之过？深究这个问题不等于推脱责任吗？有时候，需要保持镇定与沉默。

万霞心想，大田县输于起点，未必就会输在终点。一番自我期许与安慰后，万霞咬紧牙关，双手攥紧拳头。

听闻林主任到大田指导，临县的小汪主任特地赶过来，全程陪同左右。俨然一位老专家不适时宜地说一道二。

老涂安慰万霞："不要受小汪的刺激。她能做好的，你肯定能做得更好！我们肯定能比她做得更好！"杨歌、清姐好像看出什么来了，瞧见万霞的焦虑，还是感觉到她所承受的压力。

对于他们仁的安慰，万霞很受用，毕竟，这是来自同事的理解与关爱。

之后一段时间里，小汪主任时时打来电话跟踪大田县的工作进展。她很殷勤地问万霞查了多少资料，似是关心，又似幸灾乐祸。她不会是担心万霞超过她？将万霞当作假想敌？好一个好胜的同行。张爱玲说，同行之间的相互嫉妒是不可避免的。所有的女人都是同行。由此想来，她的一系列行为便也不难理解了。

2011 年 12 月 28 日，召开全市党史工作会议，江部长和万霞参加，市委黄书记与市几套班子领导会见与会人员并作重要讲话；会上还邀请省委党史室逄主任到会作重要讲话。

林主任果然没有食言，就在全市党史会议这一天，第二次到大田指导。万霞在市里参加会议当儿，林主任已经先到大田。市会议一结束，万霞饿着肚子火速赶回，一路上接到县委办五个来电，问的是同一个问题：到哪儿了？晚八点半，万霞到龙山餐厅。赵书记劈头就问："怎么这么慢，到哪儿先吃了一个大餐了？"

万霞没好气地回："正饿得慌！"

赵书记见万霞不高兴，又说："刚才林主任表扬你了，知道是因为什么？"

"还有可能被表扬，蒙我的吧？！"万霞古板惯了，又倔，不习惯开玩笑。

"是因为有'三个重大发现'，你猜猜看，是哪三个？"

也对啊，这三个条件的确是太重要了。谈话之间，林主任又对大家进行"申苏"知识普及，比如：他将"隶属关系"比喻为三种情况，亲生的、领养的、抱养的，形象生动易懂。林主任对于"申苏"工作堪称为"专家中的专家"。

第二天早上林主任应邀为大田县委中心组学习扩大会作题为"要了解文化，读懂文化——学习十七届六中全会精神"

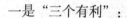

专题讲座。报告会后，他用了半个小时具体阐述了什么叫中央苏区？中央苏区的确认标准以及对大田"申苏"工作的五点看法：一是领导很重视，二是党史室工作人员很卖力，三是群众很关注，四是工作有突破，五是难度相当大。具体概括为"五个三"，即：三个有利、三个不利、三大突破、三大难题、三个建议。

一是"三个有利"：

县委、县政府的高度重视。县委多次召开专题会议，把"申苏"工作摆上重要的议事日程。县委主动作为，积极申请，《关于要求转报中央党史研究室确认大田县为中央苏区范围的请示》已转报中央党史研究室。县组建的"申苏"班子特别是党史室同志很是得力，短短三个月不到的时间能够征集论证到现在这个程度，非常不容易，精神可嘉，可以用八个字概括，"尽职尽责、尽心尽力"，若用两个字概括，"拼命"。

找到了1930年出版的《中国苏维埃》这本书，书中记载了大田在1930年1月就已经是红色区域；有历史文献资料记载大田早在1930年省委破获之前就有党部组织等，这是极为有力的佐证材料。

找到了几个支撑点。包括上次看到的桃源东坂安良堡红九军团驻扎地，均溪玉田官厅红四军指挥部旧址，建设光裕堂红八军团、红九军团驻扎地旧址，以及这次看到的屏山万应庙红四军第二纵队旧址，红四军第二、三纵队军部旧址，红军总部大田特区委旧址等几个有利的支撑点。

二是"三个不利"：

从上到下，长期以来，大田一直被定位为游击区，而不是中央苏区。大田党史室编撰由福建人民出版社公开发行的《大田革命斗争史》也将大田定位为游击区，这是极其不利的。

大田党史研究工作的历史欠账太多，基础太差，很薄弱。关于土地革命战争时期（1927—1937）的资料没有及时进行搜集整理，只侧重于抗战、解放战争时期的资料搜集，现在年代久远，人证、物证已越来越少，造成相当大的困难。

革命遗址遗迹、人证物证少。长期以来，大田没有足够重视革命遗址遗迹的保护，苏维埃政府印章、贫农团印章、大田特区委印章、支部印章等革命文物都没有很好保存。

三是"三大突破"：

新发现大田籍烈士叶炎煌，1927年至1928年任厦门团市委书记（1934年10月25日被捕遇害），于1929年初返乡开展党的活动，建立中共大田特支。

发现大田1930年1月之前就已经是赤化的红色区域。（载于1930年出版的《中国苏维埃》）

发现1930年之前大田就建立了党部组织，把大田党的历史往前推了8年，极大提升了大田的历史地位。

林主任还为县党史室指出了"申苏"工作存在的"三大难题"，同时给出具体的"三点建议"。林主任这次的宣传发动，再一次将大田县"申苏"工作推向深入。

林主任对大田县和党史室的高度肯定，同时又一针见血地指出大田县"申苏"工作存在的困难与问题。这种实事求是的态度，让万霞看到希望的同时，也感受到了肩头的重担。

第二天一早，林主任将万霞等呈报的一摞资料进行梳理，明确了大田是扩展时期（奠基、创建、扩展、鼎盛、消亡、

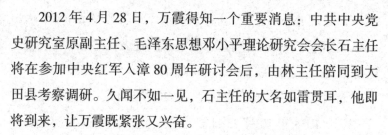

游击）中央苏区管辖的一个行政县。（隶属关系：大田特区委——闽西特区委——苏区中央局。）此举为如何撰写《大田县委大田县人民政府关于申请确认大田属于原中央苏区范围的请示》提供指导，也是搭起了《请示件》的框架。

二　大咖调研强信念，宾主考察侃侃谈

2012年4月28日，万霞得知一个重要消息：中共中央党史研究室原副主任、毛泽东思想邓小平理论研究会会长石主任将在参加中央红军入漳80周年研讨会后，由林主任陪同到大田县考察调研。久闻不如一见，石主任的大名如雷贯耳，他即将到来，让万霞既紧张又兴奋。

28日中午，万霞前往德化县接石主任、林主任。为了确保见面时少出现或不出现纰漏，入住德化大酒店后，万霞将大田苏区流动展板讲解词一遍又一遍地温习试讲，就像一个即将走上三尺讲台的新老师，一遍又一遍地备课。

29日上午10点钟抵达石牌高速路出口，赵书记、汤县长、江部长、谢副县长等几位领导早已经撑着大雨伞等候。赵书记一上车，便如数家珍地向石主任介绍大田属于原中央苏区范围的佐证情况。而后在仙亭御华园一楼的八马茶室，石主任一行观看了大田申报中央苏区专题片《红动大田》。雨逐渐小了，石主任一行到均溪镇玉田村官厅红四军指挥部旧址、红军井考察并参观了大田苏区革命历史和文物展览。

赵书记向石主任一行简要汇报了大田县申报中央苏区县工作情况。市委党史研究室王主任一旁称赞说，通过"申苏"工

作，大田县几套班子领导也都成了党史专家。赵书记喜滋滋地说，哪里哪里，都是上级党史专家关心指导的结果。

石主任对大田县"申苏"工作给予充分肯定，并询问当时建立的 13 个区乡苏维埃政权是否一直存在？赵书记回答说，有的断断续续，大部分是持续存在的。当看到全国苏维埃区域代表大会开幕日印发的《全国苏维埃区域与红军扩大的总形势》即把大田列为"红色区域"时，石主任眼睛一亮，认为这是一个非常重要的佐证资料，且随口说道，有这么多的有力的佐证资料，不给予确认都不行啊。林主任在一旁补充说，大田历史上属于大闽西范围，以前在人们的印象中，包括他，一直以来认为大田是游击区而不是中央苏区，这次在"申苏"过程中，大田县委党史研究室做了艰苦细致的工作，查找到许多很有力的佐证资料，征集了当年的许多革命文物，让他改变了对大田不是中央苏区的看法。早在 1929 年，大田籍青年学生叶炎煌受党组织委派返乡建立了大田党组织，开始致力于苏维埃运动，并且得到不断巩固和发展，大田是中央苏区拓展时期的重要组成部分。

石主任还应赵书记的邀请，欣然题词："闽中明珠，苏区大田"，并为大田中央苏区革命历史陈列馆、中央红军堡、大田高山茶题写名称。石主任还专门题写"以史为鉴"四字送给大田县委党史研究室，激励大田党史研究工作者更好地做好党史研究工作，充分发挥以史为鉴、资政育人的作用。

万霞曾拜读过石主任的书籍，看过他在人民网接受采访等报道，没想到，如此大师级别的专家亲临指导，此时就在眼前，激动与喜悦之情久久不能平静。

没有料到的是，石主任的亲切与温和，平易近人，让万霞的所有紧张感登时烟消云散。

2012年8月24日，林主任第四次到大田。万霞早晨六点多从大田出发前往永春去接。在返程车上，万霞向林主任汇报说："赵书记已提任到省厅工作，这期间是汤县长主持工作，县委、政府一肩挑，工作相对忙些，今天恰巧市人大的第二代表团小组活动到大田视察，汤县长没时间陪同。"林主任倒是无所谓地说："你陪我不也一样吗？"但领导越是淡然，万霞越是觉得诚惶诚恐。

当他们到仙亭酒店，汤县长早已经在八马茶室等候。大家品着清香四溢的大田高山茶聊开工作了。汤县长说，"林主任对大田'申苏'工作非常关心，这回是第四次前来指导，之前赵书记陪同，我没有机会像今天这样与你仔细汇报"。汤县长谈"申苏"的同时，还就大田发展的思路办法措施侃侃而谈。

随后，林主任在汤县长、江部长的陪同下，考察了均溪镇玉田村红四军指挥部旧址，参观大田中央苏区革命历史陈列馆。林主任充分肯定了大田在恢复中央苏区历史原貌过程中所做的大量工作，他认为大田中央苏区革命历史陈列馆是"申苏"工作的支撑点、革命遗址遗迹修缮的样板点、爱国主义教育的重要基点，并对大田中央苏区革命历史陈列馆陈展提出了宝贵的意见和建议。

下午，林主任为县委中心组学习（扩大）会作题为"历史选择了中国共产党"的专题讲座。林主任还结合大田实际，对大田中央苏区史作了全方位的阐述。他首先阐释了"中央苏区"的概念，区分了"中央苏区"与其他苏区的不同；其次分析了大田县苏区历史一直处于空白状态，从中央、省、市到地方，一直把大田定位为"游击区"这个误区的原因；最后他根据自己多年的党史研究成果，并结合大田恢复苏区历史原貌过程中所挖掘到的佐证资料及革命文物，还原了大田中央苏区的历史进程即大田党组织的诞生、苏区的创建、苏区的巩固与发展、苏区的沦陷四个历史进程，大量的佐证资料和革命文物证明大田是中央苏区重要的组织部分。通过他的介绍，与会领导干部进一步了解了大田中央苏区历史，改变了过去认识的错误，增强了恢复大田中央苏区历史原貌的信心和决心。

8月25日，周六。林主任在江部长和党史研究室同志的陪同下，先后参观考察了华兴乡京口村叶炎煌烈士故居、武陵乡百束村朱德旧居暨大田特区委旧址、闽中工委会址、湖美乡北上抗日先遣队驻扎地暨高才乡苏维埃政府旧址，并与当地群众进行了亲切交谈。在湖美乡高才村召集的当地长者及知情人士座谈会上，林主任提出三点建议：一是要理直气壮地宣传苏维埃时期这段历史，二是要继续广泛发动群众征集革命文物，三是要做好革命遗址遗迹修复保护与利用工作。

林主任四次到大田，每一次到来，都为大田县的"申苏"工作向前推进一大步，他总能踩着时间节点前来指导，总能对大家的工作状态了如指掌，对大田县的红色文化更是如数家珍。一来一往的交流指导，彼此间也能开个玩笑，偶尔轻松幽默地调侃一回。

在回城的路上，晚风轻拂，公路两旁树木翁郁，青山兽脊一般向后逃窜。

三　假期犹勤查文献，史海回眸未得闲

2012年春节临近，万霞接到陈秘书来电通知，说赵书记有要事儿找她。万霞迅速前往，赵书记客气地请万霞落座，问，春节在哪儿过？万霞回：在城区。赵书记接着说，"你们不能放假，这个春节不要放假吧"。口气带着点儿命令也算是商量。万霞有些纳闷，平日里一脸严肃矜持，遇见了与他打招呼总是爱理不理的，今儿怎么如此细心关心群众起来？赵书记还问到文物捐赠者的慰问情况。万霞回：已分别送了新春礼物。赵书记批评道：不行，太小气了，特别是那位捐赠印章的，贡献那么大，党史室应该代表县委县政府给予礼金慰问。从书记办公室出来，万霞立即到党史室召集开会，传达赵书记指示。小郑说，"领导怎么要求，我们怎么做，可以啊"。小郑在党史室工作15个年头，默默无闻，对工作从来主动负责。小杨说，"春节怎么能不放假，大过年的，四处鞭炮不断，热闹非凡，我们如何静得下心来加班？"他说得很在理，工作关键在于效率。何况第一稿论证文本已经形成，只要再修改定稿便可以正式申报了，没太大问题。经过讨论决定，春节期间大家开心地玩，好好地休息，节后一上班要全身心投入工作，不得有半点松散和马虎。第二天已经是农历12月26日，县委县政府召开新春团拜会。县老同志代表、县处级领导、县直部门领导以及各乡镇主要领导参加。八点半，县直机关党工委郭守东开车，万霞与小杨小郑到村里——拜访慰问文物捐赠者并表示感谢。

农历 12 月 27 日，全县都放假了，可是，赵书记的话老在耳边萦绕着，万霞心底总觉得有几分忐忑不安，取了一个超市购物布袋，到单位装了满满一袋书籍，仅《中央苏区文库》党的系统五本就有 200 多万字，还有《朱德传》《彭德怀传》《北上抗日先遣队》《东方军研究》等红色文献。

12 月 28 日，万霞到老家村庄走访亲戚，乡村道路崎岖，所需车程要一个多小时，万霞带上一本看了一半的《东方军研究》在班车上翻阅，只听得身边一位年轻的妈妈跟她的女儿说，"你看那位阿姨，很爱学习，你也要跟她学习呀！"万霞从乡下返回，到发屋理发。临近春节，好多的烫头发，染颜色排成龙，万霞又取出书本阅读。只听得身边也在等着做头发的女士在嘀咕，"看，看，你们俩认识她吗？这时间，这店里，居然能这么专心阅读，真是少见"。

"美女！美女！什么书看得这么入迷呀？你把我们理发店当阅览室了呀！赶紧先过来洗头，明天我们就关门回乡下过春节了。"

一整个春节，万霞别的什么事也没做，一个朋友也没找，每天抱着书本，逐页逐行地查找。有闺密要来拜年，万霞索性告诉说，回乡下老家了，等回来再见。

过完春节一上班，万霞得知，期盼很久的中央党史研究室的专家领导终于答应前来考察指导。万霞整理了一份简单明了、易于汇报、易于记忆的《关于大田属于原中央苏区范围的佐证情况》，从十个方面阐述大田属于原中央苏区范围的理由。自谓胸有成竹，理直气壮。

大田的地形地貌特征。大田地势偏僻、山地纵横、无河川阻隔，适于游击战争的开展。大田1000米以上高山有175座，80多年前，大田境内全都是原始森林，加之山形地势陡峭，特别适宜开展革命武装斗争，也就是说特别适宜红色政权存在。

大田行政区域及隶属关系沿袭。大田建县近500年，由多县的边境划归而成，隶属关系又多次变换。明嘉靖十四年（1535年），析尤溪、永安、漳平和德化边隅地置县，因治所地址位于大小田处，故取县名为大田，隶属延平府。明清时期先后隶属延平府、永春州等。民国时期先后隶属南路观察使署、厦门道、省直属、兴泉省以及第四、第六、第九、第六、第七行政督察区等。1949年9月6日，大田解放，属永安地区专员公署管辖。1956年6月，改属晋江地区专署管辖。1963年3月，划归三明地区专员公署管辖。1983年4月，撤销三明地区专员公署，设三明市，大田县仍属三明市管辖。

建立党组织。①1929年大田籍党员叶炎煌返乡开展党的活动，发展3名党员；②1929年8月朱德率红四军二、三纵队帮助恢复了党组织，并组织成立大田特区委，改属中共闽西特委领导；③保存在中央档案馆的《中央巡视员姚仲云巡视福建报告》（中央档案馆及省档案馆资料合编的《福建革命历史文件汇集》甲7、甲9）中有四处表述，大田有党组织、党部组织、党领导下的秘密农会等。

建立苏维埃政权。①据第一次全国苏维埃区域代表大会会议材料《中国苏维埃》一书有关记载：1930年1月，大田就已被全苏区域代表大会列为"全国苏维埃区域"之一。全国苏维埃区域代表大会开幕日印发的《全国苏维埃区域与红军扩大的总形势》中就明确指出："闽西各县，完全是苏维埃区域，且赤色势力渐渐拓展至南及闽北。兹将红色区域各县列左，闽西：长汀、上杭、武平、龙岩、永定、宁化、清流；闽南：平和、漳平、大田；闽北：建宁、归化、将乐、邵武。"当年材料里列出的福建14个县，另13个县已经全部属于中央苏区县。②1929年9月26日的《中共福建省委致闽西特委及四军前委信》指示，发动农民群众开展秋收斗争，斗争区域除闽西及邻近县份如连城、漳平、宁洋之外，并应扩大到泉属，大田、德化等。③1933年东方军入闽，在大田开展一系列军事行动，帮助建立了区乡苏维埃政权。④1934年7月北上抗日先遣队占领大田县城，沿途帮助建立区乡苏维埃政府。⑤当年中央红军在大田开展军事活动留下的革命文物及革命遗址遗迹更证明了红色政权的存在。

隶属于闽西管辖。①大田县历史上属于大闽西，曾属于第六行政督察区，区署设在龙岩；②《中国共产党开辟中央革命根据地》一书中张鼎丞写的《延安整风运动》文章中"闽西领导下的大田……等县开展革命武装斗争……"。

赤化区域面积达全县总面积的73%。①朱德出击闽中。曾为红四军总指挥长的朱德于1929年8月率红四军二、三纵队出击闽中大田和德化两个县，点燃了大田的革命火种。而德化县的路口乡、济屏乡（现在的吴山、济阳、屏山三个乡镇），于1950年8月划归大田管辖。②大田的谢武、石湖、玉田、济屏、路口、文韬、桃源、东坂、上京、大华、三民、广铭、高才等13个区乡先后成立了红色政权，红色区域达到全县总面积的73%，苏区人口占当时全县总人口的75%，使之成为中央苏区扩展时期的重要组成部分。

在大田战斗过的将帅多。在苏维埃时期，朱德、彭德怀、罗荣桓、谭政、滕代远、寻淮洲、乐少华、粟裕、罗炳辉、袁国平、郭化若等红军高级将领，都在大田领导过革命斗争，帮助大田恢复了党组织，开展了土地革命，创建了大田苏区。

红色遗存革命遗址遗迹甚多。1934 年 8 月 1 日邓小平主持的《红星报》报道了北上抗日先遣队占领大田县的消息，这版珍贵的报道被收录《邓小平画册》作为永久的纪念。1958 年 1 月 13 日，朱德应大田县人民委员会建烈士陵园的要求，亲笔题词"为革命事业而牺牲的烈士们永垂不朽"。此外，有关部门出版的权威著作，如中共党史出版社出版的《红军长征史》及党和国家领导人传记《朱德传》《粟裕传》等，都以翔实的史料叙述了大田苏维埃时期的光辉历史，这些史料也为大田属中央苏区范围提供了有力佐证。

万霞自认为准备妥当，却听说专家抽不出时间前来考察调研，延期了。

长时间浸淫史料之中，白天阅读的，夜里思考的，全是一段段尘封的历史；资料逐条累积，在脑子飞舞盘旋着，不需要特别的记忆就能在需要时倾倒而出。

2012 年 3 月，省委党史研究室黄副主任到大田考察叶炎煌烈士故居，听着万霞如数家珍地介绍大田中央苏区历史，感慨到："你对大田历史怎么如此熟悉呀！真是难得。你看我，经常写一些理论文章，带着研究成果四处参加研讨会，却很少沉下心来，对历史细节深入了解，在这方面，我可要多向你学习！”

“我正好最近在查找史料，每一条都带着温度呢，自然是熟悉的！每一个重大发现都带来无尽的喜悦，当然印象要深一些，若要是过了时日，也是容易忘记的。”

“是啊，对于知识，常学常新，对于历史，常忆常醒！”

“历史不能忘记！”

四　备迎贵客闻不至，谁施妙策如愿偿

市里多次邀请中央党史研究室李副主任到三明考察指导。李副主任答应在参加中央红军入漳80周年纪念活动前，挤出时间为三明市委中心组授课，同时也到“申苏”五个县考察调研。小小县城能迎来李副主任前来指导，万霞等人自然是欣喜异常。大田县党史研究工作的历史欠账如此严重，如何偿还？除了大家自身努力之外，当然需要专业人士给予指点。因此，对于他的前来，更要精心准备。

由于李副主任到各县考察行程安排很紧，不到半天时间，无法按常规安排，听取具体详尽的工作汇报。万霞灵机一动，计上心来。于是，万霞加班加点整理出一份《大田县属于原中央苏区范围的佐证资料》，主要围绕大田建县情况、地形地貌特点、建党组织和政权的佐证情况，大田苏区人口面积情况，二十多位将帅在大田开展武装斗争情况等十个方面阐述。精心修改了《红动大田》专题片，制作了《红色大田》宣传册子，由于展馆尚未布置，临时动议，制作了三十个流动展板，在官厅红四军指挥部旧址前的空地上围一圈，简单直观，一目了

然，便于介绍与汇报。

2012 年 4 月 19 日，准备工作基本完成。但万霞还是习惯地在办公室加班，仔细盘点着考察调研所要准备的每一个细节。21 点 30 分，临时想到要请教市党史研究室王主任几个问题，顺便听取他的意见，没顾上属于休息时间，便冒然拨打了王主任的电话。没曾想，从电话那端传来的居然是："由于你们春节期间已经请李副主任指导过，这次时间太紧便不安排李副主任到你大田，预安排已经给市委余秘书长审定并同意。"

为了迎接李副主任的考察调研，万霞十几天来几乎是食不香、眠不安，他们是如此急切地期待，虽然条件差了些，毕竟也是经过精心准备。

怎么没有通知，突然决定说不来了呢？居然还说是余秘书长审定过方案的。这怎么可能？来不及多揣度。万霞赶忙向赵书记汇报，连续发几个信息，没回。万霞急得直跺脚。赵书记在大田工作 10 年，万霞在县委办公室工作 10 年，彼此认识熟悉，由于级差的关系，从来没有给他打过电话。这一回，遇上如此紧急的事儿，发去的短信，他居然一个也不回。

"山穷水尽疑无路，柳暗花明又一村"，也不知赵书记是什么时间与市里争取的，最终，李副主任的行程是安排到大田，而且是市委黄书记陪同。那么，莫非赵书记接到万霞的短信，便立刻协调市里相关领导？

在几个月后与市室朱科长电话联系中，万霞被他"严厉"地批评，说是请来了中央党史室的专家领导没有向市里报告，言下之意，万霞"僭越"了。万霞愣是如何解释，科长全然不信，说是听邻县汪一旺说的。他们怎么就愿意听假话而不信真话呢？电话持续了半个多小时，万霞最后说："既然我如何解释你都不信，那也没什么好说的。"便挂了电话，被人误会，万霞心底非常不悦。

万霞一直认为自己最大的特点就是真诚不撒谎，这回是怎么了？

之后，王主任到大田县调研，万霞还不依不饶地旧事重提，想让他明白事实真相，澄清真伪。王主任笑而不语。人，不都是选择自己愿意相信的部分而深信不疑的吗？！谁谁谁，不都一样！

迎接李副主任考察调研的小小风波，让万霞有无数的感慨，也思考了许多。为什么有时候真话没有人相信，而假话却有人听？真的是"真作假时假亦真，假作真时真亦假"吗？

"若觉人间不快乐，只因未读苏东坡。"朋友告诉万霞说，要学习苏东坡，阅读人间！

是啊。许多事，一笑置之便好。

李副主任在各级领导的陪同下，如期莅临大田考察指导。万霞也得以面对面地聆听大师的意见，自是欣喜万分，收获满满。

在党的十八大召开之际，万霞偶然读了李主任的新书《走向未来的中国与世界》，书的架构和语言文字都让万霞大为惊叹。万霞简直从未阅读过如此的语言文字，大气而空灵。书中表述：中国正处在一个重要的历史时刻……未来中国将走向何处？未来世界将有何变化？未来的我们将面临怎样的命运？未来的领导应按什么样的思路治国理政？书中紧紧围绕"未来10

年的中国与世界"这一主题，全面分析未来中国面临的十大机遇和十大挑战，针对当今社会面临的复杂问题，展望未来世界的发展大势，精辟阐述了如何从深层次上把握未来中国治国理政大思路的意见，并且以"全球视野下的中国与世界"为题，介绍了作者近年来就"中国的发展与未来走向"等问题的观点。书中作者视野开阔、见解独到，更能鼓励青年一代，从自己做起，立足中国的现实，观察中国和世界，深刻认识和把握中国的国情，敏于省察和分析世界发展的大势，为进一步提高贯彻落实科学发展观的水平、进一步完善落实"总体布局"的架构和要求、向全面建成小康社会的目标迈进、清醒认识和驾驭改革的三大规律、抓紧研究制定中国自己的全球战略、推动建立国际文明新秩序、提高中国话语体系的科学化大众化国际化水平、进一步提高治国理政的领导水平、提高党的建设科学化水平、认真研究党代会制度发展的历史经验、做好新形势下的群众工作、切实加强社会安全建设等做好中国特色社会主义这篇大文章，贡献自己的力量。

这使万霞想起陈寅恪给他的学生上课的一幕：一身的布衣布鞋，臂下夹着几本线装书，连一个装书的像样袋子都没有，外貌平常之极，只是到他开口上课语惊四座，才吸引了所有学生以及从教室外经过的教授们。万霞还想到了另一件事：北大新生入学的时间到了，新生们一个个兴高采烈地走进北大校园。有一个新生背着沉重的行李已累得疲惫不堪。他把行李放在路边。"怎么能不背行李去办理入学手续呢？实在背不动了。"他心里正想着，正好一位看上去像校工的"老师傅"经过，他便想让"老师傅"替他看包，"老师傅"很爽快地答应了。一个小时后，他办完手续回来了，"老师傅"很尽职地仍在为他看守。后来，在开学典礼上，那位新生惊讶地发现：帮他看包的那位"老师傅"也在主席台上就座。原来，那位"老师傅"是北大副校长、被称为我国学界泰斗的季羡林先生。

许多教授中的教授往往将横溢的才华掩藏在平凡的外表之内，李副主任亦然。

五　成果转化借媒体，大美大爱颂大田

如何将千辛万苦寻得的史料普及至全县干部群众？

如何让发生在大田历史上的可歌可泣的厚重篇章深入人心？

如何让大田的红色文化成为融合大田精神的核心价值引领科学发展跨越发展？

在无数个辗转不眠的夜晚，万霞终于想出了以"大美之田""大爱之田"作为"中央红军村"采风特辑的书名，意在通过此书激发大田人民对自己革命斗争历史地位自信、厚重红色文化自信，更加珍惜和平年代、更加热爱自己美丽家园。

《大美之田——苏区大田"中央红军村"采风专辑》《岁月尘封下的一颗光辉灵魂——大田建党创始人叶炎煌纪念文集》《大爱之田——苏区大田"中央红军村"采风特辑》《大田中央苏区史料选编》汇成8本红色历史采风文集、史料汇编和革命先烈纪念文集，分批出版，分发至全县各单位各部门领导、人大代表、政协委员们手上，起到良好的宣传效果。许多白发苍苍的老人看了新闻后知道有关大田历史的书籍出版，挂着拐棍前来求书。

特别让万霞感动的是，省委党史研究室对"中央红军村"采风活动的大力支持，逄主任亲自为《大爱之田》采风专辑作序《铭记"中央红军村"所告诉我们的》，他深情地写道：

　　走进"中央红军村"的形式可以有多种。

　　2012年，三明市委党史研究室根据三明的实际情况，在全省率先提出"中央红军村"这一创新概念，推出并命名了一批集红色历史教育、红色文化宣传、红色旅游示范、新农村建设示范"四位一体"的"中央红军村"。这是三明加强和改进新形势下党史工作的创新举措，也是对三明老区苏区经济社会发展的有力促进，它不仅有效拓展了党史研究部门的作为空间，也是党史服务现实的有益尝试，很值得肯定。

　　在"中央红军村"授牌期间，我们曾来到大田，不仅仅因为大田的"申苏"工作做得很扎实，有成效，更基于这片红土地所散发的战火与硝烟，承载着光荣与梦想。

　　大田县均溪镇玉田村是个千年文明古村，革命历史厚重。在土地革命战争时期，玉田村曾是红四军、红七军团、红九军团等中央主力红军和闽赣省军区十二团、十七团、十八团指挥作战、安营扎寨、后方建设的重要阵地。1929年8月21日，朱德率领红四军第二、三纵队和前委机关3000多人进驻玉田乡，驻扎在范氏祖祠一带，部署攻打大田县城三个制高点霞山、白岩山、马路岭炮楼，并帮助组建玉田乡苏维埃政府，开展轰轰烈烈的打土豪分田地等运动。1934年7月21日，由红七军团改组的北上抗日先遣队6000余人，在军团长寻淮洲、政委乐少华、参谋长粟裕、政治部主任刘英率领下，占领了大田县城。大田是中国工农红军北上抗日先遣队占领的第一座县城。苏维埃时期驻扎在玉田村的中央主力红军最多时达万余人。老百姓为红军捐粮送菜,拿出盛器供红军使用,腾出房屋、卸下门板供红军过夜,积极支援红军。在玉田村境内至今还完好保存着中国工农红军第四军指挥部旧址,朱德率红四军攻打马路岭、霞山、白岩山炮楼战斗遗址,玉田乡苏维埃政府旧址,红军井,红军标语群等几十处革命遗址遗迹。玉田村被命名为三明市首批"中央红军村",实至名归,这是玉田村百姓政治生活中的一件大事,也是苏区大田人民政治生活中的一件喜事。

最近,大田县委党史研究室、大田县作家协会组织开展了两次苏区大田"中央红军村"采风活动,邀请了二十九名大田本土作家参加,追寻当年革命先辈生活战斗过的地方,踏访红军将士的英雄足迹,通过作家们的笔触,把蕴含其中的新颖、生动、鲜活的党史文化资源挖掘和展示出来,不断推出积极向上、群众喜闻乐见的党史文学艺术精品,不断增强党史文化的吸引力、感染力,努力使党史文化为人民放歌、为时代抒情、为后世铭志。

《大美之田》的姊妹篇《大爱之田》,同样出自红色采风活动和基于情感的生动之笔。字里行间透出的更多是心路历程。我们希望大田党史工作者承担起"存史、资政、育人"的神圣职责,认真研究存什么史、怎样存史、存史为了什么等重要命题,不断开拓视野,打响大田党史研究工作的品牌;希望大田县的作家们发挥聪明才智,勇于担当,将大田厚重的红色文化发扬光大,以党史文化引领助推大田经济社会科学发展跨越发展。

写下这段文字时，适逢清明前夕。一场夜雨过后，窗外空气湿润清新。屏山脚下浓密的树叶闪烁着宁静，宛若星光，仿佛在提醒：是我们再一次与党史上的英灵倾心对话的时候了……

　　逄主任的这篇序言，万霞一口气读了好几遍。2013 年 3 月，《福建党史月刊》发表了这篇序言，在全省党史系统产生了深远的影响。

　　曾经，大田的苏区革命斗争历史是一片空白，因此，全县干部群众对于党史研究室新挖掘的大量史料很感兴趣。夏雨告诉万霞说，她奶奶把大田革命斗争历史书放于枕边，经常翻读，爱不释手。万霞也在各种场合碰到不同的人，他们都说，好喜欢党史研究室编的大田革命斗争历史丛书，他们被书中鲜为人知的革命先辈、历史事件深深地感动。

　　抓住"申苏"这一历史契机，万霞他们开展多层面、多形式、多渠道的党史宣传和教育，适时造势，涌现了精品、扩大了影响，真正做到了"让党史工作电视上有影像，广播中有声音，报刊上有文章，网络中有空间，现实中有影响，工作中有地位"，实现群体的感化。

　　在大田电视台开设"大田苏区行"专栏，滚动播放各乡镇的红色历史及访谈节目。县党史研究室还与广电部门联合拍摄录制《红军在这里播下革命火种》《红旗飘飘》《红色的土地》《红动大田》等党史专题片，在县电视台播出，得到社会广泛好评。

　　在新浪网开通"红色大田"微博、博客，持续上传与大田革命历史有关文章、党史工作信息、新闻视频等。同时借助网络这一平台，将党史信息、党史文章、人物传记等 50 多篇上传到福建党史网、大田新闻网、政府网等，《光辉永驻——新中国的奠基石叶炎煌烈士》《一段不能忘却的历史》等文章被人民网、中国共产党历史网、中国日报网、新浪网、网易网、港视网、凤凰网等十多家网站转载。

此外，还在报刊、杂志发表文章进行广泛宣传，扩大影响。先后有《为了铭记的寻访》《书箱作证：大田草医与朱德的烽火情谊》等 20 多篇党史题材文章在《福建党史月刊》《厦门通讯》《三明日报》《三明党史月刊》等报刊发表。通过种种渠道扩大党史宣传力度，让大田的苏区历史深入人心。

通过深入到全县 18 个乡（镇）红色基点村进行走访，宣传红色历史，与各地的干部、村民等进行座谈，听知情人讲革命故事，并在全县范围征集革命文物和红色故事。

之后的 7 年时间里，万霞被邀请到县委党校、各中小学、县直部门、乡镇（村、居）三明市委组织部党员实训基地、县委中心组等讲授《风展红旗如画——三明大田革命斗争史》《在红色文化中汲取营养和力量》100 多场次。尤其是在先进性教育主题实践活动和"不忘初心、牢记使命"主题教育中，全县的红色遗址遗迹、红色文化遗存得到一次又一次的瞻仰，红色故事、革命精神进行了一轮又一轮的宣讲弘扬。

第四章 领导给力

一 贵人相助倪省长，开卷有益倾囊传

2012年2月17日下午，万霞刚从省室送"申苏"论证文本返回至福州市的三明大厦门口，接到县政府办黄主任电话，要求她立刻送一份"申苏"论证文本到县龙山宾馆总台。说是挂包大田县的省政府倪副省长今天到县里调研水土流失治理等工作，汇报会上倪副省长专题听取大田县委县政府关于"申苏"工作开展情况以及存在困难问题，倪副省长表示将全力协调该项工作。

贵人相助！万霞立即电话通知小郑将文本送呈。

刚从福州返回。万霞接到省政府林处长电话，说是倪副省长过两天正巧进京办事，将为大田县"申苏"事宜专题向中央党史研究室汇报，因七月底上报的是全省十九个县捆绑报送的，要求办理一份由省委党史研究室和省老区办转报的单独请示文件。还要求大田县将"申苏"相关材料一并送呈，以便于他对大田"申苏"工作有全面的了解。

万霞两天前刚从福州返回，又得只身赶往，事情一急，马不停蹄，不觉得累，倒是乐在其中。只是，这当儿，重启"申

苏"工作时间仅四个多月，除了之前全力以赴将文献资料加工成请示论证文本外，其余的资料都还是零散的，实在无法系统呈送材料。怎么办？只得将论证文本《大田县申报中央苏区请示及附件材料》《"申苏"简讯》一至十五期以及珍贵文物《中国苏维埃》专门送去。在前往福州的车上，万霞担心所带资料不够倪副省长汇报所用，急中生智之下草拟了一份《呈阅件》。

15 点上班时间一到，万霞立刻赶往省政府大院。可是到省政府门口，却被一站得笔直的武警战士拦住了。万霞搭着笑说，急着要到省政府办找人，请允许通行。说着径直入内，走不到两米，武警一边走下站岗台一边大声呵斥："你再不出来，我按规定办了！"万霞像坏人吗？不知怎地，这种尴尬情形让万霞想到小学课本曾经有过一篇文章：列宁参加一次会议，进门的时候没有带证件，被卫兵拦在门口不让进去，列宁身边的警卫员赶紧说明这是列宁同志，是今天会议的讲演人。卫兵说，"我当然认识列宁同志，他是我们尊重的首长，然而我的职责是保障会场的安全，只有带证件的人才能进去，没有证件的人一律不能进"。警卫员差点儿跟卫兵急眼了，但卫兵仍是坚守纪律，不让列宁进入。列宁不仅没有责怪卫兵，而且表扬了他。

想到这，万霞看看严肃的武警战士，释然了。

万霞返回到门口，打电话请小黄到大门口接她。万霞到了秘书四处与林处长简单汇报，便借用了他们处的电脑各打印了一份在大田往福州路上所构思的大田县"申苏"工作开展情况、大田属于中央苏区范围佐证材料以及全国、全省的开展动态简要叙述，将《呈阅件》连同所带资料一并呈送倪副省长。

万霞居然以大田县委党史研究室的名义向倪副省长呈了一个《呈阅件》，得多么无知，才能这么无畏啊？

那时那刻，除了着急，还是着急，只希望倪副省长能对大田"申苏"工作开展情况以及全国全省"申苏"工作动态能有个大概的了解，届时到央室汇报可以更仔细、更具体。

呈 阅 件

（8）

中共大田县委党史研究室　　　　　2012 年 2 月 20 日

大田县要求被确认属于原中央苏区范围情况汇报

一、中央苏区及中央苏区县（范围）评定标准

中央苏区，亦称"中央革命根据地"，是指在 1929 年至 1934 年土地革命战争时期，中国共产党在赣南和闽西建立的革命根据地，是全国 13 块革命根据地面积最大、人口最多的一块。

随着近几年党史界的学者、专家对中央苏区范围的深入研究，中央苏区范围有所扩大。目前，全国被中央党史研究室确认的共有 43 个中央苏区县（范围）：福建省 22 个、江西省 14 个、广东省 7 个。

福建省 22 个中央苏区县是：建宁、泰宁、宁化、清流、明溪（即归化）、龙岩、长汀、连城、上杭、永定、武平、漳平、平和、诏安、将乐、沙县、光泽、武夷山、邵武、建阳、浦城、南靖。

根据《国务院关于支持福建省加快建设海峡西岸经济区的若干意见》，中央财政转移支付、中央预算内专项资金和中央预算内投资，以及其他中央专项资金，都要加大对海峡西岸经济区的扶持力度，特别要加大对原中央苏区县、革命老区、少数民族地区的扶持力度。安排中央预算内投资等资金时，福建革命老区、少数民族地区等参照执行中部地区政策，福建原中央苏区县参照执行西部地区政策。福建的中央苏区县经济社会发展将得到极大的扶持和支持。

2011年以来，全国又有一百多家积极申报确认属于中央苏区范围，其中：江西省58个、福建省16个县（市）、广东省和湖南省共一百多个县正在组织申报中央苏区县（范围），目前，全省还有南平地区、莆田地区的多个县正在积极收集资料、查找史实准备申报。

申报确认中央苏区县（范围）应具备五大条件：一是苏维埃时期中央红军攻占并且有建立党组织；二是有建立苏维埃政权；三是隶属中央苏区；四是开展土地革命，红色区域占50%以上；五是坚持斗争时间半年以上。

二、大田是中央苏区扩展时期的重要组成部分

大田县位于福建省中部、戴云山脉西侧，与中央苏区县漳平、沙县等接壤，境内山高林密，地势险要，便于开展游击战争，建立革命根据地。大田县历史上曾隶属福建第六行政督察区（区署设在龙岩），属于大闽西的范围，是闽西通往闽南的咽喉要道，是国民党驻闽南军队进攻闽西苏区的咽喉地带，也是闽西苏区向北拓展、保卫苏区安全的腹冲要地。早在1929

年初，大田就有了党的活动。1929 年 8 月，朱德率红四军出击闽中，把大田纳入闽西苏区的发展范围。在红四军主持下恢复了与厦门党组织失去联系的大田党组织，更名中共大田特区委，林壮锟任区委书记，改属中共闽西特委领导，为此后全县红色政权的建立与发展奠定了坚定的基础，从此，大田纳入了闽西苏区向外拓展的发展范围。中共大田特区委成立后，积极发展党员，领导地方武装开展革命斗争，活动区域不断扩展，至 1930 年 1 月，大田就已被全国苏维埃区域代表大会列为"全国苏维埃区域"之一，成为闽西苏区扩展时期的重要组成部分。随着土地革命的广泛开展，大田红色区域不断巩固。1933年后，中央苏区主力红军红 3 军团（东方军）、红 7 军团、红 9 军团（北上抗日先遣队）、福建省军区红 9 团等，在大田的一系列军事行动以及红军北上抗日先遣队攻占大田县城，更大范围地拓展了大田红色区域，大田成为中央苏区重要组成部分。中央主力红军长征后，中共闽粤边特委领导大田人民和原中央苏区福建省军区红 9 团，原闽赣省军区 12 团、17 团、18团等，一直在大田县境内坚持了艰苦卓绝的三年游击战争。在中共闽西特委和大田特区委的领导下，大田的谢武、石湖、玉田、济屏、路口、文韬、桃源、东坂、上京、大华、三民、广铭、高才等 13 个区乡先后成立了红色政权，红色区域达到现全县总面积的 73%，苏区人口占当时全县总人口的 75%，使之成为中央苏区扩展时期的重要组成部分。

在苏维埃时期，朱德、彭德怀、罗荣桓、谭政、滕代远、寻淮洲、乐少华、粟裕、罗炳辉、袁国平、郭化若等红军高级将领，都曾在大田领导过革命斗争，帮助大田恢复了党组织，开展了土地革命，创建了大田苏区。在全国苏维埃区域代表大会开幕日印发的《全国苏维埃及红军扩大的总形势》中，即把大田列为"红色区域"（见《中国苏维埃》一书第48页）。大田是中央苏区扩展时期朱德率红四军开辟的一块苏维埃区域，属于中央苏区范围，坚持斗争达6年之久。大田人民为中央苏区的扩展及巩固作出了重大贡献，也做出了巨大牺牲，付出了巨大的代价。

从近年来大田境内发现和遗留大量苏区时期的革命文物、史迹，大量的历史文献、档案、权威著作及党史部门考证的结果来看，大田县作为中央苏区扩展时期的重要组成部分，其史实证据充分，历史事实确凿，符合《关于免征革命老根据地社队工商所得税问题的通知》（民发〔1979〕30号）中所规定的第二次国内革命战争根据地的标准（即申报确认中央苏区县五大条件）。

三、存在困难

由于历史原因，关于大田县土地革命战争时期的历史，长期以来没有组织人员编撰，错过了20世纪50年代、70年代和80年代全国、全省关于土地革命战争时期历史的编撰热潮。

目前，大田为"申苏"工作做了充分准备，对大田县土地革命战争时期历史事实作了大量的考据与论证，还原了历史原貌。为体现实事求是精神，还历史本来面目，以告慰革命先烈，并激励大田苏区人民牢记革命历史，继承和发扬革命传统，更加意气风发地投身到海峡西岸经济区建设，大田人民强烈要求对属于中央苏区范围这一史实予以确认。然而，直至今日，这一历史事实尚未得到确认。

四、工作建议

1. 2012 年 4 月，中央党史研究室副主任李忠杰及中央党史研究室一部各位专家将到漳州参加中国工农红军攻打漳州 80 周年纪念活动，建议邀请李副主任一行到大田县开展"申苏"工作调研，并对大田属于中央苏区范围史实予以确认。

2. 目前，福建、江西、广东的发改部门正联合编制《振兴中央苏区发展规划纲要》，江西省由省委省政府牵头，由省、市、县三级党史研究室收集资料，要求将苏维埃的核心区域（原来 11 个县，新要求确认的 58 个县）全部要求列入中央苏区范围并享受优惠政策，建议将完全符合确认标准的大田县也列入范围。

呈：倪副省长

万霞能呈上的只是有限的几个材料，心里忐忑不安。

关于"申苏"论证文本，倪副省长说，上回到大田调研时已经收到一本，并且仔细看过了。

关于珍贵文物《中国苏维埃》一书，倪副省长让万霞带回，说是这么珍贵的史料，得由专业部门好好保存。万霞接过《中国苏维埃》一书时，仿佛抱着十世单传的婴儿。

从省政府办公厅办好事后赶到省委党史研究室黄处长办公室，德化县委副书记带着他县里的党史研究室两位干部正与黄处长探讨"申苏"工作情况。

万霞说明来意，请黄处长先帮忙完成任务。可是省室的打字员请假，即使草拟文件也无法打印出来。万霞说只要借他的电脑，自己可以编辑。黄处长招呼德化县的客人先自个儿喝点茶水，转身帮忙找出去年9月底全省16个县捆绑申报的文件（闽委史〔2011〕58号），想参考摘录其中关于大田县的史实概述段落。

万霞这才发现，去年大田县申报文本没附上，所以省委党史研究室与省老区办联合行文的请示文件中，并没有对大田县的相关史实进行阐述。只能临时拟写一份。借用黄处长电脑，黄处长边起草边念，万霞边听边打字，好在黄处长和万霞对大田苏区革命斗争历史都熟悉。成文后他俩再推敲了一遍，定稿，排版，正好4页。

万霞完成任务，离开前向德化县委副书记一行表示抱歉。

郑副书记却说："大田的党史室主任特别能干啊，祝你'申苏'成功。"

"祝我们一起成功！"万霞回，"我先走，让你们好好聊。"

经过"申苏"这一路奔波，见识了各种人，遇到各种困难，万霞也能换位思考了，毕竟县里分管领导腾出时间上来省室一趟不容易。

从省政府办公厅大楼前台阶下来，已经是18点35分了。屏山大院一排排的树木，躲在树叶背后吵个不休的小鸟，似乎与万霞是熟识的老朋友似的。偶有几片红树叶飘落下来，轻轻地躺在绿油油的草坪上。草坪边，散淡地开着几朵粉紫色的小花，引来几只小花蝶驻足停留。

第二天一早，黄处长请文印人员以正式文件打印，先请示省室巩副主任，再请示逄主任，终于盖了省委党史研究室的公章。由于时间紧急，万霞又不认得省老区办的大门，请求黄处长陪同一起前往省老区办，先到老区办几位处长办公室，毕恭毕敬，说明来意，再拜访罗主任。

万霞有备而来，顺带送呈大田"申苏"论证文本，并简要地向罗主任汇报大田的"申苏"工作进展情况。

"很好！很好嘛！我就说嘛，大田革命历史厚重，当初你们县还不愿意申报。你看，现在这不是做得很好了！……"罗主任一边翻看万霞送呈的申报文本，一边欣喜地说。

"赵书记也让我表示感谢呢！真的非常感谢您！希望您能抽空到大田指导工作。"

"一定一定。"

万霞顺利加盖了老区办的公章，怀着对罗主任无比感激的心情返回。到了省政府办公楼一楼门口，站着一位笔直的武警同志，任由万霞好说歹说，就是不让通行，万霞只好打电话麻烦省政府秘书四处小黄下楼来取。

小黄说："明天倪副省长将乘6点40分的航班抵京，谢谢你及时将文件送达。"

"是倪副省长为他挂包县办事，如此细致用心，大田该如何谢他才是呢？"万霞对于倪副省长的崇敬之情油然而生。

后来，在拜访央室李博士之际，她说："小霞，你们大田真能啊，居然请了省委副书记帮你们递材料呢！"

万霞赶忙解释："是挂包大田县的省领导，省政府副省长。福建省有一个执行多年的制度，对于困难县，都安排一位省领导挂包帮扶。倪副省长都把大田当作第二故乡了，对大田的发展非常关心，年初他正巧到大田县调研指导工作，听取了'申苏'工作汇报，就表示帮助大田协调此事。"

为了大田的"申苏"工作，倪副省长几次到中央党史研究室帮助转递文件材料，帮助汇报大田苏区史实佐证情况，等等。两年多时间，倪副省长4次到挂包县大田调研指导工作，事无巨细，全力帮扶，用他的话说："大田县的事儿就是我的事儿。"

他说到也做到。

两年后，倪副省长转岗至省纪委书记，依然挂包大田，依然对大田的发展关心备至，帮助大田谋划发展思路，指导水土流失治理措施办法，精心指导策划项目并帮助项目的深度对接，帮助大田京口工业园区升格为国家级工业园区，帮助协调开通大田上京高速互通口建设，等等。

倪书记始终将大田的发展记挂于心，以实际行动推进大田科学发展跨越发展，帮助大田苏区人民实现小康梦。

除了关心大田的经济社会发展，倪书记还关心大田领导干部队伍建设，非常有幸，万霞聆听倪书记给大田全县领导干部上的一次党课，"把读书当作一种生活方式"：

倪书记说，读书对于一个人的成长进步非常重要。古今中外，"凡是伟大的领导者都是伟大的读书者"。我们党历来重视学习，毛泽东、邓小平、江泽民、胡锦涛等领导人都是热爱读书的典范。习近平总书记更是把读书当作一种生活方式，努力使一切有益的知识和文化入脑入心。在陕北插队时，他经常在煤油灯下读"砖头一样厚的书"。在福建工作时，他专门请专家学者开列书单，每周再忙也要挤出时间，闭门读书。正是这样对知识的铢积寸累，才有"肝胆长如洗"的荡气回肠，才有《之江新语》等名篇佳作，才有"治大国若烹小鲜"的稳健自信。的确，"好书蕴藏着思想的精华"，读之使人收获知识与快乐。

倪书记说，爱读书，开卷有益。

他指出，现实生活中，爱读书与不读书，确有不同。凡爱读书者，总能激发"问渠哪得清如许，为有源头活水来"的思想活力，得到"夜来一笑寒灯下，始是金丹换骨时"的智慧启发，滋养"天行健，君子以自强不息"的浩然之气。总之，爱读书好处甚多。

第一是明理。西汉大学者刘向说："书犹药也，善读之可以医愚。"因为书中的知识，可以帮助我们祛除心中的黑暗，涵养社会的底气和定力。比如，为什么当代中国只能走中国特色社会主义道路？书中可以得到释疑解惑的答案。如，张维为的《中国震撼》总结了当代中国发展模式的八大特点——实践理性、强势政府、稳定优先、民生为本、渐进改革、顺序差异、混合经济、对外开放，展示了我国凭借这一西方一些人士并不认可的发展模式迅速崛起的辉煌现实，印证了中国道路成功的历史必然性。

倪书记说，自然与社会浑然一体，其规律也是相通的。在物理学中，一个封闭的系统，熵是不断增加的，熵所反映的是系统的有序程度，熵的增加表明系统走向无序。一个封闭的系统，必然走向无序，走向混沌。一个开放的系统，熵是不断减少的，系统走向有序，走向发展。由是观之，邓小平同志推行改革开放符合自然规律，必然成功。同样，从物理学规律看，

"9·11"事件对于美国是致命的,因为美国在"9·11"后,开放政策开始收缩,使美国从不断开放转向封闭的思维取向,是美国走下坡路的重要转折点。

第二是修身。培根在《论读书》中写道,"读书使人充实""知识能塑造人的性格""精神上的各种缺陷,都可以通过求知来改善"。读书之于修身,如同唱国歌《义勇军进行曲》,当"起来!不愿做奴隶的人们!把我们的血肉,筑成我们新的长城!"的旋律响起,无论你面临多大的困苦,都会变得精神振奋、勇往直前。所以,孟德斯鸠感叹道:"喜欢读书,就等于把生活中寂寞的辰光换成巨大享受的时刻。"我们党历来重视读书对于加强党性修养的作用。习近平同志强调:"广大党员干部要养成多读书、读好书的习惯,使读书学习成为改造思想、加强修养的重要途径,成为净化灵魂、培育高尚情操的有效手段。"新的时期,我们党面临"四大风险"和"四种危险",这就要求广大党员干部必须坚持在读书学习中坚定理想信念、锤炼道德操守、提升思想境界,努力成为党和人民需要的好干部。

第三是益智。当年,北魏道武帝拓跋珪问:"天下何物最益人智?"群臣对曰:"其惟书乎!"书中蕴藏着益绽心灵的智慧,有"为人处事"的良方。比如,《论语诠解》,这是习近平总书记参观孔子研究院时,说要"仔细看看"的两本书之一,充盈着人生的哲理。如,做事要学会"务本","本立而道生"。做人要心存敬畏,人之有敬畏心,始知有行为边界,"畏天命,畏大人,畏圣人之言",才能有所遵循,不越界。书中更有"经国济世"的才智。比如,我国古籍文献中的反腐思想，至今仍值得借鉴。在中纪委十八届三次全会上，习近平总书记引用"猛药去疴、重典治乱""刮骨疗毒、壮士断腕""养痈遗患"等成语、典故，阐释我们党惩治腐败的坚定决心和方式方法。这方面的书不胜枚举，王跃文的《大清相国》就是其中的佳作。书中再现了清康熙名臣陈廷敬驰骋官场五十多年、屹立不倒的历史故事。陈廷敬之所以能从波诡云谲的官场突围而出，因为他深知，要做一个宅心仁厚的清官、精明强干的好官、从善如流的能官、不乏铁腕的德官，清清白白做人做事，一心为国家社稷才是正道。我们要以陈廷敬为鉴，既要做兼济天下的能臣，又要做独善其身的廉吏。

倪书记说，读好书，心明眼亮。

倪书记指出：读书是多多益善，但人的精力是有限的，我们不可能把所有的书读完，还是应该多读好书。什么是好书？好书应是读之就像与一位智者对话，他讲着，我们的灵魂答着，助我们提升精神境界、增强工作能力、完善知识结构。

他指出，好书，包括洞察大势的哲学书。"知识之最高之满足，必求诸哲学"，哲学是实践的升华、经验的结晶。一个问题、一件事，如果用哲学的眼光去分析，就能辨清主流与支流的纠结，分清现象和本质的复杂，探清特殊与普遍的微妙，避免片面性和盲目性。所以，习近平总书记强调，要原原本本学习和研读哲学经典著作，提高战略思维能力、综合决策能力、驾驭全局能力。冯友兰先生的《中国哲学简史》就是一本值得学习的哲学书，给人不少启益。比如，谋事干事要有人本观。以人为本是中国传统哲学的精华之一。孔子强调，"天地之性，人为贵"。孟子认为，"民为贵，社稷次之，君为轻"。这些观点为历代治国者所推崇。唐太宗经常告诫众人，"君者舟，人者水""水能载舟，亦可覆舟"。我们党将党与人民的关系提升为"鱼水关系"，共产党是"鱼"，人民是"水"，鱼以水生，国以民本，治国者不能离开老百姓，人民群众才是历史的最终决定者。作为党的干部要"始终同广大人民群众保持密切的血肉联系"，这是"一项十分重要的基本功"。

倪书记说，好书，包括开阔视野的历史书。马克思说："我们只知道一门唯一的科学——历史学。"历史是一个民族和一个国家形成发展、盛衰兴亡的真实记录，是最好的老师。古往今来，一切有为的治国者都明白"不知过去，无以图将来"的道理，对《资治通鉴》《贞观政要》等历史典籍推崇备至。我们共产党人更是将通晓"从孔夫子到孙中山"、以史为鉴开辟未来作为政治自觉。党的十八大以来，习近平总书记等中央领导从五千年文明史、百余年近现代史阐述"中国梦"，引"徙木立信"论八项规定的作用，借"霸王别姬"说不良作风的害处，展现出宽广的历史视野、深邃的历史眼光。历史是一面镜子，不仅提示过去，也拷问当下。我们学习历史是为了创造新的历史，要注重以史资政、古为今用。正如习近平同志所言，想问题、作决策要有历史眼光，能够从历史中汲取经验和智慧，自觉按照历史规律办事。

他说，好书，包括锤炼思维的科技书。我们身处"科技改变世界"的时代。没有哪个时代像今天这样，科技如此深刻地影响着个人和社会的发展。比如，把科学思维融入工作流程，就会多一些实事求是，多一些尊重规律，少一些一言堂的傲慢，少一些拍脑袋的随意。因此，学习科技知识、锤炼科学思维，是我们应有的素养。即使读不懂那些晦涩深奥、高精尖的科技书，只要能够选择一些科普书来读，一样可以使自己紧跟科技发展的大势。英国学者迈尔－舍恩伯格和库克耶合著的《大数据时代》就是一本既应潮流又适众人的科普书。这本书呈现给大家一个大规模生产、分享和应用数据的新时代。书中的例子给人以强烈的震撼。比如，谷歌公司凭借庞大的数据资源、强大的处理能力和先进的统计技术，通过对特定词条检索信息的挖掘，成功预测了2009年冬季美国流感的传播，比采用传统方式的官方调查速度更快、结果更精准。在大数据时代，对数据不再追求精确度，不再追求因果关系，而是承认混杂性，探索相关关系，通过对海量数据的分析，获得巨大价值的信息服务，带来思维和管理模式的变革。

倪书记说："善读书，行稳致远。"

他指出，从政需要知识。"学者非必为仕，而仕者必为学。"读书学习水平决定了工作和领导水平，不读书，肯定会落后，甚至会落伍。我们不仅要爱读书，更要善读书，学有所悟、学有所成、学有所用，才能行稳致远，更好地服务党和人民的事业。

他认为，善读书，要有端正的态度。读书首先要有一个正确的学习态度，清楚读书是为了明理、修身、益智，提升精神境界、增强工作能力、完善知识结构。如果把读书当作追名逐利的手段，不但使读书缺乏乐趣，缺少境界，有时甚至会把人引入歧途。很多被查处的腐败分子，为何朝为骄子暮为囚，一个重要的原因就是读书观发生了扭曲，把读书当成升官发财的阶梯，而不是把牢思想"总开关"——世界观、人生观、价值观的锐利武器，造成精神之"钙"严重流失。所以，他们面对金钱美色的诱惑，就难以把持，干出"一失足成千古恨"的蠢事。"国家之败，由官邪也。"我们要正确认识读书教化育人的作用，摆脱名利的束缚，把读书学习当作一种追求、一种境界、一种信仰，不断拓展视野，更新观念，振奋精神，以坚守为民、务实、清廉的价值追求，赢得有理想、有价值的人生。

他认为，善读书，要有科学的方法。把书读好，方法很重要。方法科学，则事半功倍；方法不当，则事倍功半。读书方法没有统一的模式，但也有一些共通的地方。一是要注重"学""问"结合。"学"指读书，"问"指思考。让读书与思考相伴，才能摒弃囫囵吞枣、不求甚解的不良学风，学到书本里的精髓和真知。邓小平同志非常重视思考的作用，他强调："在党内和人民群众中，肯动脑筋、肯想问题的人愈多，对我们的事业就愈有利。"二是要注重"新""旧"结合。将传统纸质阅读方式与现代电子阅读方式相结合，既能享受捧着书本的乐趣，又能享有电子媒介的便捷。三是要注重"博""专"结合。在知识日新月异的时代，需要应对各种复杂问题，必须储备广博的知识；同时，社会分工的细化，又要求我们"术业有专攻"，成为某一领域的行家里手。比如，现阶段，纪检监察工作专业性越来越强。广大纪检监察干部必须在努力学习各种知识的同时，突出对办案等主业知识的学习，不断提高监督、执纪、问责的能力。

他强调，善读书，要有明确的目标。读书，就要学以致用。如果读书无助于做人行事，与不读无异，甚至比不读更坏。比如，纸上谈兵的赵括，熟读兵书，却全军覆没。空谈误国，实干兴邦。习近平总书记非常注重学以致用、知行合一。他认为："学得再多，束之高阁，只是一种猎奇，只是一种雅兴，甚至当作奇技淫巧，那就不可能对现实社会产生作用。"学以致用的思想在习近平同志的著述中有着深刻的体现。比如，1992年出版的《摆脱贫困》，书中收录了习近平同志在宁德工作期间的部分讲话和文章，记录了他在闽东的思考和实践，是运用马克思主义世界观方法论分析和解决实际问题的典范，至今仍具有重要的现实指导意义。一是有助于我们坚持以经济建设为中心。习近平同志认为，发展要扭住经济建设这个中心不放。既要敢于"弱鸟先飞"，"跨出自己的小天地"，学会"飞洋过海的艺术"；又要韧于"滴水穿石"，"要像接力赛一样，一棒一棒接着干下去，脚踏实地干出成效来"。这些思想仍适用于今天的福建。二是有助于我们坚定为人民服务的宗旨。习近平同志亲自倡导并推动了"四下基层"的工作机制，带领党员干部跋山涉水，深入家家户户，帮助群众纾困解难。这是我们必须练就的基本功。三是有助于我们坚守为政清廉的原则。习近平同志曾告诫党员干部四句话：第一句话，"苟非吾之所有，虽一毫而莫取"；第二句话，"熊掌和鱼，不可兼得"，当干部就不要想发财；第三句话，"寸心不昧，万法皆明"；第四句话，"为官一场，造福一方"，不能图实惠，谋私利。《摆脱贫困》是一座精神的"富矿"，正如项南同志在其书序中的评价，习近平同志的"这份精神财富，肯定会对继任者起承前启后的作用"。每一位党员干部都应当读一读《摆脱贫困》这本书。

万霞听得入神入迷，若不是亲历，哪能有如此深的感悟与体会呢！倪书记身上的才能和作风真是学也学不完。全县领导干部也真正被触及心灵，有如醍醐灌顶。

二 领导重视力推介，大田美人茶品香

盛世修史。在"申苏"历程中，中央、省委、市委、县委县政府领导高度重视。

一年多来，多位党和国家领导人关心三明的"申苏"工作，多次对三明的"申苏"工作作出重要批示。

2011年4月，省委孙书记曾率省委陈副书记等前往中央党史研究室专题汇报。

2011年5月，市委黄书记曾率三明4个县主要领导向中央党史研究室专题汇报。

2011年10月12日，省室巩副主任等陪同，市委余秘书长率三明两区一市二县的主要领导，前往中央党史研究室专题汇报三明所辖12个县（市、区）在新民主主义革命时期，特别是土地革命战争时期老一辈无产阶级革命家在三明苏区从事革命实践活动和三明儿女为新中国的建立所作的牺牲与贡献的情况。大田、三元、梅列、永安、尤溪的主要领导分别就"申苏"工作简要汇报。

2012年1月，县委赵书记第三次主持召开县委专题会议，研究大田县申报中央苏区县有关事宜。会议议定4个具体事项：原则同意增加人大、政协两位领导充实"申苏"工作领导小组，加强领导力量；原则同意向教师队伍借2名（中文和历

史）老师充实"申苏"工作领导小组办公室成员；原则同意协调一辆车作为"申苏"工作用车，由纪委廖书记负责协调；拨给"申苏"工作专项经费以及提高党史研究工作经费每年5万元并随着财力增加而增加。

4月21日至23日，中共中央党史研究室李副主任，应邀为三明市委学习中心组作"从党的历史中汲取营养和智慧"的专题辅导报告后，在市委黄书记、余秘书长，市室王主任，县委赵书记、汤县长、熊主席、江部长等陪同下，到大田考察调研申报中央苏区县工作，观看专题片《红动大田》，考察了大田县均溪镇玉田村官厅红四军指挥部旧址、红军井，参观了大田苏区革命历史和文物展览，为大田题写了"弘扬苏区精神，建设幸福大田"等。

4月21日14点30分，在均溪镇玉田村官厅红四军指挥部旧址前，万霞在展览现场向李副主任简要讲解了大田苏区创建和发展历史。李副主任不时点头、发问。

陪同前来的市委黄书记也在一旁很专业地帮助介绍，帮万霞解了许多围。

1929年春，毛泽东、朱德率领红四军入闽，开辟闽西革命根据地，建立各级苏维埃政权，革命烈火迅速传播至大田。在红四军入闽的影响下，中共大田特支开始致力于苏维埃运动，积极组织秘密农会，为创建苏区积蓄革命力量。

1929年8月15日，红四军军长、代理前委书记朱德在漳平召开红四军前委第3次会议，决定向大田、德化进军。

1929年8月17日，红军先头部队离开漳平县城。

1929年8月19日，朱德率领红四军二、三纵队和前委机关离开漳平，从漳平县的厚德进入大田县的谢武、石湖、玉田、济屏、路口等区乡，开展武装斗争，拓展苏维埃区域。

从此，大田纳入闽西苏区向外拓展的发展范围。

谈及大田这段光荣历史，也许是职业使然，万霞像一位娴熟的讲解员，一五一十地讲解，如数家珍，之前的紧张不安都抛之九霄云外。之前只在人民网访谈节目等电视中见到而此时站在面前的李副主任平和如亲人、如长辈，却不失大家风范。

李副主任一边听万霞讲述这段鲜为人知的历史，一边表示认可。

当看到1930年全国苏维埃区域代表大会开幕日印发的《全国苏维埃区域与红军扩大的总形势》中把大田县列为红色区域，李副主任更是不停地点头。

在一旁陪同考察的县委赵书记补充说："这是去年找到的。"

当看到红四军离开屏山时，留下3支步枪给乡赤卫队。

李副主任问道："这个枪是否还在？"

"在，一会儿在革命文物陈展中可以看到。"赵书记马上回答。

当说到朱德率红四军进军大田，屏山乡农民捐献大米13 000多斤、牛肉和猪肉4100多斤、地瓜和蔬菜15 000多斤。

陪同考察的市委黄书记连忙说："仅一个村就作出如此大的贡献，实属不易。"

李副主任得知大田县在较短时间内，收集到许多珍贵的历史档案资料，对大田县党史工作者的工作成效表示赞许。

他指出，资料收集工作既为申报中央苏区提供翔实的佐证资料，同时也应该注重宝贵党史资源的利用，深化以史为鉴、资政育人作用。

李副主任还了解了大田革命遗址保护方面的情况。对大田县充分挖掘革命遗址遗迹，积极开发利用党史资源的做法表示满意。他认为，党史既可以资政，更可以育人，从深层次看，党史研究工作也是经济工作。

李副主任对大田党史工作十分关心，还详细询问了大田县党史研究室编制、党史研究经费等方面的情况。

调研结束后，应赵书记邀请，李副主任还为大田革命历史纪念馆题写了馆名，为大田人民题词，"弘扬苏区精神，建设幸福大田"。李副主任的书法功底很深，笔力劲道，结构缜密，撇舒捺展，每一点每一竖都经得住推敲。书写完毕，江部长与万霞左右牵着，李副主任站立中央，三人合影。万霞的眉毛都笑弯了。几十年来，这是第一次迎来中央专家领导实地指导党史研究工作，实在是幸运得很。

此行市委黄书记专门腾出时间陪同李副主任到大田考察调研。

黄书记人未到心先到，教大田调制一种独特饮品：由闻名全国的"大田美人"茶泡好冰镇，再以 1 ：24 与 Royal Salute 21years old 兑成。客人来了围坐一圈，品着口感极好的自制饮料，一边听赵书记关于大田"申苏"工作开展情况以及重要史料的发现与利用的介绍，黄书记不时进行点评，很细致很专业。万霞心想，不知黄书记什么时候学的，不愧是领导。

黄书记还不失时机地为大田美人茶代言了一番。

黄书记说，大田产茶历史悠久，距今有 1000 多年，茶叶品质卓越，据《辞海》记载，清代文渊内阁大学士李光地曾选"大田雪山茶"进贡朝廷。北宋时期曾有大田儒生进京赶考，带上小团茶、茶饼赠送老师。

1998年以来，县里把发展茶产业作为县里的支柱产业之一，大力发展，目前已经形成了规模，全县茶业种植面积10万亩，茶业从业人员10万人，年产值10亿元。大田县依托高山、区域独特的地理环境和气候条件，秉承当地深厚的传统制茶技艺，借鉴东方美人茶生产工艺，推陈出新、独树一帜，造就大田美人茶风味独具、艳压群芳、超凡脱俗的高贵品质，书写了大田美人茶的经典传奇，使之成为芸芸茶类中的"新生贵族"。

万霞在一旁听着黄书记关于大田美人茶的介绍，告诉杨歌、清姐说，其实在大仙峰脚下流传有一个关于大田美人茶的故事：

相传在北宋时期，有几位僧人长途跋涉到八闽中心，山高坡陡，林深水甜。特别是他们走到大仙峰顶上，"向阳背风"之处，藏风聚气，温暖湿润，得天独厚的环境，喜欢不已，就驻扎了下来。

僧人们把茶树苗分送给村民，又把种茶技术传授了出去，很快当地连片的山峦都是绿油油的茶园。村民们只知道清明茶可以入药，可以明目，可作解渴用。一年只在清明节当天，太阳出来前茶树含着露水采集下来，用自家大锅微火炒香，存储在陶瓷瓦罐里，妥善安排用量供全家人喝上一整年。后来，僧人在实践中发现，茶叶一年可以采摘三季，且可以制成不同茶品，随着茶叶产量的增大，村民组织茗战活动，也就是后来所谓的斗茶活动。

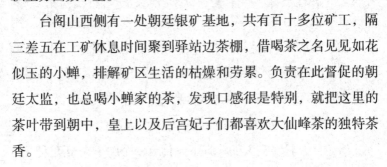

大仙峰一侧的台阁山下，小蝉姑娘家中祖祖辈辈行医，哥哥和小蝉在家管理着一片茶园。茶园边上有一条闽南通往闽北的驿道，设有台阁驿站，过往官员、儒生在此逗留、停靠休憩。在炎热的夏天，小蝉每天都会煮上自家的好茶免费供路过的官员、儒生饮用。久而久之，小蝉的美貌与善良伴随着茶香飘至方圆数十里。

台阁山西侧有一处朝廷银矿基地，共有百十多位矿工，隔三差五在工矿休息时间聚到驿站边茶棚，借喝茶之名见见如花似玉的小蝉，排解矿区生活的枯燥和劳累。负责在此督促的朝廷太监，也总喝小蝉家的茶，发现口感很是特别，就把这里的茶叶带到朝中，皇上以及后宫妃子们都喜欢大仙峰茶的独特茶香。

一天午后，电闪雷鸣，天气闷热异常，小蝉想起前天一位矿工提到说，由于朝廷急报需大量银元供蒙北军需，近日督工的太监催促他们加班加点，铁面无情。越想越心疼，就特地煮两大桶茶水，让哥为矿工们挑过去，自己也尾随其后，临近矿洞百米远，只见惨剧发生了，是矿难！兄妹俩不顾一切，徒手救人，不幸被二次塌方压在无情的矿石之下，失去了年轻的生命。

当日，一位郭氏由于暑热病重在工棚休息而幸存。为了感恩、为了纪念小蝉兄妹，郭氏留在小蝉父母身边，帮助管理那片茶园，继续为台阁驿站的来往客人提供免费茶水。听郭氏说，一位儒生进京赶考路过曾得小蝉照料，对小蝉提供的茶水更是记忆犹深。当他听完郭氏讲述所发生的惨剧，沉默良久后说，台阁驿站茶香人更美，这片茶就叫美人茶吧！当即挥笔题写"美人茶香"交由郭氏。

后来，矿难发生地那片茶林，长出了许多绿色的茶虫，专门叮咬茶叶里的脉汁。当地人都说，这一片茶园里的茶虫就是当年的那位心地善良而又美丽的小蝉姑娘变身而来。茶虫叫小绿叶蝉，又叫浮尘子，与茶树相融共生，专门吸食叮咬茶叶的嫩芽，叮咬后水解酶的作用和茶树本身的自愈功能，增加了茶叶单萜类及醇类等芬芳物质，使茶叶蜜香之韵更浓、品质更好。

每年清明节，当地百姓为了祭奠小蝉兄妹，都会拿出自家精制的独门绝技美人茶，从本质上看，也是另一种形式的斗茶赛。互相比赛茶艺高低，茶品优劣。每年在斗茶中获得茶王称号的最佳茶品的主人，必须义务公开传授自家茶的制作技艺。在年年的祭奠斗茶中，大家茶艺也得到改进和提升。

杨歌说，"这个故事应当可以再挖掘，改日，我们好好上屏山查访个究竟"。

此前，余秘书长为了让考察调研行程更加科学而紧凑，对各县报呈的调研方案仔细把审，精心指导。整个调研行程是紧而又紧。黄书记对于大田美人茶的见缝插针的推介，使得整个紧张的行程增添了几分灵动。

市县几位领导亲历亲为、善于抓落实的工作作风给万霞留下极深的印象，也给万霞今后工作良多启示。

此行调研不多久，因工作需要，黄书记升任省级领导，由邓市长转任市委书记。

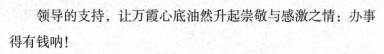

2012 年 7 月，汤县长在大田县委党史研究室《呈阅件》第 15 号关于急需"申苏"工作经费上签拨专项经费 100 万元。外出查阅资料的旅差费用，大田革命历史陈列馆的布展，5 个重点革命遗址遗迹的修缮布置，53 个故居、旧址的挂牌立碑，三次申报文本的编制修改完善，宣传册，专题片、课件制作、红色文化活动宣传等所有的工作开展均有了经费的保障。

领导的支持，让万霞心底油然升起崇敬与感激之情：办事得有钱呐！

在"申苏"期间，赵书记除了多次召开"申苏"工作推进会，研究解决"申苏"工作存在的困难问题，还对细小的事情亲自审核把关，对中央苏区革命历史陈列馆的选址乃至文物摆放等提出具体指导意见。

不知道他为什么能在短时间里成为"党史专家"。

挺神的，反正。

2013 年 3 月，市委邓书记在参加全国"两会"期间，再次向中央党史研究室领导专家汇报三明苏区革命斗争历史。邓书记对三明苏区史非常熟悉，且进行非常独特的归纳和总结，给中央党史研究室的领导专家留下深刻印象。

邓书记说，三明与五次反"围剿"都有着极为密切的关系：

土地革命战争时期，三明地区辉煌的革命斗争历史，主要集中发生在五次反"围剿"这个时期。

当时三明是第一次反"围剿"的筹粮扩红之地。第一次反"围剿"胜利后，毛泽东派出红四军第 10 师、第 12 师从南丰的傅坊、广昌的尖锋进入建宁西北地带筹粮筹款，建立乡村红色政权和地方革命武装，开辟了建宁西北游击区，这期间打土豪所得钱财大部分留作红军经费。

是第二次反"围剿"的决胜之地。1931年5月，毛泽东、朱德率红一方面军连续作战，横扫700余里，一直从赣江东岸打到闽西北山区，连续取得富田、白沙、中村、广昌、建宁五个大捷，其中建宁大捷最为辉煌。这一战共击溃敌军四个团、俘敌3000余人，缴获各种武器2500余支、山炮2门、无线电台1部（无线电台人员全部投诚）和大批西药等物资，光是西药就可供红一方面军使用半年。

是第三次反"围剿"的决策之地。毛泽东在建宁期间，多次召开总前委会议，分析敌我态势，总结反"围剿"经验，对红军工作进行部署。特别是在建宁向闽赣边界工委、红12军、红35军委连续发出的3封指示信，精辟指出只有东方（闽赣边界）是好区域。各路红军按照指示分散在闽赣边界区域，打土豪、分田地、扩红筹款、建立红色政权，创建了建黎泰苏区，基本完成了第三次反"围剿"的准备工作。1931年7月初，毛泽东在建宁召开红一方面军师级以上干部军事会议和闽赣边界苏区负责人会议，决定红军千里回师赣南，以打破敌人"围剿"。

是第四次反"围剿"的指挥中心。1932年10月，红一方面军在周恩来、朱德的领导下，从广昌发起建黎泰战役，连续攻克建宁、黎川、泰宁县城，初步打通了中央苏区与闽北苏区的联系。攻克建宁后，周恩来、朱德率红一方面军总政治部、总司令部进驻建宁城关白楼内。此后的一年多时间里，周恩来与朱德虽然深处战斗前线，但他们的指挥所很长时间设在建宁，成为反"围剿"的指挥中心。在此期间，红军相继取得了金资战役、第四次反"围剿"的胜利和东方军入闽作战"筹款百万，赤化千里"等重大战果，开辟了闽赣边大片新苏区，建立了中央苏区闽赣省，使中央苏区地跨湘赣闽粤四省。

是第五次反"围剿"东北门户的重要屏障。第五次反"围剿"中，国民党军队首先进攻红军守备薄弱的闽赣省，攻占广昌、黎川，逼近建宁。为保卫建宁，红军组织了邱家隘、将军殿、雪山栋、武镇岭、驻马寨等五大阻击战。1934 年 5 月，建宁县城失守。同时，宁清归苏区也担负起牵制敌军东路进攻的艰巨任务，是中央苏区最后丧失的根据地之一。由于"左"倾路线的错误领导和指挥，第五次反"围剿"失败后，红军被迫战略转移，这期间，闽赣省的一批干部和主力红军一部，由宁化出发开始长征。

邓书记说，土地革命战争时期，毛泽东、周恩来等老一辈无产阶级革命家都曾在三明从事过重要的革命实践。

毛泽东曾率领工农红军三次进入三明：

第一次是 1929 年 3 月（约 3 天），毛泽东、朱德率领红四军首次入闽，进击长汀，途经宁化的凤山、大王、隘门岭等地，宣传发动革命，工农红军的影响很快波及宁、清、归各县。

第二次是古田会议后（约 7 天），为粉碎国民党军的三省"会剿"，1930 年 1 月 7 日，毛泽东率领红四军第二纵队从古田出发，14 日经连城姑田进入清流的洞口、林畲，归化县的盖洋、张地，宁化县的青瑶、罗坊坝、泉上、泉下、水茜，1 月19 日经宁化肖坊、营上、吴家地进入江西广昌，23 日抵达宁都县东韶与朱德率领的一、三、四纵队会合。行军途中，毛泽东写下了《如梦令·元旦》一词，真实记录了这次红四军转战赣南的军事行动。

第三次是 1931 年 5 月底（约 43 天），第二次反"围剿"四战四捷后，毛泽东率领红一方面军攻打建宁，取得建宁大捷。31 日当晚，进驻建宁城北溪口天主教堂，毛泽东挥毫填就了《渔家傲·反第二次大"围剿"》诗词。

邓书记说，纵观毛泽东在三明地区的革命实践，主要有两个特点：

一是时间虽短，但影响深远。毛泽东在三明境内虽然只待了 50 天左右，时间不长，但点燃了革命星星之火，拉开了三明武装斗争的序幕，并亲自指导创建了闽西北革命根据地，使三明成为中央苏区的重要组成部分。

二是环境虽苦，但心情愉快。这一时期，既有环境艰难的敌我斗争，又有处境艰难的路线斗争，但从毛泽东在三明境内所作的两首词来看，当时的心情是比较愉快的。

周恩来在建宁待了一年零二个月，是老一辈无产阶级革命家在三明时间最长的一位。为粉碎国民党的第四次"围剿"，1932 年 10 月 18、19 日，红一方面军在周恩来、朱德的指挥下取得了两天连续攻克建宁、黎川、泰宁三县城的大胜利，恢复了建黎泰根据地。18 日晚，朱德、周恩来率红军总司令部、总政治部进驻建宁溪口天主堂。不久，周恩来率总政治部迁驻建宁县城内的县衙小白楼。周恩来在建宁发表了《帝国主义国民党的第四次"围剿"与中国工农红军当前的任务》的讲话，红军总部在建宁下达《关于粉碎四次"围剿"政治工作训令》。进入建宁后，周恩来往返于闽赣边界各苏区，一手指挥作战，一手抓苏区建设。在第四次反"围剿"中以周恩来为核心的领导集体，顶住党内"左"倾势力的压力，指挥7万红军打垮了国民党50万人马，取得了第四次反"围剿"的胜利。随后，周恩来着手筹建闽赣省工作，1933年12月12日闽赣省第一次苏维埃代表大会在建宁文庙召开，周恩来在大会作了政治报告，宣告闽赣省苏维埃政府成立。大会召开后不久，周恩来由于受到排挤，离开建宁，于1934年1月4日回到瑞金。

邓书记说，三明是苏区中的"苏区"。

与其他苏区相比，三明这个苏区有四个特点：

从红色政权产生看，三明是"红色摇篮"。土地革命战争时期，中央革命根据地涵盖的21个县，福建有10个，其中5个就在三明；中华人民共和国的前身——苏维埃共和国临时中央政府，成立之时有四省一县，其中闽赣省党政军机关所在地大部分时间都在三明境内。前些年，央视热播的《红色摇篮》电视剧所反映的革命斗争历史，有不少事件都发生在三明。毛泽东、周恩来、朱德等老一辈无产阶级革命家都曾在三明从事重要的革命实践，共和国十大元帅中有八位在三明留下了光辉足迹。

从革命军事斗争看，三明是打胜战的苏区。红军五次反"围剿"都跟三明有关，第一次是筹粮筹款扩红之地，第二次是决战决胜之地，第三次是决策之地，第四次是指挥中心，第五次是中央苏区东北门户的重要屏障。当时，在三明作出的战斗决策都是胜利的决策，在三明展开的对敌战役都是取胜的战役，在三明指挥的斗争都是胜利的斗争。毛主席在三明时，写就了《如梦令·元旦》等光辉诗篇。

从革命军队建设看，三明是开启人民军队现代化的苏区。革命战争年代，在三明组建了红军第一个通讯连、第一个炮兵连，迈出了建设现代化人民军队的第一步。可以说，当时的炮兵连相当于如今二炮部队的前身，通讯连相当于今天中办机要局的前身。

从革命历史作用看，三明是贡献较大的苏区。宁化是当年中央红军四个长征出发地之一，1934年中央红军战略转移时，仅宁化籍红军战士就有1.3万人，8个红军中就有一个是宁化人。到达陕北后，三明籍红军仅剩58人，到1949年全国解放时还剩29人，到1954年授衔时三明只有4名少将。

三明苏区人民为中国革命胜利和共和国成立付出了巨大牺牲，作出了较大贡献。我们肩上最大的担子是传承和弘扬革命精神，务实的工作作风，让老区苏区人民过上好日子。

2013年6月，市委邓书记到大田武陵乡的闽中工委会址调研，邓书记详细察看了革命遗址的保护情况。他再一次强调，革命先辈们为解放事业作出了重大贡献，我们要传承好、弘扬好革命精神，进一步加强革命遗址的保护、革命史迹的整理，进一步推动经济社会各项事业加快发展，让老区群众过上更加幸福美好的生活。

在参观大田革命历史陈列馆时，邓书记还详细询问大田苏区的革命历史以及大田的"申苏"工作开展情况。

各级领导一次又一次的倾力帮助与关心，给"申苏"工作注入鲜活的血液，提供无尽的动力与支持。

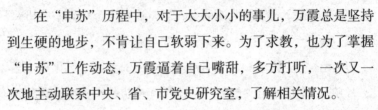

三 犹弹琵琶未遮面，大珠小珠落玉盘

在"申苏"历程中，对于大大小小的事儿，万霞总是坚持到生硬的地步，不肯让自己软弱下来。为了求教，也为了掌握"申苏"工作动态，万霞逼着自己嘴甜，多方打听，一次又一次地主动联系中央、省、市党史研究室，了解相关情况。

小时候看到邻居从远处走过来，她都躲在墙角等他们过去再出来。她从小怕跟人打招呼。天性里的那点怯懦，像钉子一样深深地楔入心底。一直到长大成人，生活碰到那些让她仰视的人，尽量躲避，不搭讪，不回嘴，不周旋，只有跟弱者待在一起，她才觉得无拘无束，才有一种轻松感。

她文静了这么多年，一直泡在自己的那点小世界里怕热怕冷怕苦怕出门怕应酬，除了象牙塔，别无所见。可为了"申苏"工作，一个接一个不停地出差，平时滴酒不沾的她，遇到需要求人的时候，遇到专家前来指导，常常喝得深一脚浅一脚，喝醉了自己却还在心底感激别人。

当《关于要求确认大田县属于中央苏区范围的请示及附件》（送审稿）编制完成，万霞他们逐一地当面送呈到省室相关领导、市委分管领导、市室领导、县领导以及"申苏"工作领导小组成员单位领导，认真听取他们的指导意见。

春节前夕，省、市两会即将召开，万霞分别联系出席省、市会议的人大代表、政协委员，协同起草《关于加强全市革命遗址遗迹保护的议案》《关于加快发展三明红色旅游的提案》

《关于要求确认大田县为中央苏区范围的提案》《关于将大田县确认为原中央苏区范围的建议》4 个提案和建议，希望借助更多的上级力量，通过省、市、县联动，一同做好申请确认工作以及革命遗址遗迹的保护与利用等工作。

"申苏"历程中，先后组织 10 多次活动：接待中央、省、市专家领导的考察调研，"中央红军村"采风活动，大田中央苏区革命历史陈列馆揭牌和"中央红军村"揭牌仪式、烈士后代返乡恳亲活动、大田中央苏区知识竞赛活动、红色故事宣讲大赛等活动。每一次活动开展都先制定方案，每一次接待活动都先编制预安排方案，联系策划宣传报道，及时与乡镇、责任部门沟通协调，获得支持帮助。全县 53 处革命遗址遗迹修缮挂牌立碑保护，10 处的省、市、县爱国主义教育基地命名，县级文物保护单位的申报审批等，都及时沟通乡镇，联系县直相关责任部门共同完成。

均溪镇是大田县苏维埃时期革命历史最为厚重的，曾有20 多位红军高级将帅在这里指挥战斗，中央红军在此与百姓结下鱼水深情，保存完好的革命遗址遗迹多达 10 多处，又地处城区，不管是出于哪个原因，都应该是上级领导专家前来调研的首选，尤其是在玉田村官厅红四军指挥部旧址里布置了大田中央苏区革命历史纪念馆，玉田村被市委命名为全市首批"中央红军村"，前来参观指导的各级领导客人更多，镇里的肖书记、吴镇长以及分管领导、驻玉田村镇班子成员，100 多次地参与接待、单独接待以及陪同。虽然增加了很大的工作量，但他们从未表现出厌烦与懈怠。

2011 年 12 月 8 日，专家调研行程中均溪镇玉田村官厅安排在最后一个。暮色苍茫，均溪镇肖书记等几位领导耐心地在调研点上等候，当专家到达玉田村的几个革命遗址已经 6 点半，肖书记进行详细介绍，从朱德出击闽中大田驻扎在此，设立指挥部攻打大田县城不克，一直到寻淮洲率领北上抗日先遣队在此为当地百姓挖凿红军井等，如数家珍。

2012 年 4 月 23 日，接待中央党史研究室专家，镇村两级干部从早晨 7 点一直忙到下午 3 点半，正午时分，烈日炎炎，他们始终没有离开流动展馆场地。毫不夸张地说，在场的每一位干部群众都能流畅地介绍当地的历史故事，而且饱含对历史的敬畏与深情，对他们县里的红色历史充满着骄傲与自豪。

4 月 29 日，二次接待中央党史研究专家，恰逢倾盆大雨，镇村两级干部在现场维护秩序。虽然都撑着大伞，可他们裤管、鞋子早已经全部湿透。专家领导一到，肖书记立刻迎上去，专业而熟悉地介绍，俨然党史老专家。

2012 年 5 月，红四军指挥部旧址官厅修缮工作历时 1 个多月，镇里的分管领导带着村干部以及村老体协同志从早到晚地监督并确保安全如期。之后在旧址中布置了"大田中央苏区革命历史陈列馆"，老体协的同志们轮流保管着钥匙，就像是怀揣着传家宝，小心翼翼。无论访客是谁、无论来访是几位，他们都热情接待，耐心讲解。

2013 年 3 月 2 日，"中央红军村"揭牌仪式活动，早晨 7 点不到，镇里的肖书记以及村干部、部分村民代表早早地到现场做好相关筹备工作，帮助接待记者、访客等等，使得活动圆满成功。还有无数次接待专家领导、外来考察参观团到中央红军堡、红四军指挥部旧址等工作，镇村两级干部都出色地完成了任务。当地百姓老范说，每一次接待工作，每一次为访客讲解革命斗争历史的过程，都是接受苏区精神洗礼的过程。

武陵乡的范书记、廖乡长也多次承担考察点的安排准备工作，环境整治、讲解员的安排等等；由于大田县的党组织历史被改写，武陵乡有少数群众一时无法接受，两位主要领导通过开座谈会、入户走访等方式，帮助做好当地群众的思想工作。最终达成一致认识。他们俩也都是闽中工委旧址中"大田革命历史纪念馆"出色的讲解员。

"申苏"工作用车，是廖书记帮助从太华镇协调来的。太华镇刘书记极为爽快，一接到通知，立刻安排工作人员将车子开到党史研究室办公楼前并办好相关手续。之后还多次关心询问"申苏"工作进展。

"申苏"过程中有太多的人帮着、关心着、支持着。省、市、县党委政府，央室、省室领导专家的指导，市室王主任的热心帮助。县直部门的协调配合，全县干部群众的支持关心帮助。这中间承载着太多太多的温暖与感动。

万霞对于"申苏"历程中所有的人、所有的帮助、关心与支持，都充满感恩。一次又一次接受暖心的关心指导帮助。只有更加努力地把工作做得更出色，才是对他们最好的回报。

四　正式申报呈文本，上级肯定又赞扬

重启"申苏"工作的 4 个多月时间，文献组、革命遗址遗迹修缮保护组、文物组等相关人员通力协作，深入到全县 13

个红色乡镇 78 个行政村调查访问，行程三万多公里到中央、省、市档案馆、图书馆等地，广泛收集大田土地革命战争时期历史文献及人证、物证等，还原了大田土地革命战争时期历史原貌。

因为担心新的一年上班后，中央党史研究室就会开展确认工作，万霞决定赶在元宵节前将文本制作完成并正式上报，以免搭空了"末班车"。在文本定稿前的一周时间里，万霞与团队夜以继日地加班，反复甄别、论证、梳理，先后 9 次修改"申苏"主报告。

论证文本定稿后交付制作。老涂联系的文印室就在县城老影剧院边上，是一家小店，没有店名。门面不足 6 平米，摆着两台电脑，一台一体机，一个四层玻璃柜子，上边落满了灰尘，以至于玻璃柜子里展示的名片成品都看不清，左侧一人高处订着一排钉子，挂着五颜六色纸张，有花纹纸，也有光面纸。

万霞质问老涂，这家所谓的公司，实力可靠吗？

老涂回："这家属全县最具实力的文印室，他们有一个规模很大的印刷车间在郊区。这间店面只是承接业务以及前期电脑设计的门面店。"

万霞猛然发现，大田县的"三产"发展空间无限，文化产业更待培育。

10 多分钟匆匆吃完晚餐，又回到这家店面。挑选了褚红色单色纸作为文本的封面。封面"大田县申请确认属于原中央苏区范围的请示及附件"字体为小一号仿宋，封面的正中下方落款"大田县委大田县人民政府 2012 年 2 月"宋体 4 号字分 3

行排版。附件中有彩页和 156 个佐证资料与图表。

　　万霞和几位同事就这么一整晚地陪着，盯着，只见材料从一体机一张一张地飞出，叠在机子右下方，每出一张伴着一个很大的响声。为了确保万无一失，开印前，他们已将样稿再审核了一遍。

　　21 点左右，一个 50 岁上下的男人向店里走来，戴着厚厚眼镜片，红着脸，粗着脖子，左手扶着右腋下夹着的公文包，大腹便便的。在上台阶时，他左脚蹬了个空，身子也随着踉跄了一下，又站直了。他说："你们全来啦，这么不放心呀，我刚刚还接了一个单，请业主喝小酒呢。走，找个地方请你们喝几杯，怎么样？"原来他是这店的老板，万霞早已闻到他身上散发着的酒气。

　　也许，在老板的心底，喝个小酒，拉近点情感，对于书的编排与印刷质量，万霞他们就会公事公办地降低要求。如果真是这样，这老板打错算盘了。他怎么可能懂得万霞他们的心情呢？

　　直到东方吐出鱼肚白，机器声才消停，真正的通宵达旦！

　　2012 年 2 月 16 日，《关于要求确认大田县属于中央苏区范围的请示及附件》（正式申报本）顺利编制完成，打包了 20 本拟送达福州由巩副主任代呈中央党史研究室专家，同时杨歌和清姐将文稿分发到市里相关领导和县里的"申苏"工作领导小组成员。

　　傍晚时分，万霞赶往福州，请省室巩副主任顺带送呈中央党史研究室。传闻，巩副主任当年从地市到省委大院任职，省直部门的不少男士都好奇地过来坐坐，有事没事寻茶喝，因为省委大院私下传说，从基层上来一位貌美如花的女领导，都找各种理由前来一睹芳容。的确，女性领导水平高、品德好、心胸宽、相貌好聚于一身的为数不多。巩副主任此行中央党史研究工室汇报工作，得知大田在短时间内完成初步的论证工作，主动提出要帮助顺带送呈文稿。

2月17日，正逢周五，巩副主任要带领漳州市委党史室的同志前往中央党史研究室联系汇报工作，正好将大田县的申报文本顺带上。

15点20分，万霞按照约定，早早地在省委大院东大门等待，过了大约20几分钟，巩副主任终于出现了，她将车停下来，领着万霞到她的办公室，又给万霞沏了一杯菊花茶。

"很棒！你们大田真的很棒！""你看，几个月前你们赵书记带队前来汇报工作，刚重新启动，我看你们几乎没有资料，说实在，那下我也心里没有底，很替你们担心，这下好了，可以说初步论证完成了，你们辛苦了！感谢你们！也代我问你们赵书记好！"

"您赶时间要去机场，我就先别了。感谢您为大田代送材料！万分感谢！希望您抽空到大田实地指导工作！"

"再见！"

"再见，有事多联系！"

巩副主任对于大田的"申苏"工作给予充分肯定，对于大田"申苏"团队工作极端负责任更是赞不绝口。她认为大田县用四个多月时间完成了别县一年甚至两年才能完成的工作量，尤其是大量史料的首度发掘与利用，最为难得。万霞相信，大凡热爱党史研究工作的人都会对弥足珍贵的史料视若珍宝。

巩副主任一如既往的美丽、平和、严谨。

万霞送达正式申报文本，如释重负。

17 点 30 分，万霞从福州返回。途经福州东街口大榕树旁时，心想，榕树怎么长得这么好看呢？湿黑的绿叶，每一片都闪着亮光，树干上垂下来的弯曲的褐色根茎直接扎到街中央砌高的圆圈内的干土里，吸收着无数的来往车辆噪音与粉尘。

车窗开着，阳光斜射到路中央快速来往的车玻璃上，反射出强烈的银亮的光，风野蛮地撩起长发再迅速地拍打在万霞脸上，一次一次地重复着。有如一位长者面对着，帮助拂去乱发，关爱地说着赞许、心疼的话语。

从福州南上了高速，望着车窗外，群山树叶出奇的浓绿，鸟儿飞翔的姿态是那般轻盈。

回味着巩副主任的夸奖，大田以最短时间，找了大量"鲜为人知"的史料，许多还是全国党史系统首度挖掘与利用，很不简单！

越想，心里越是得意洋洋，久久不能平静。坐在车后排右侧位置，与好久不联系的朋友不停地发着抒情的短信。只希望把快乐的心情传递给每一个关心自己的人，让他们与自己一起分享喜悦。不管他们是否有时间回复，万霞只顾表达便满足了。车窗外晃过一格又一格风景，短信一条又一条地发送出去。万霞想起了海子的《面朝大海，春暖花开》：

> 从明天起，和每一个亲人通信
>
> 告诉他们，我的幸福
>
> 那幸福的闪电告诉我的
>
> 我将告诉每一个人

给每一条河每一座山取一个温暖的名字

陌生人，我也为你祝福

愿你有一个灿烂的前程

……

"申苏"工作期间，30多趟往返于福、厦、泉三高速。万霞第一次发现窗外的大山如此青翠葱绿。车内的音乐，如流水一般，轻盈悦耳，似清泉一般从心底淌过。

曾国藩说，世间事一半是"有所激有所逼"而成的。此话不假。

论证文本正式上报后，万霞整个人像是卸下了万斤的重担，心里的那份舒坦轻松无以言说。

万霞感觉几位领导看她的眼神变得不再那般严厉，而是温和而友好。

早知这种情形，真应该早早地上报，哪怕早一天都是极好的。

当然，正式上报了论证文本之后，接下来的任务一样不轻。4个多月的仓促查找，文献资料自然是不可能齐备，所以，还得进一步查阅资料，一旦有重大发现，就要对论证文本再修订补充。

对于县内各乡镇知情老人的访问，也需要抓紧开展，专题片的制作、课件的加工、大田中央苏区展馆布置、重点乡镇调研点的确定、重要革命遗址遗迹的保护和利用，更是一样也慢不得。

接下来的日子，一样是紧张而忙碌的。常常是在清晨上班时间不到，或者晚上早已经过了下班时间，一有灵光闪动想到好的办法、好的点子，万霞立刻以电话或者短信与杨歌、清姐讨论商量，总感觉晚一刻都会耽误事儿。他们仨每天工作13个小时以上。

万霞常常在凌晨两三点还辗转着，脑子里闪出好的创意，立刻拿手机记录下来。"铭记一段将被遗忘的历史""岁月尘封下的一颗光辉灵魂""大爱之田""大美之田""爱我苏区新大田"等等宣传词，都在半睡半醒之间从心湖的石坝上流淌出来。

当然，几个人的力量毕竟有限。关于红色文化的宣传，需要社会各界人士的广泛参与。万霞想到了大田作家协会的本土作家们，借助他们的笔，好好地对大田厚重红色文化篇章全方位多角度地抒写，将发挥无可估量的效应。

五　誉至不喜化动力，莫负称赞再向前

谤来不戚，誉至不喜。

2012年9月19日上午，省室逢主任，市委余秘书长在江部长、戴副县长陪同下，亲切看望党史研究室全体工作人员并座谈。

逢主任高度肯定了大田"申苏"工作。他说，大田县委、县政府高度重视"申苏"工作，取得明显成效，得到中央党史研究室和省、市有关领导的肯定。在"申苏"过程中，县委党史研究室主动作为，为中央党史研究室研究苏区史提供了极具价值的文献资料，希望大家进一步做好工作，争取"申苏"工

作有理想的结果。他要求，新时期党史工作要带着感情来做，应主动、有为，坚持围绕中心、服务大局，充分发挥党史以史鉴今、资政育人的作用。

余秘书长指出，大田"申苏"工作起步晚，进展快，挖掘资料多，贡献大，充分表明大田党史工作者工作认真负责。他勉励大家再接再厉，争取更大的成绩。

天蓝得不知所终，头顶肥大松软的白云，过了好久，才笨重地翻一个身。世界上有一个公理：当一个人的付出没有得到金钱和物质回报时，必定会得到等值的精神愉悦！

全县的干部群众也在万霞等人的一次又一次的宣传、活动中感知、认识大田苏区的历史地位，"申苏"工作成了全县工作生活中的大事儿，有的人碰见万霞，会翘起大拇指；有的人甚至专门打电话给予表扬和肯定。万霞也意外为什么全县会有这么大反响，真是惭愧，自己不就是恪尽职守吗？

7月的豪雨，肆无忌惮地下着，就像牛绳一样粗，白茫茫一片，而地上蒸发出的湿热，全是蛮暴之气。草木吸饱了水，疯长出墨一样的浓绿肥叶子。

2012年7月，在武陵召开部分老同志座谈会返回之际，天色渐黑，万霞坐在江部长的车上，只听他侃侃而谈，聊着学生时代以及后来走上工作岗位成长历程。后来不知怎么聊着聊着，江部长说："历史选择了中国共产党，大田'申苏'选择万霞。"这样一句似真似假的玩笑话，让万霞且喜且羞。

石主任特意打来电话，充分肯定《叶炎煌烈士纪念文集》《大美之田》等几本红色书籍编辑精美，内容丰富，颇具专业眼光。万霞听了，心里亢奋得安静不下来。

当万霞的《大爱之田》与《大美之田》的原创表述，被中央党校祝教授等领导专家引用，当党史研究室 8 本红色书籍被各位领导群众广泛称赞时，当万霞收到省室逄主任、林主任，市委余副书记、县委汤书记为党史研究室红色书籍作序时，所受的鼓舞倾刻间化为强大的工作动力。

2013 年 4 月的县委常委扩大会上，县委汤书记充分肯定，"申苏"工作进展很顺利，成效很突出，县委党史研究室的同志付出很大的努力，很有成效，下一步布置大田革命历史纪念馆、革命遗址遗迹修缮保护等所需经费将给予支持保障。

2013 年全县一季度经济形势分析会上，县委汤书记在总结讲话中说，大田县的"申苏"工作完成得很出色，这项工作党史研究室的同志很尽责很尽职。与会人员包括县处级 30 多位领导，县直部门负责人，各乡镇的主要领导 100 多人，对于大田尘封的革命斗争历史再度呈现、大田革命斗争历史被真实还原，都对县委党史研究室的辛苦努力倍加称赞。

所有的肯定都是对工作的支持。没有最好，只能更好，才不会辜负领导的赞誉。

六 揭牌命名详策划，蓬荜生辉喜开颜

笨功夫不是一种精神，而是一种方法，也许是唯一的方法。在大量的工作完成之后，便有时间深入地思考，如何实现大田苏区历史从"鲜为人知"到"广为人知"的转变呢？也许通过策划一些活动，更能收到立竿见影的效果。

得知市委党史研究室正在组织开展全市"中央红军村"

命名活动，万霞就想，届时邀请省委党史研究室逢主任和市委领导到会参加。于是，万霞便将"大田中央苏区革命历史陈列馆"揭牌仪式安排在"中央红军村"命名活动之后。

可是，市里的活动根据省室领导的时间，一再地作时间变更，直到 2012 年 9 月 18 日，命名会才如期召开。会议一结束，万霞急忙赶回县里，落实接待食宿安排以及活动场地布置情况再巡看一遍，再试听一遍展馆讲解员的解说。福塘路段正在修路，只怕驾驶员不知道如何绕道，20 点 20 分电话联系得知，前面的车过了永安南，万霞早早在石牌高速出口等了半个多小时，站在路边翘首以待，望着一辆辆车过来，赶起一阵灰尘，又消失了。也许是生来的急性子，万霞不停地打电话，客人都不耐烦了。大约 21 点，省室逢主任、黄处长，市委余秘书长，市室王主任以及三明日报、三明电视台记者二十多位客人陆续出现在眼前。万霞再也抑制不住内心的激动，眼泪夺眶而出，策划这项活动等待了太久太久的时间。

见了面后，万霞才知道，这次的时间十分有限。省直机关喜迎党的十八大大合唱正好是明天，省室的几位同志务必在参加大田县的活动后赶回省里参加决赛，所以明天的活动务必紧凑。万霞知道，这是考验自己的关键时刻。哪怕是通宵达旦，也要策划好这次活动。

9 月 19 日 8 点，大田中央苏区革命历史陈列馆揭牌仪式在大田县均溪镇玉田村官厅暨红四军指挥部旧址准点进行。省委党史研究室主任逢立左，市委常委、秘书长余红胜，省委党史研究室二处处长黄超凡，市委党史研究室主任王仁荣，县委常委、统战部长江太生，县政府副县长戴绍松等领导在主席台站成一排。省、市委党史研究室有关科室、县直机关有关部门的负责同志，均溪镇党政领导及工作人员，玉田村主干及村民代表等都早早地来到官厅参加揭牌仪式。省委党史研究室主任逄立左，市委常委、秘书长余红胜分别在揭牌仪式上作重要讲话，并为大田中央苏区革命历史陈列馆揭牌。县委常委、统战部长江太生致辞，县政府副县长戴绍松主持揭牌仪式。

市委余秘书长在讲话中指出，均溪镇玉田村官厅红四军指挥部旧址是土地革命战争时期重点革命旧址，蕴含着大田县党组织和大田苏区人民艰苦奋斗、不屈不挠、一往无前、敢于胜利的革命精神，仿佛是一位重要的历史见证老人，是广大人民群众特别是青少年进行爱国主义教育和革命传统教育的重要阵地，是一笔宝贵的革命历史文化遗产。挂牌的目的就是为了更好地保存这些革命遗址，给人们提供瞻仰、参观和学习的场所，让人们在重走革命路、重温革命史、缅怀革命先烈活动中，加深对苏区人民的感情，增加红色旅游资源，以此推动老区苏区经济发展。余秘书长希望大田苏区人民倍加珍惜革命前辈们用鲜血和生命换来的革命成果和建设成就，以革命遗址保护利用为载体，大力弘扬光荣革命传统，让红色革命文化在大田的土地上世代相传。

揭牌活动后，全体人员参观了大田革命历史陈列馆。逄主任、余秘书长以及省室黄处长、市室王主任等到党史室看望慰问县室人员。万霞工作了多年的简陋办公室首次迎来这么多领导，真是"蓬荜生辉"啊！万霞惊喜、兴奋得有些不知所云。

市委余秘书长到"中央红军村"调研，对"中央红军村"的规划、"四位一体"推进等工作做了具体指导。余秘书长指出，"中央红军村"命名工作是三明市加强和改进新形势下党史工作的新举措，是促进三明老区苏区经济社会发展的创新之举。他要求，各级各部门要齐心协力、集聚资源，努力按照"四位一体"的功能定位（重要的红色历史教育基地、红色文化宣传基地、红色旅游示范基地和社会主义新农村建设示范基地）推进"中央红军村"建设。一是要科学规划，将红色文化资源与周边的自然资源、人文资源进行有效整合。二是部门齐动，宣传、文化部门要把红色文化融入到社会主义核心价值体系中，推动文化创新；党史研究室要善于总结，提炼特色；旅游部门要组织有关部门及专家，对"中央红军村"的红色文化资源进行"会诊"；农办、财政、规划、住建、水利、交通等职能部门在项目、资金、技术等方面给予积极支持，并帮助"中央红军村"与市直相关职能部门做好项目、资金等方面的对接。三是借力推进。镇村两级要找准切入点，主动作为，创新举措，推进落实，力争在短时间里取得实质性进展，在全市"中央红军村"推进工作中走在前头。

2012年10月26日，市委命名会之后，为加快推进均溪镇玉田村三明首批大田"中央红军村"，万霞拟写了关于14个责任部门的工作职责，按照"四位一体"的建设要求，梳理出整个工作体系，逐一推敲。经过几天的思考，终于出炉。恰逢江部长在三明学习，得等到县里的第七届茶文化节结束才回来；万霞见缝插针，趁着这个空档，找他审核签发，正式出台《大田县关于推进"中央红军村"工作的通知》《大田县推进"中央红军村"分解抓落实方案》。然后，便是对照方案抓落实，定期做好跟踪抓落实。

除了"大田中央苏区革命历史陈列馆"的揭牌仪式活动，还组织了两次"苏区大田——中央红军村"采风活动以及大田党组织创始人叶炎煌后代返乡恳亲活动。通过不同对象的参与，人们对大田的红色文化有了更全面更深刻的认识。这样，既宣传了大田厚重的红色历史，又提升了全县广大干部群众的自豪感。

第五章　八方来助

一　多处寻他山之石，八方结不解良缘

"申苏"历程中，无数次地向周边地市、周边县请教"申苏"工作经验方法。三明市的将乐、沙县、永安、建宁、宁化……，泉州市的安溪、南安、永春、德化，南平市的延平，龙岩市的漳平、古田，厦门市，赣州市，瑞金市，井冈山市，等等，万霞他们都前往请教，借阅资料等，有的地方先后去了多次。

反复前往请教的是泉州的安、南、永、德。安溪县委党史研究室的陈主任，性格爽直大方，万霞等人拜访他后，便获得他的论证文本，这给工作开始阶段的依葫芦画瓢起了很大作用。陈主任还将他们的"申苏"心得和盘托出，包括如何主动向领导汇报争取支持，如何得到县内老同志的帮助推动，外出查找资料的路线图，甚至到国家档案馆、图书馆的介绍信如何开都进行介绍，对于他的坦诚热心，万霞很是感动。在之后的工作中，他们常常就一些具体的问题互相沟通，结下了很深的工作情谊。德化县的赖主任，热情，直性子，不但允许万霞等人员查阅相关资料，工作之外，还带万霞一行参观了德化县的

瓷器博物馆展览。万霞等人还到了三明闽北的几个老苏区县，将乐县送给他们"申苏"工作总结汇编书籍，其中，游永涌撰写的"申苏"工作历程一文，将他所有的工作历程以及工作方法记载得尤为详细。看过他的文章，再回头做"申苏"工作，避免了许多的弯路。

除了向同行求教，更多地向央室领导专家，省室逄主任、黄玲副主任，黄处长、王处长，市室的王主任等请教。最多的是拜省室原副主任林强为师。"申苏"历程中，万霞与他有近百封的邮件往返，数不清的电话请教，从开始的有礼有节，到后来的忘记礼数随意抒发感慨，甚至发牢骚都无拘无束，从"申苏"工作到党史研究工作以及工作生活的方方面面，都深得他的帮助关心。岁月流逝，感情难泯。

2012年春节期间听闻在中央军委工作的张先生返乡过节，顾不上与他素不相识，万霞愣是莽撞地打电话请求帮助，又是登门拜访，请问他是否知晓苏维埃时期大田的军事斗争情况，再者是听闻他在中央军委工作数十年且治学严谨，希望听取他关于论证文本的修改意见。更想通过他，帮助联系居住在北京的、在大田战斗过的红色革命后代，以获得更高层次更有力的回忆类佐证材料。

张先生从大田返京后，一直将万霞拜托的事儿记挂着，为万霞他们撰写了一文《红旗漫卷岩城》以快件寄来，还帮助联系了粟裕大将的儿子粟戎生，到解放军档案馆帮助查找相关资料，等等。说是被万霞的敬业精神与执着自信感动，所以力所能及地帮忙。万霞想到了一句话：精诚所至，玉石为开。

2013年3月，他还为万霞找到一条宝贵的资料：

1972年8月23日，星期三，农历壬子年七月十五日《人民日报》头版中的一则文章，《大田县领导干部紧密联系群众，模范地遵守党的政策和纪律——深入基层，调查研究，参加劳动，勤俭节约，带领群众建设新山区》。"新华社福州一九七二年八月二十二日电，福建省大田县领导干部，继承和发扬当年苏区干部'日穿草鞋干革命，夜走山路访贫农'的光荣传统，认真执行毛主席的无产阶级革命路线和政策，朝气蓬勃地带领全县人民建设社会主义新山区。"

"……大田县是第二次国内革命战争时期的革命老根据地。解放后，这个县的历任县委主要领导干部都注意保持和发扬艰苦奋斗，紧密联系群众的优良作风。一位担任了十多年县委书记的老干部，经常赤脚下田，背粪筐拣粪。工作调动离开后当地群众还一直怀念他……这几年，大田县工农业生产有了较大的发展。但是，县委艰苦奋斗的光荣传统没有变……由于厉行节约，从一九六三年以来，全县共节约经费八十万元。县委从节约的经费中，拿出四十九万三千元，用于支援农业和发展地方'五小'工业。现在，全县共建起了一百四十多座小水电站，发电能力达三千八百五十多瓦，所有公社和多数大队都有了电。另外还新建了小铁厂、水泥厂、糖厂、煤矿、农机厂等一批厂。去年，这个县粮食比丰收的一九七〇年增长百分之八，今年早稻又获得好收成，多种经营也有较大发展……"

除了向省内外，地市之间同行的交流请教以外，万霞无数次主动与中央党史研究室的专家领导沟通交流，请求指导和帮助。

2012年4月23日，江部长率万霞拜访前来漳州参加中央红军入漳 80 周年纪念活动的央室第一研究部李博士，江部长向她汇报大田苏区革命史以及佐证发现情况，出乎万霞意料的是，她对大田县在"申苏"工作期间史料的挖掘与利用情况了如指掌。大田县是属于情况很特殊的一个申报县份，省里早已经将情况向他们报告了，作为研究党史的学者专家对于新利用的史料都有很大的兴趣。

2012 年 6 月 28 日，龙岩长汀召开"苏维埃成立 80 周年"庆祝大会，前来参会的央室以及外省、外地市的领导专家很多。得知这一消息，江部长率万霞急忙赶往，分别向他们汇报大田"申苏"工作的新进展和重大发现。在听取汇报过程中，他们都在江部长面前表扬万霞的工作尽心尽力，尽职尽责。王专家告诉江部长说，6 月份要求相关县上报补充材料，大田的材料以最短时间最快的速度呈报，材料扎实。相比较之下，万霞工作非常认真负责。这样的工作极端负责的干部，您可要好好培养重用！

江部长说："万霞的确是不可多得的好干部，干一行爱一行，做一件成一件。责任心很强，而且工作有思路、有方法、有成效！"

小学生喜欢老师表扬，万霞都年逾不惑了，听到表扬的话，心里居然觉得甜滋滋的。

2012 年 8 月，省委党史研究室在省委党校办了业务培训班。19 日央室李博士应邀前来上课，江部长率万霞前往拜访。主要是急于汇报大田县"申苏"工作中的第五个重大发现。12 点半，江部长和万霞到省委党校住宿部的大堂等候，一会儿李博士回来，居然能在大堂中一眼就认到了万霞，她招呼两人一起上电梯至十楼她的住处。

寒暄中，她告诉江部长说，万霞工作很认真，时常将新发现的资料发至她的邮箱。对于大田县的第5个重大发现，她已经了解，非常珍贵，且是全国首度发现。"你们最好将全书的日文内容翻译出来，以利于进一步深入研究。你下回到北京将书带上，我可以帮忙找日文翻译。"

因工作需要，万霞多次给李博士发邮件，报告"申苏"工作中的重要发现以及最新工作进展；所以她们见了面就像老朋友似的。

二　认真选址陈列馆，固定史实红色宣

关于中央苏区革命历史陈列馆的任务，在分解方案中的责任单位是县文体局，他们单位派了一位即将退休的老同志，工作倒也认真，只是对于大量的史料，一无所知，就是全盘端给了他，也无法在一时半会儿熟悉并梳理出枝与干；无法抓住历史脉络与史实的主次。他对于陈展内容的不上心不严肃着实让万霞大为惊讶，不过，也难怪，人家新来乍到，怎么可能熟悉这些繁琐的工作？负责展馆的装潢设计的小叶，倒是极快地将效果图呈给县领导审阅。若没有完善的陈展内容，再完美的陈展形式又有何用？无奈，只能将任务布置给小杨，要求他先列出陈展大纲，再一次一次地论证，以时间为序分为星火燎原、苏区创建、苏区发展、丰碑永铸、领导关怀等五大板块，将大田苏区革命斗争历史陈列出来。

其间，万霞邀请了福建省革命历史纪念馆的小吴前来，对

布置大田中央苏区革命历史陈列馆选址、陈展大纲给予审定并提出指导意见。

大田中央苏区革命历史陈列馆的选址的第一方案，是白岩公园左侧新建的办公大楼一楼，300多平方米，江部长召开多位局长现场办公，得以确定。只是在3月份，县老干局说要借用场地，他们要布置一个老年人书画展，说是月底前便可以将场地归还。4月初，老体协的场地依然在用着，说是省、市一直未能如期来验收，当初说好的事儿，却搞成这样的局面，其实，万霞早该料到，真是悔不当初。老干局的小周与万霞商量，万霞一字也听不进去，还发了一通脾气。好在小周修养好，并没有与万霞针尖对麦芒，反倒与人说万霞工作责任心、事业都极强。

后来中央党史研究室的李副主任和石主任到大田县考察调研，火急火燎之间，万霞临时想到一良策，将展馆布置成一个流动展板。30个展板围成一圈地摆在官厅前的大院落操场上，按时间顺序将大田中央苏区革命斗争史的主要内容全呈现出来了。重要革命文物摆放在临时赶制的六个展柜里，放置到官厅的客厅两侧。在两位党史大家调研中就可以用最省的时间完成苏区流动展馆、红四军指挥部旧址、红军井等三个内容，完整而丰富，并获得了专家的肯定与好评。

"申苏"工作中的许多金点子，都是在万般紧急的情形下，灵机一动，从脑子腾一下迸出来，就像是上苍的赋予与馈赠。

大田中央苏区革命历史陈列馆的第二个选址，万霞拟定于芳良堡——中央红军堡。考虑到参观人员既可以了解大田县的厚重红色文化，受到革命传统教育，又可以一睹大田县的古建筑，国家级文物保护单位千年古堡的风采。万霞与文体局等几位局长实地考察均一致同意。只是赵书记知道后，对万霞一顿训斥，理由有许多。万霞很不服气，也没有认真听他不同意的具体理由。

2012 年，中央苏区革命历史陈列馆接待了参加县里"贯彻党的十八大、转作风、提效能、促发展"主题教育活动的党校培训班学员、机关党员领导干部、中小学生等 10 000 多人次，万霞终于明白，布置在城区受众面更广。事实证明，赵书记的想法是对的。

因为赵书记不同意这个选址，我们再改选了第三处——均溪镇玉田村官厅暨红四军指挥部旧址。经过一个多月的修缮，最终将大田中央苏区革命历史纪念馆布置在这一重要的革命遗址里。此事得到了均溪镇肖书记以及镇村干部的大力支持与帮助，村民们更以这一展馆作为村里的荣耀。

县里的中央苏区革命历史陈列馆布置完成后，又分别对武陵、建设、奇韬、屏山等重点乡镇的革命遗址遗迹开展修缮挂牌立碑与布置，着重对叶炎煌烈士故居、闽中工委会址革命斗争史陈列馆等进行精心布置。

三　文物征集施良计，纷纷响应乐献捐

市委余秘书长在大田县考察调研时，充分肯定了大田县为申报中央苏区县所做的各项工作。他指出，大田县委、县政府对申报中央苏区范围工作的认识十分到位，为申报中央苏区范

围所准备的各项材料扎实、详细，大田的申报工作是本着对历史负责和对大田人民负责的态度进行的。他强调，"申苏"工作是一个艰巨漫长的过程，要做到过程与结果相统一。他提出的四点要求，给了万霞等人很大的启发。

在考察马路岭战斗遗址时，余秘书长问，可有布置展馆的计划安排？要抓紧着手苏区展馆的布置，那是"申苏"重要支撑件。万霞说，有这个计划，只是苦于严重缺乏文物。民间有许多人收藏文物，但不愿意捐出来。余秘书长说，要像林主任说的那样，在展馆布置时，标明文物捐赠者名字，给荣誉，他们自然愿意了。后来发现，这一招还真管用。

2011年10月9日，县政府以田政〔2011〕10号文发出《关于征集革命文物的通告》，决定在全县范围内实行有奖征集革命文物和红军在大田的故事，得到全县广大干部群众的积极响应，在短短几个月时间就收集到了各种珍贵的革命文物60多件。县委党史室的同志在做好宣传发动的同时，也在四处打听消息，收集各种有价值的革命文物。2012年1月4日，再次印制1500份的《大田县人民政府关于征集革命文物的通告》，分发到全县18个乡（镇）并逐一粘贴到各乡（镇）所辖村（包括自然村）。《通告》同时在县电视台滚动播出。自《通告》发布伊始，反响热烈，得到了全县人民的大力支持。党史室陆续接待了屏山、济阳、武陵、桃源等乡（镇）的热心群众和干部来访。他们都对大田"申苏"工作表示出极大热情，主动走访本村群众，提供了重要的革命文物、旧址、遗迹线索，配合党史室工作人员深入到实地考察，并发动当地村民捐赠各级苏维埃政权所使用的印章、遗存文件，苏维埃政权领导名单和群众大会的会议记录、旗帜、胸章、打土豪分田地运动的清册等，这些珍贵的文物和史料是红军在大田开展革命活动、建立苏维埃政权最有力的佐证。

2011 年 11 月 18 日，杨歌在寻访大田民间一位红色收藏家时，在他家里几千件的红色藏品中，发现了革命历史文献珍品《中国苏维埃》一书。《中国苏维埃》是 1930 年 5 月全国苏维埃区域代表大会开幕日作为会议材料印发给与会人员的，内容分插图、论文、苏维埃区域的状况、附录及编者言五部分。在该书第三部分《苏维埃区域的状况》刊载了典琦写的《全国苏维埃区域与红军扩大的总形势》一文，文中明确指出："闽西各县，完全是苏维埃区域，且赤色势力渐渐扩展至闽南及闽北。兹将红色区域各县列左，闽西：长汀、上杭、武平、龙岩、永定、宁化、清流；闽南：平和、漳平、大田；闽北：建宁、归化、将乐、邵武。"在这篇文章的末尾，加了编者按："此文作于一月，现在这情形更加扩大了。"书中的插图《目前全国苏维埃区域及红军游击发展形势略图》也把大田县列入苏维埃区域范围。这是大田属于中央苏区范围的又一有力的佐证资料。该书第五部分编者言写道："现在这本书上所搜集的材料，大部分是在'红旗'上所曾经发表的，但也有一部分重要的论文和材料，是在编辑过程中新添入的。现在当全国苏维埃区域的扩大发展中，当全国苏维埃区域代表大会开幕的时候，当全国革命群众都热烈地正在为全国苏维埃政权而奋斗的时候，他们相信这本小册子一定有他重要的意义。这本书是特别供给全国苏维埃区域的，因此，他们盼望，无论经过什么样的困难，这本书总可以一直到达各苏维埃区域中去。他们相信中共各级党部，以及工会、农会、济难会、全国革命的团体，一定会帮助他们将这本书传入于广大群众中，特别传入于中国的苏维埃区域中。"这本书的发现让杨歌他们对全书的内容和历史背景有了更为全面的了解。这本《中国苏维埃》，后来捐赠给了中央党史研究室。中央党史研究室初步查证，以《民权初步》作伪装封面的《中国苏维埃》原始文献实物，目前全国仅南京图书馆、上海档案馆各珍藏一本。南京图书馆将《民权初步——中国苏维埃》一书列为镇馆之宝。

在之后的一年多时间，他们始终没有放弃对革命文物的搜寻与收集。2012年7月16日，杨歌又在大田另一个民间红色收藏家的家里发现了日文版秘密等级的《中国苏维埃运动研究》一书。该书系1934年12月由日本东亚经济调查局内部发行，作者是东亚经济调查局的成员雪竹荣。内容由中国资产阶级民主主义革命的先驱——太平天国运动、中国共产党的现状、共产党军队的现状、苏维埃运动区域现状、结论五个篇章组成。其中第四篇《苏维埃运动区域现状》第一章《中国苏维埃政权的发展过程》第三节《中国苏维埃运动区域发展的数量考察及其地理范围》，所列表格将大田划为福建西南部的闽西苏维埃根据地之一；书中的插图《中华民国之现状》将大田列为苏维埃区域。这又一发现，有力地证明了大田属于中央苏区范围。

日本东亚经济调查局是南满铁道株式会社的一个下设单位，成立这一机构的目的是，"要解决日本及满蒙的经济问题，就必须要研究它在世界经济中所占有的位置"。满铁总部的枭首们曾经于1914年以"绝密"的形式，下发了一份仅限于公司内部传阅的《东亚经济调查局发展刍议》的文件，在这份文件中，对调查局的未来作用有了更进一步的阐述：一、研究西洋文明国家的殖民政策及经济社会的各种问题，不仅给满铁而且也要为本国政府机关提供参考资料，并且也可以和各国银行及企业交换研究资料。二、向世界各国介绍日本的殖民政策，如果外国对日本政策有所误解，调查局应负责解释；如果外国人提出质疑，该局要负责给予答复，借以加强互相了解。"东亚经济调查局"的发展，可谓是一路高歌，最终被人们称其是"满铁的外务省"，甚至"显示出是日本的战略研究所的作用"。据披露，"满铁"最盛时期有情报收集人员 4500 名，其中专门分管对华情报搜集研究与宣传的人员达 2000 多名，大肆搜集中国的政治、经济和军事的情报资料。《中国苏维埃运动研究》对当时中国共产党和苏维埃运动区域现状等各方面资料进行完整的收集，在该书例言写道："本书因为研究问题的性质所致，故不能公开发行，只对特定的有识之士发行"，这里的有识之士应该指的是日本军方。该书的发现也进一步证实日本侵略中国的野心。

对于这两大重要文献的发现，深深鼓舞着全县人民的心。

2012 年 3 月 9 日，屏山乡郭直埕一大早来提供捐赠文物线索。他跟清姐介绍说：最近在走访村民的过程中，发现了重要的文物线索。郭昭远，清末秀才，学识渊博，满腹经纶，且精通医药之术，在大田县屏山乡开一中草药铺，为乡民诊病开方，悬壶济世。

1929 年 8 月，朱德军长率红四军攻打大田，遭到当地民团及军阀卢兴邦部的阻击，"围攻大田县城不克"（见《朱德传》）先后转移至石牌、屏山一带开展革命活动。时逢暑季，气候炎热，许多红军将士难以适应南方丘陵山区的瘴湿潮热，加之战事劳累，饮食无常，包括朱德军长在内的一大批红军将士，皆罹患痢疾。郭昭远闻讯后心急如焚，因为药铺里贮存的药材根本就不够医治一众红军将士。郭昭远遂背起背篓，冒着酷暑，进山采集草药，并亲自用祖传医术熬制汤药，治愈朱德军长及红军将士的痢疾。朱德军长痊愈后，坐在农舍长凳上，与郭昭远相谈甚欢。为感谢他们的医德仁心，朱德赠送一支六角形的法兰西铅笔给郭景云，馈赠两只书箱给郭昭远，含有秀才爱书之意。朱德军长临别时对郭昭远说："你是秀才，我也是读书人。"

时光荏苒，一晃83年过去了，郭昭远的孙子郭孝粂也已是古稀老人。当郭孝粂闻知大田县申请确认为原中央苏区范围工作，以及看见党史室张贴的征集革命文物通告之后，主动与党史室工作人员联系，说他爷爷郭昭远当年留存了一批革命文物，准备无偿捐赠给县里。

2012年3月12日，在郭直埕带领下，党史室工作人员一行来到郭孝粂家。这是一座南方山区常见的木质结构房屋。老人见到客人，满脸皱纹绽放出笑意，开始忙着为他们让座倒茶，并递花生及蜜饯让他们品尝，朴实而诚恳。随后老人带他们来到厢房，房屋一角摆着两只书箱，即为当年朱德军长馈赠之物。书箱虽陈旧，却是郭家祖传之宝，而且书箱内存放着郭昭远留存下来的珍贵革命文物。

党史研究人员离开他家时，郭孝粂老人执意亲自挑着两个书箱，把它送到停在几百米远公路的汽车上，满含他对爷爷留下的珍贵革命文物的恋恋不舍之情。

如今，法兰西铅笔在 1951 年捐赠给福建省革命历史纪念馆保存，当地只留下照片纪念。两个书箱以及郭昭远留存下来的革命文物摆放在大田中央苏区革命历史陈列馆内，供世人参观。

北上抗日先遣队在湖美乡高才坂驻军三天，建立了乡级红色政权。如今，因水库建设，高才坂浸在水底。为纪念那段历史，村民在原址后山上重建了当时的指挥部——种德堂，同时设立红军北上抗日先遣队纪念馆。高才坂刘氏族人经过革命洗礼，已将红色火种烙在心坎上，融进血液中。重温那段历史，湖美乡以及高才坂人，充满自豪。

红军北上抗日先遣队所经之处，深受欢迎。大田人民积极筹集粮款、照顾伤员。

红军北上抗日先遣队和红九军团走过的乡村、城镇民宅、祠堂，留下了大量的红军标语。大田县建设镇建设村 45 号林香朝家，屋内大厅墙上共有 18 幅标语、厨房墙壁有 1 幅标语，标语落款"红军乙（9）宣"字样。房屋右侧山坡上有一座红军墓，1934 年 8 月，红九军团完成护送北上抗日先遣队的任务后，返回途中曾驻扎于此，村民林景地热情接待红军，并悉心照顾负伤战士。有一位红军战士救治无效牺牲，林景地一家出资厚葬了他。此后，林家三代每年为红军烈士扫墓。

传颂红色故事保护历史遗迹。随着革命文物征集活动的顺利展开，大田县属于原中央苏区范围的史实得到越来越有力的证明。

四　作家采风分水岬，详述英雄林大蕃

文史一家。红色文化采风活动创意一定，行动方案随之制定。万霞是作家协会会员，长期以来与作家们联系甚密。一边布置杨歌和清姐制定"中央红军村"采风活动方案以及采风路线安排，一边约来大田作家协会主席商量具体落实细节。

"我非常赞成开展这样一场活动！只要您吩咐，我全力支持！"连作家说。

"时间就定在本周末，因为作家协会会员中不少是中小学老师，周末时间不占用他们课堂时间。"作家协会秘书长郑宗栖说。

"采风活动的优秀文章，我们将集结成册，希望您转告作家们认真撰写。党史研究室有关于苏区时期的素材资料，我们提前送到作家手上，便于调研采风过程的感悟与了解。"万霞说，"至于作品稿费从优。时间定于本周六上午 8 点，统一从县政府操场集中出发。"

"中央红军村采风活动，全市第一批大田的中央红军村——玉田村，肯定是采风活动重点，至于其他的红色遗址，延伸两三个点。"万霞说。

连作家认为，桃源要安排一个考察点。大田龙门战斗中 7 位烈士被活埋在桃源风水隔，本土作家必须瞻仰这样的革命遗址。桃源赤头坂林场接待条件好，有会议室、茶室，方便采风中途交流讨论，作家们一直很期待，加之赤头坂林场与桃源风水隔烈士墓相近。

中央红军村采风活动方案商定之后，连主席负责组织作家参加。万霞立即联系各采风点联络人。万霞与均溪镇和玉田村通报了活动方案，得到大力支持。桃源赤头坂林场属林业局的国有公司，平时与叶宝森局长工作联系不多，万霞决定到林局长办公室当面细说方案请求支持。

万霞喝着林局长亲手泡的大田美人茶，客套寒暄。

"施场长，这周末县委党史研究室组织作家协会的作家们开展中央红军村采风活动，需要借用你们场的会议室，请给予支持，活动可能比较晚，请安排晚餐，不可含糊。"林局长刚听万霞说明来意，立刻拿起电话拨通场长交待此事。

"很难办呢，客人很多，接待任务太多，难处理，上周县审计局才到林场看财务运行情况呢，可不可以拒绝，这部门与我们关联不大……"

林局长没等施场长说完，就命令道："不是跟你商量，是给你交办任务，务必接待好来，其余再说。"

万霞从林局长办公室出来，感动得很。活动当天，林局长还派了一位林业局办公室主任全程服务，说是他自己出差福州没法陪同。"林局长琴棋书画样样涉猎，是一位很有情怀的领导，"连主席说，"县里的每一次书法笔会，林局长也都给予了大力支持。"难怪，整个林业局走廊、楼道、办公室、会议室都挂着全国书法大家的墨宝。

2012年11月3日一早，8点不到，作家们全都齐聚县政府大院，杨歌发给每位一瓶仙师泉矿泉水，招呼着上车了。万霞像导游一样，拿着旅游车上的话筒，向车上的同志介绍大田县开展"申苏"工作情况，最近一段时间收集到中央苏区时期大田的革命斗争史料以及挖掘的革命遗址遗迹和感人的红色故事。万霞介绍得声情并茂，有的作家们被感动得落泪。作家本就情感丰富、细腻多情，听了万霞生动而全面的介绍，写作思路就基本清晰，加之活动前每位同志都拿到采风考察点的简介，各自所选择的题就都有了。

到了桃源风水隔烈士墓。万霞为作家们讲述《血浴龙门闽西北革命悲壮史诗》的革命故事。

1945年9月22日，为完成闽西北特委提出的筹款、夺枪、扩充队伍三大任务，由林大蕃、游栋率领的30余人精干游击队员打响龙门夺枪战役，因未能迅速撤离、敌众我寡、弹尽粮绝，参加龙门夺枪战斗的30多名干部战士，大部分牺牲，少部分负伤、被捕、失散，闽西北党组织和游击队遭受重创。

1939年春，以武陵小学中心支部为基础，成立中共大田县委，林大蕃任县委书记，在中共闽江特委的直接领导下，积极投入开辟游击根据地的斗争。他相继建立游击基点村，组织农民自卫队，并在这个基础上组建了大田第一支游击队。

1942年2月任中共闽中工委书记兼组织部长。

1945年5月，闽中工委改建为中共闽西北特委，林大蕃任特委书记兼闽西北挺进游击队政委。

1944年起，国民党在大田专门成立"大田特种会报"和"四县联防办事处"等"剿共"机构，大势"围剿"地下党。

1945年4月，中共福建省委派林云祥回大田，向林大蕃传达省委指示："为了保存老区，必须暂时退出老区。""强敌当前，要迅速进行战略性转移。""即将派出省委武工队到你处一起行动。"林大蕃立即作了撤离准备。

1945 年 5 月，闽中工委改建为中共闽西北特委，林大蕃任特委书记兼闽西北挺进游击队政委。

1945 年 5 月 18 日，福建省委派黄扆禹为负责人、游栋为队长的武工委 12 人，来到尤溪县石头坑，并派人通知林大蕃带队前去会师。由于负责人没有敌情观念，选错会师地点。

6 月 12 日晨，遭敌 100 多人包围，经激战，游击队首次遭受重大损失。会师后，负责人一意孤行，对各方面情况都不了解的情况下，频频进行军事冒险，一错再错。

8 月 22 日，负责人派蔡敏带队袭击三民乡公所；几天后又派游栋和林大蕃到永安岭头拦截敌票车。由于频频自行暴露的军事冒险行动，更加刺激了国民党的疯狂"围剿"。8 月下旬，挺进队到永安洪田桑溪基点村时，负责人又错误地命游栋、林大蕃杀回国民党重点"围剿"的大田老区筹款、缴枪。

9 月 22 日深夜，游击队突袭龙门保安队，歼敌 5 人，游击队二死一伤。队伍在撤退中迷失方向，从原路返回，途中陷敌重围。在水盂曲突围中，中共闽中工委城关直属区委书记林大森、闽西北特委宣传部副部长郑超然壮烈牺牲，中共闽西北特委军事部副部长、大漳边委书记邱清奇，中共闽西北特委妇女部副部长林友梅等人不幸被捕。危急时刻，林大蕃沉着指挥，且战且退，与敌军浴血奋战九昼夜……

劫后余生的游击队员蒋绍洪，曾在《忆与林大蕃在一起的日子》一文，详细讲述了龙门战斗革命者的乐观主义精神，以及最后的人格坚守，严守党的纪律、忠诚党的革命事业的感人故事：

第 1 天

我们从龙门途经锦溪村撤到太华的积谷山，再到万湖岬。一到万湖岬，就遇到省保安八团刘奇清及曾伟勋的"剿共"部队的阻击，步枪、机枪、手榴弹，一齐向我们投射。我们组织了突围冲锋，国民党兵跟着我们紧追，一直追到高星村，那已是当晚八九点钟了。在高星村，又与国民党兵打了一仗。

第 2 天

我们利用国民党兵休息之机突围，连夜急行军赶到了永安县境内的辅弼大树林中隐蔽。这已是龙门战斗后的第二天了。大家身边已无一粒米，只好采摘山上野菜野果充饥。

第 3 天

我们从辅弼大树林里出发往永安青水池的灯海方向进军，通过一个晚上的急行军，我们到达了另一个山头，大家就在山坡、山崙散开休息。到了下午 5 时左右，国民党兵又接近了我们，并向我们开枪射击，我们立即继续突围。趁着天黑，追敌又被我们甩掉了。

第 4 天

灯海大树林山高林密，国民党兵不敢进林来搜，我们又得以休息。

第 5 天

我们离开灯海大树林，撤到了桃源的龟洋基点村，可是在反动势力的摧残下，该村成了无人村，连条狗的影子都没有，农作物已成熟，也无人收割。我们游击队已整整 4 天断粮饿肚了，在林大蕃、游栋的同意下，我们摘了几个南瓜，煮了充饥。吃了老百姓的南瓜，我们把钱绑在南瓜蒂上，表示照价购买。

第6天

我们从龟洋撤到了基点村王山大树林里。这里的革命群众冒着生命危险给我们送来了白米饭，大家都想饱吃一餐，以增强体力，但一吃起来又咽不下去，这可能是饿坏了。

第7天

我们从王山大树林撤到了王山附近的水盂曲，在坑沟的水圳中隐蔽。可是到了下午3时左右，国民党兵开始是往坑沟底丢石头，后才向我们开枪射击。这时林大蕃和游栋商定，把队伍分为两组，后命令说："除了武器之外，其他东西全部摔掉，准备轻装突围。"第一次突围，只有林大蕃、游栋、陈郁文及我等十来人冲出第一层包围圈；等到冲出第二层包围圈时，只剩下林大蕃、游栋、陈郁文、我等六七人了。接着我们又再冲出第三层包围圈，可是还被国民党兵重重包围着。看来一时是难以冲出包围圈了，我们七人只好暂时退到中间一山头隐蔽。

可是，到崙尾一看，是万丈深渊，下不去了，但山头上有个坳地。这时国民党兵又以一个排的兵力冲了下来。在这短兵相接的节骨眼上，林大蕃利用有利地形下达命令："我们是人民的战士，人民战士为人民而战，就要不怕一切困难。"

"几天来的断粮，我们还能战斗并打退敌人的'追剿'，现在是我们决战的时候了，要坚决打退敌人，决不让敌人前进一步，要战斗到最后一息。"并命令排好阵地，要节约子弹，尽量利用国民党兵丢来未炸响的手榴弹送还他们，不准后退一步。

当国民党兵冲下来只距我们 10 米左右时，激战开始了，我低着头射出一颗颗仇恨的子弹，有的国民党兵中弹倒下，有的奋力向我们扑来。我们乘机抓过国民党兵扔来未响的手榴弹扔回敌群，国民党兵倒下了不少，可是自己的同志有的也被弹片炸到，血流满面。

这样打一阵，停一阵，战斗一直坚持到晚上 9 点多钟，国民党兵的火力减弱了。

这时，林大蕃改用政治攻势向敌阵地喊话："我们是人民的队伍，是为贫苦百姓的，你们当中一定也有受苦的百姓、是被迫来打仗的，何必为国民党反动派卖命，自己人打自己人呢？"

通过喊话，国民党兵中有人被感化了，偷偷地爬过来对我们说："我们也知道你们是好人，你们打仗很勇敢，再等一下我们就要吹号撤退了。"

开始我们不相信，可是等了一下，国民党兵真的吹号撤退了，我们就丢石头进行试探，国民党兵真的毫无动静撤走了。（解放后，此人从贵州写信给大田县民政局，自称保护过我们，才知道此人是国民党一个连长）

我们就在国民党兵撤退后，忍着饥饿伤痛，连夜撤到杉林后大树林，这时天已快亮了。

天微明后，我们在杉林后大树林稍事休息，正想往内炉方向再撤时，忽见国民党兵又从四面八方包围上来了。林大蕃和游栋决定，利用国民党兵未发现驻地之机，上树躲过敌人。他动员大家说："我们不但是钢铁战士，而且要做飞鸟战士，每人找一茂密的大树，爬上树梢，把手榴弹盖打开，如被敌人发现就用手榴弹往下扔，冲下去与敌人拼一死战。"接着，游栋带头上树，待国民党兵逼近时，我们已上树隐蔽好了，国民党兵战战兢兢地在他们眼皮底下穿过树林去了。

我们从树上下来后，在密林中继续行军。下午遇到一笋厂，进去一看，厂里人早被枪声吓跑了。那里有一只大锅和一些丢掉的笋头，我们就把笋头拿来煮了，但太硬咬不动，我们就去找野菜、野果充饥。到这时我们已连续七天断粮，加上日夜打仗行军，已精疲力尽。

第8天

我们已撤到靠近内炉村的大山上。林大蕃仍然非常乐观、充满信心，在休息的时候，他又说又笑并用手向大伙比划着"大刀向敌人头上砍，革命战士不怕难"，逗得大家都笑了起来。此时此刻大家都感到，与林大蕃在一起，一切困难都难不倒。

接着林大蕃说："大家每个人都伸出舌头，有人给我们送细粮来了。"即拿出备为救急的一小盒鸦片来，用小木枝挑了一点放在每个战士的舌头上。吃上这一点"细粮"好比灯上添油，霎时个个精神振奋。

林大蕃又说："今晚一定要智取大米，但千万不敢轻易对待。"当时我们七人携带的武器，除了张正克、陈郁文每人只有一把枪以外，其他五人均带有两把枪。当时的队列，第一个是足兵，第二个是我，第三是陈郁文，第四是林大蕃，第五是张正克，第六是游栋……林大蕃分配给足兵与我的任务是注意追敌，如一旦被发现就要压住对方火力。

9月30日，在西洋内炉村黄春洋又遭敌阻击，林大蕃不幸中弹。参加过二万五千里长征、闽西北挺进游击队队长游栋一边回击敌人，一边派人背着林大蕃撤退。

林大蕃因流血过多，壮烈牺牲，时年29岁。

游栋率领余部向永安洪田撤退。

10月2日，在洪田忠洛村又遭敌伏击，游栋、陈郁文等牺牲。至此，参加龙门战斗的30多名挺进队队员，经过9个昼夜的浴血奋战，大部分牺牲。

闽西北党组织和游击队遭受了灭顶之灾，根据地除南沙尤外，全部被破坏。

当时还有8个人没有参加战斗。在永安与清流交界处，留了8个人，是准备为进军建泰宁打通路线的。

龙门战斗后，福建省委书记曾境冰把黄宸禹调回省里，派蔡敏去重建闽西北特委，蔡敏任书记，林志群任副书记。然后把特委的地点从大田移到沙县，活动范围由原来的9个县，缩小为沙县、南平、尤溪一带。同时，重新组建了闽西北游击队，林志群任队长，下设2个武工队，第一队队长是蒋荣德，第二队队长是池冲，这2人后来分别担任了大田第一、第六任县长。

1948年，蔡敏调到省委工作，林志群提任闽西北工委书记，并兼任游击纵队司令员，队伍达到2000多人。从此，林志群成为闽西北工委和武装组织的主要领导人。

万霞深情讲述龙门战斗革命故事，几位女作家都哭了。连诗人站在烈士墓简介牌前，轻声通读简介文字：桃源分水隔烈士墓，位于福建省三明市大田县桃源镇分水隔（又称分水岬）。始建于1964年，2004年9月被列为县级爱国主义教育基地。1945 年 9 月，闽西北挺进游击队在攻打大田龙门乡保安队夺枪的战斗中，陷入重围，部队边打边撤，历经八昼夜，在突围中林友梅等人不幸被捕。同年 11 月，林友梅、林冠民、陈树霖、苏仁兑、林占赓、陈相、肖应时 7 人在桃源分水隔被敌活埋，壮烈牺牲。

作家们踩着脚下风水隔烈士墓老长的青草，久久沉默着。对于革命先辈的纪念与缅怀，对于革命遗址遗迹的保护与利用，对于红色精神的传承与弘扬，长期以来，大田县是做得很不够的，每一个大田人都有责任和义务做好革命精神的传承与弘扬这项工作，不忘初心，牢记使命，永远对党忠诚，永远跟党走。

"革命先辈为了新中国的成立，舍家弃子，献出年轻的生命。如今盛世，只要求我们努力工作，会很难么？"严作家自言自语地说。

晚餐安排在赤头坂职工食堂。

一整天下来，作家被感染、被感动。许多位作家当天就把文章写成了。第二天一早就把文章发到杨歌的邮箱，第三天无需催促就全都交齐了。有 3 位当天另有任务没法参加的，拿材料过后自己到相关采风点跑一遍，也交了采风文章。

五　日夜加班补材料，只因好事多波澜

2012 年 6 月 2 日，省委党史研究室黄处长打来电话说："遇到麻烦了，中央党史研究室通知要求报送补充材料，关于党组织、政权存续时间，苏区人口、面积等等相关佐证资

料。"

万霞越听心底越觉得冰凉，登时一脸木然，不知所措，有一种欲哭无泪的绝望，她胸口像是被什么捏着，吸不上气来。

关于"申苏"工作，省、市、县各级领导都高度重视，投入那么多的人力、物力、财力。全县干部群众更是充满热切企盼，做了这么全面深入的宣传，全县对大田苏区历史知道了大概，只要有常识的人都能判断出大田是属于原中央苏区范围。万霞想，只是年代久远，相关史料文物没有及时得到整理和保护，如果因为论证的原因而卡壳，自己怎么对领导，对全县40多万人交待？

真是灵台无计，忧心忡忡。

所有查阅到的资料都已经编印在论证文本中，现在只给一周时间，这么短，如何完成？高考临近，杨歌已经请假到厦门陪高三的儿子，万霞儿子也是高三，但她没有给自己放假陪考。原想着130多天出差，想在临近高考的这几天在家好好陪着，以免在心理上亏欠儿子太多。而现在如此情形，真有千万般的无奈。事情扎一块儿，也不去想什么大公无私先公后私一类大道理了，先自己扛着吧！

不能放弃，在看上去没有指望的困境里煎熬着，隐隐觉得精神处在崩溃边缘。

万霞明白，业务上的事儿，即使求助领导也无济于事，那就自个儿加班加点磕着吧。这时，万霞强烈地闻到失败的味道。焦急无奈之下，万霞报告汤县长，虽然县里投入大量人力物力财力，但事情结果有可能不如人意。万霞本意在表达团队已经尽全力，希望领导对可能出现的不好结果有心理准备，届时给予包容。汤县长却用下达命令的口气说，务必认真准备，不能掉以轻心，要主动对接。这期间赵书记已经提任省直部门领导，汤县长一肩挑抓工作，更是事无巨细，深怕出纰漏。

万霞以小人之心度君子之腹：黄处长眼里，看到的常常是困难和问题，是不是不太尊重客观？或者太过于担心，把困难问题理解得过于严重，事情经他一表述，让人觉得无可补救呢？或者与他心底深处对大田固有的认识有关呢？

当天晚上，央室负责审稿的王老师直接将电话打到万霞的手机里，没有经过中间人的转述。情况并不像黄处长表达的那般糟糕，担心得无法呼吸的紧张稍稍得以缓解。李博士总能通过邮箱回复万霞的请教，还能给予适当的指导。与央室几位专家一来一往的沟通与联系中，吮吸到了成功的甘甜。

没有更多时间当面向林主任和黄处长请教。好在周边县也都接到需要增补材料的通知，全都在火急火燎地准备。如果只有自己遭遇困难，便会抱怨上苍不公，怨天尤人；倘若别人也一样遇到坎坷挫折呢，便冰消释然了。人的心理便是这样找到了平衡。万霞的中餐、晚餐分别只用十分钟时间，一天10多个小时就泡在办公室里，将所有查阅到的资料重新翻找一遍，根据内容需要，仔细挑选、加工、制作。万霞的脑神经每一分钟都紧绷着。

好在每天晚上，总能在电话的那一头联系到黄处长，凡遇到不懂的不会的，全仰靠他。他们借助邮箱一来一往传送材料，就像学生写作文遇到一位好老师，加工，修改，再加工，再修改，如切如磋，如琢如磨。

每一个细节都认真打磨，一丝不苟。

接连几天都挨到凌晨，拖着疲惫的身体回到家里，还是满脑子里满满当当的文献资料在飞舞，红色区域面积，政权存续时间，党组织存续情况，苏区人民的牺牲与贡献，所有的论证情况一遍一遍地在脑子里过着。

冥冥之中，觉得上苍仿佛也有怜悯之心。这几天里，所有的办法点子就好像汽车发动时拨转车锁匙，更像是磨擦在坚硬的石头上不断地闪出火花来，在高度紧张与忧虑中顺利完成所缺的资料。许多的金点子也就在这食不香、眠不安境遇里闪烁而出，所谓"急中生智"也许就是这样。

连续5天的日夜加班，终于在6月6日按照要求，将所需的补充材料分类梳理，万霞电话联系央室后将电子版先分别发到央室李博士和王老师的邮箱里，终于得到了充分肯定，说材料具体细致且是各县中第一个完成工作任务的。王老师在与万霞的电话联系中还顺便问："你们大田有如此真切的铁证，为什么等到现在才申请确认？"说来话长，万霞一时不知该怎么回答。

"为什么呢？"原因有客观也有主观的，"水至清则无鱼"，再细究已经没有太大意义。

6月8日，将《大田县委大田县人民政府关于报送大田属于中央苏区范围的补充材料及附件》正式打印，以快件寄出。

终于完成，终于顺利通过审核，真是有如神助。

庐山烟雨浙江潮，未到千般恨不消。到得还来别无事，庐山烟雨浙江潮。

第六章　铁肩担道

一　精诚团结凝力量，坚定执着敢担当

铁肩担道义，妙手著文章。敢担当、愿担当、善担当，始终精诚团结是出色完成工作的前提。2013 年 6 月 29 日全国组织工作会议，习总书记指出好干部的五个标准之一就是"敢于担当"。

有个寓言，说三只猴子叠罗汉翻高墙。一不小心倒了，乱作一团，互相责备。最上面的猴子说："中间的抖了一下，我才歪了。"中间那只说："下面的抽搐了一下，我才抖的。"最下面的猴子说："我好像听见老虎的声音，所以抽搐了一下。"各有各的说辞，各有各的借口。

工作中，碰到难题不畏畏缩缩，承担责任而不互相扯皮，遭遇失败不彼此指责，精诚团结，就能够事半功倍。

"申苏"历程中，除了出差，万霞坚持每周一次以上的工作例会，同时注重会议实效，力戒空话、套话，或传达贯彻上级领导指示要求，或对"申苏"工作推进开展"回头看"，或对阶段性工作任务再布置再分工，或对存在困难问题寻求对策建议，或对工作及时进行立项分解，定期逐一跟踪落实，定期

在会上通报反馈情况。

凡工作中遇见效果不如自己预期，一着急一较真，免不了训斥，碰到自己认为非得如此的时候就免不了疾言厉色，要求团队成员迅速改进。小杨有十几年的县人大办公室工作经历，文字功底扎实，在征集文物布置展馆过程中，常常想出高明的点子。他又特别能"察言观色"把握"进谏"之机，总是在万霞"满面春风"时指谬，使得大家工作开展一帆风顺，节省了时间，大大减少了超常规、超负荷地运转。小郑对工作主动负责，脾气好，不像万霞，受不得丁点儿委屈，小郑对万霞的急脾气，许多时候就像裹着绸布的棉花。偶尔，在万霞逼得急却又无法达到预期时，焦躁无比，才轻轻顶撞一下，促使万霞自我反省。

万霞也常想，除了工作，自己又不能给予他们什么，凭什么如此这般地高标准、严要求呢？！但见证他们在"申苏"历程中成长了、进步了、收获了，心底感到欣慰。

这个世界有极端认真的蠢人。万霞属于"蠢人"吗？

有人这么说万霞，万霞不置可否。

也有朋友在背地里说万霞神经病，有这么疯狂工作的么？！万霞听后哑然失笑。对于各种鼓励，万霞倒觉得很受用。

当然，还有人说，万霞可以成为党史专家了！还说她执着、坚定、好学、勤思、善总结等等。

在万霞眼里，所有的鼓励，都是希望自己做得更好。

万霞为什么总是那么着急呢？

万霞问朋友，为什么自己就改不了呢？朋友告诉说：如果那么容易改变，还要那么漫长的人生做什么？

多么富有哲理的话！是安慰，更是鼓励。

在"申苏"的七百多个日子里，痛并快乐着、累并收获着。每一件事通过努力，奇迹般地顺利，就如云南丽江的祈福词所言：叫天天帮忙，叫地地答应，莫非坚定执着、持续努力，真能感动上帝？！

万霞曾在一个电视访谈节目中听过一位修建神社的木匠师傅的话，很受感动。他说：树木里宿着生命。工作时必须倾听这生命发出的呼声……在使用千年树龄的木料时，我们工作的精湛必须经得起千年日月的考验。

这种动人心魄的语言，只有终身努力、埋头工作的人才说得出来。

木匠工作的意义在哪里？它的意义不仅在于使用工具修筑漂亮的房屋，不仅在于提高木工技能，更在于磨炼人的心志，塑造人的灵魂：万霞在这位师傅的肺腑之言中听出了这样的意蕴。

他已70多岁，只有小学毕业，职业生涯一直就是修建神社。几十年间只从事这一项工作，又苦又累，不胜厌烦，有时也想辞职不干，但他还是承受和克服了这种种劳苦，勤奋工作，潜心钻研。在这样的过程中孕育了他厚重的人格，所以才能说出如此语重心长的人生体验。

的确，工作能够锻炼人性、磨砺心志，工作是人生最尊贵、最重要、最有价值的行为。把工作当作事业来做，像这位木工师傅一样，将自己的一生奉献给一门职业，埋头苦干，孜孜不倦，这样的人最有魅力，也最能打动人心弦。

万霞看着自己所带的一个小团队，在共同的向心力之下，不断地进步，快速地成长，感到无比的欣喜。

汤书记对于县委党史研究室的工作，在不同场合给予了充分的表扬与肯定。

万霞每次听了，如沐春风。

2013 年 7 月，得知央室基本完成关于原中央苏区范围的认定工作。大田与全省的 14 个县均属于新列入的县份。对于这一消息，全县 38 万人民期盼多年了。毋庸置疑，这是一件全县人民值得庆贺的大事！

在"申苏"历程中，万霞深刻体会到，坚定执着的力量会带来奇迹。坚定执着并付出持之以恒的努力，终会获得回报。

二 有为可忍十年冷，有位不负一心研

太多的汗水、泪水、欢笑与收获只能以文字表达。

2012 年 9 月 19 日，期盼几个月之久的省市领导以及新闻媒体二十几位同志前来参加大田县中央苏区革命历史陈列馆揭牌仪式。许多的感动从心底深处的石坝上漫溢出来，化而为文，《省委党史研究室主任逄立左莅临大田调研》工作简讯：

一连几天，大田党史室的全体干部沉浸在无比幸福的情感之中。

2012 年 9 月 19 日，"大田中央苏区革命历史陈列馆"揭牌仪式活动之后，应邀前来参加活动的省委党史研究室逄主任，虽有要务在身，还专门抽出时间，在余秘书长、王主任及

县领导江部长、戴副县长陪同下，到大田党史研究室亲切看望全体干部，详细了解县委党史研究机构的编制、经费保障、办公条件以及工作中存在的困难与问题等。

当晚，党史研究室全体干部在万霞的办公室里品着大田美人茶，畅聊着，欢笑着，久久地沉浸在无比幸福之中……杨歌、清姐翻看着当日抓拍下来的照片，回味着，开怀着；杨歌也内敛地附和着，感慨着……清姐说，今早她在住宿的酒店大堂为市里一行送行时，余秘书长走到她身边，问她是否是县党史室的干部，随后与之亲切握手、道别……为什么在人群中能够认到党史研究室干部？或许是对自己分管的工作尽心尽力而独有的观察力吧！两位领导的此行此举，幸福着、温暖着、激励着大田党史室的全体干部，更激励着大田党史研究事业不断推向前进。

大田党史研究机构恢复30多年来，当日，是首次迎来省委党史研究室主要领导以及市委分管领导莅临调研指导，这是一个具有历史性意义的日子。在被温暖、被感动之余深究个中原因，有主观方面的，更有客观方面的。但万霞相信，有省、市领导如此真心真意真情的关心关注，从此，大田党史研究工作将彻底改变相对落后、历史欠账多的现状；大田的党史研究事业走在全省、全市前头更有了不竭的精神动力。党史研究部门在基层而言，是属于相对冷门的单位，毫不夸张地说，是各个县（市）区最冷的一扇门。在人心浮躁的时代，更有一批"入错行"的同志，虽在队伍里尽心尽职，但同时也抱怨着，牢骚着；更有甚者，热爱这行，但由于无法习惯冷门部门所遭的社会冷遇，而无法潜心研究，徘徊在冷门之内，寻思着有一天另谋高就……然而，在这支队伍中有着几十年带着一份爱与情感笔耕不辍的石主任、林主任、凌主任等老一辈党史研究工作者，在漫漫史海中，探寻人生真谛，他们将毕生的精力倾注在这份事业之中，他们不仅自身成果卓著，更带领影响着身边的一批年轻人。在"申苏"过程中，我曾前往他们的住所拜访，在交谈中，从他们身上流露出来的对党史事业的执着与热爱，让我心生无比崇敬之情。尤其是林强老主任，看到我的工作颇为积极，便摆低身段，当我工作、生活的知己；得知我是县委督查室主任兼党史研究室副主任，便不停地说服我入门潜心研究，力争在存史资政育人中实现自我价值。"同行心相通"，我入行并不久，却能感觉与他们心灵相通。他们所走过的路告诉我们，一旦你选择了党史事业，就要如山般地坚定、如水般地执着、如土般地朴实，只有这样，才能静下心来，面对党史职业的坚守"三苦"（清苦、辛苦、艰苦）精神。

细微之处见真情。就像高人总在闹市里，金子总是混在沙子里，真情总是弥漫在细微之处。由于自卑于自己的办公场所简陋，从不曾敢请领导前往座谈，但凡有上级贵宾来，只在外边租一茶室或者会议室。而今天，两位领导深入县委党史研究室嘘寒问暖，完全在我意料之外，并对我们的工作充分肯定、深切鼓励，提出殷切希望。这一细微举动，使我有种特别的温暖与感动涌上心头。也许是因为当下如两位如此的真心真意真情的领导少了而出乎我的意料之外吧，反正我就这么被感动了，被温暖了。突然想，人有时候也很容易满足的（尤其是身处冷门的党史研究室的干部），即使是一件看起来很小的事，也能温暖着基层干部的心扉。我希望人与人之间相处时，不要忽略一些细小的事，细微之处见真情，有时只因为一些小事，在影响着你我他的心情。有时候，一句轻轻的问候，一个关心的眼神，都会化为一种无穷的力量。我们，何不慷慨一些，让彼此之间多一些美好的感受呢！尤其是身为领导干部，何不以身示范给基层！即便是普通的调研检查指导工作，不再是流于形式的执行文件或是贯彻会议精神，走马观花、蜻蜓点水地作个样子，而是俯下身子真心实意地帮助基层解决实际困难与问题。

有为才有位。以业绩赢得重视，以有为赢得有位。在党史研究系统有很多人往往并不愿意脚踏实地地去做事，却常常抱怨怀才不遇，多年下来，依旧一事无成，自然也就不受重视。天下没有不劳而获的果实，也没有空手可得的成功。若要想平凡而不平庸，就必须经得起长久的付出与持续的努力。天道酬勤，一分耕耘一分收获。年轻的党史研究室干部更应该立足于自己平凡的工作岗位，依靠自身的努力，实现自我价值。在实际工作中，更应该明白"以业绩赢得重视，以有为赢得有位"这一理念，只有在"为"的过程中，才能真正地展现自己的才能，只有让自己的才能得到别人的认可，才会有"位"。

要"有位"，首先要立足"有为"，只有真正"有为"，才能真正"有位"！当然，有"为"才有"位"，有"位"更要"为"！

这篇文字可谓一蹴而就，是万霞真实情感的流淌，也是情感与理性的有机结合。万霞突然想起一代文豪苏轼说过的一段关于写文章的文字："吾文如万斜泉涌，不择地而出。在平地滔滔汩汩，虽一日千里无难；及其与山石曲折、随物赋形而不可知也。所可知者，常行于所当行，常止于不可不止，如是而已矣。"当然，苏轼说的是散文一类文学作品的创作。万霞写的只是一段随感文字。为了保持这段文字的"原生态"，存在文法不通等现象也就不去改动了。

三　大爱大美寄心愿，有口皆碑如饮泉

这个世界上有很多极端认真的蠢人，万霞可以算一个。

关于大田区域文化融合与发展，万霞常忧心忡忡。大田建县虽达 477 年，不算太短。可由于是周边四个县的边境划归而成，隶属关系又多次变换，导致大田的文化融合性较差。长期以来有"前路、后路、高山区"等三大区域的不同文化相左，方言不相通，用一句带着浓烈泥土气息的话说，不够团结。而万霞希望，每一个大田人都能全心地热爱脚下的土地，每一个大田人都能为生于斯长于斯死于斯的这片土地发展尽自己的力。

大田是实至名归的红色土地。厚重的红色资源是全县弥足珍贵的精神财富。红色文化是这三大区域所共有的，做好红色文化这篇大文章，正好可以成为全县的核心凝聚力。《爱我苏区新大田》，是万霞为县文艺晚会而创作的一首诗，希望通过舞台上激情洋溢的朗诵，在每个人的心中唱响热爱大田的最强音。大田，这个大田人共有的名字，能否从这儿做做文章，找到让所有人一提到大田就产生爱的心音。万霞想起自己最喜欢的诗人徐志摩，他崇尚"爱与美与自由"，受大诗人的启发，

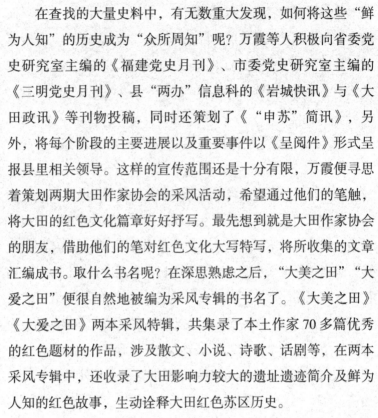

万霞又创作了《大美之田》《大爱之田》两首小诗。

在查找的大量史料中，有无数重大发现，如何将这些"鲜为人知"的历史成为"众所周知"呢？万霞等人积极向省委党史研究室主编的《福建党史月刊》、市委党史研究室主编的《三明党史月刊》、县"两办"信息科的《岩城快讯》与《大田政讯》等刊物投稿，同时还策划了《"申苏"简讯》，另外，将每个阶段的主要进展以及重要事件以《呈阅件》形式呈报县里相关领导。这样的宣传范围还是十分有限，万霞便寻思着策划两期大田作家协会的采风活动，希望通过他们的笔触，将大田的红色文化篇章好好抒写。最先想到就是大田作家协会的朋友，借助他们的笔对红色文化大写特写，将所收集的文章汇编成书。取什么书名呢？在深思熟虑之后，"大美之田""大爱之田"便很自然地被编为采风专辑的书名了。《大美之田》《大爱之田》两本采风特辑，共集录了本土作家70多篇优秀的红色题材的作品，涉及散文、小说、诗歌、话剧等，在两本采风专辑中，还收录了大田影响力较大的遗址遗迹简介及鲜为人知的红色故事，生动诠释大田红色苏区历史。

叶炎煌，是中国共产党早期的革命者，大田的党组织创始人。纪念他的首选方式，就是为他出版一个纪念文集，综观叶短暂而辉煌的一生被尘封多年，便有了《岁月尘封下的一颗光辉灵魂》这一书名。

工作责任使然，万霞主编了《大美之田》《大爱之田》《岁月尘封下的一颗光辉灵魂》《大田中央苏区汇编资料（一）》四套书分发给各级领导、全县的干部群众，五十六所中小学校，寄送给大田籍在外创业发展的老乡，希望他们知道大田的历史，希望他们为大田曾有的光辉历史而骄傲，更希望他们用自己的方式也好好宣传大田。

每一本书的编辑出版，从精心策划、提纲编排、内容审定、修改校对到出版发行，都要付出半年以上的艰辛。四本书已先后被国家图书馆、省级各大型图书馆、高等院校等收藏，为红色文化传播添上浓墨重彩的一笔。同时，县里还开展红色书籍进学校、进机关、进乡村活动，扩大红色文化覆盖面，成为全县广大党员、干部、群众学习党史的范本，全县各中小学校进行思想道德教育的红色教材。

当《大爱之田》《大美之田》的原创成果被领导专家引用，当主编的四本书被领导群众广泛称赞时，万霞深深感到无数不眠之夜的艰辛付出是值得的。当收到省室逢主任、林主任，市委余副书记、县委汤书记为万霞主编的书所作的序时，万霞所受的鼓舞顷刻间化为了工作的动力。

2013年6月28日，中央党校祝彦教授为大田县委中心组学习会作"弘扬长征精神，提高党性修养"的报告会，在开场白中，祝教授引用了"大爱"与"大美"，他说，对于大田的特点可以用六个词来形容，大爱、大美、大气……呵，博导也认同这一原创呢，在会场中听报告的好几位领导立刻给她发来短信，竖起拇指表扬，虽说是带着玩笑的祝贺，但在万霞听来，却觉得是"英雄所见略同"，得到莫大的鼓舞。

党史研究室整理的史料，被省、市、县各部门各单位宣讲、宣传报道、中心组学习等采用、引用。有的内容，早已是耳熟能详。比如：

大田县历史上曾隶属福建第六行政督察区（区署设在龙

岩），属于大闽西的范围，是闽西通往闽南的咽喉要道，是国民党驻闽南军队进攻闽西苏区的咽喉地带，也是闽西苏区向北拓展、保卫苏区安全的腹冲要地。

在苏维埃时期，朱德、彭德怀、罗荣桓、谭政、滕代远、寻淮洲、乐少华、粟裕、罗炳辉、袁国平、郭化若等红军高级将领，都曾在大田领导过革命斗争，帮助大田恢复了党组织，开展了土地革命，创建了大田苏区。全县赤化面积达73%。

在全国苏维埃区域代表大会开幕日印发的《全国苏维埃区域与红军扩大的总形势》中，即把大田列为"红色区域"。大田是中央苏区扩展时期朱德率红四军开辟的一块苏维埃区域，属于中央苏区范围，坚持斗争达6年之久。

1927年，大田籍青年学生叶炎煌，在厦门求学期间就积极参加革命斗争，并加入中国共产党。

1929年初，叶炎煌受中共厦门区委的委派，返回家乡谢武（现武陵、谢洋乡）开展党的工作，发展了3名党员，建立了中共大田特支。

1929年春，毛泽东、朱德率领红四军入闽，开辟闽西革命根据地，建立各级苏维埃政权，革命烈火很快燃至大田。在红四军入闽的影响下，中共大田特支开始致力于苏维埃运动，积极组织秘密农会，为创建苏区积蓄革命力量。

1929年7月29日，红四军前委在上杭召开会议，指定兵分两路粉碎敌人"会剿"作战计划。一、四纵队留在闽西散开游击，二、三纵队出击闽中。

8月15日，红四军军长、代理前委书记朱德在漳平召开红四军前委第三次会议，决定向大田、德化进军。

17 日，红军先头部队离开漳平县城。

19 日起，朱德率领红四军第二、三纵队和前委机关离开漳平，从漳平县境内的厚德进入大田县的谢武、石湖、玉田、济屏、路口等区乡（济屏、路口等乡原隶属德化县，1950 年 8 月划归大田县管辖），开展武装斗争，拓展苏维埃区域。在谢武乡百束村，军长朱德吃住在开明绅士林笏隆家，并在这里设立红军总部。在红四军主持下恢复了与厦门党组织失去联系的大田党组织，更名中共大田特区委，林壮锟任区委书记，改属中共闽西特委领导，为此后全县红色政权的建立与发展奠定了坚实的基础。从此，大田纳入了闽西苏区向外拓展的发展范围。

中共大田特区委成立后，在区委书记林壮锟带领下，积极发展党员，领导地方武装开展革命斗争，活动区域不断扩展，很快拓展到了大田毗邻当时隶属德化县的济屏和路口乡一带。

红四军出击大田，广泛地宣传、发动人民群众，震慑了反动势力，极大地推动了大田的革命斗争，红四军进入大田境内时，由于群众不明情况，纷纷避入山林。红四军进入谢武乡百束村时，几乎是一个空村，红军自垒锅灶煮饭，凡取用群众的粮食、蔬菜等食品，都把钱放在米缸或菜地里，凡借用东西损坏的照价赔偿。

红四军到达济屏乡（现大田县屏山、济阳、吴山乡）屏山村，村中小街上店门紧闭，街无行人。红军只好先打开店铺，把膳食需要的东西一一过秤，并写下留款信。孤儿郭守苞由于脚骨摔断，无法行走，一个人留在家里，被一名红军战士发现。朱德听后即带警卫赶到郭守苞家里看望，叫卫生员为他包扎受伤的脚。后来郭守苞结婚生子，为感谢红军战士的恩情，

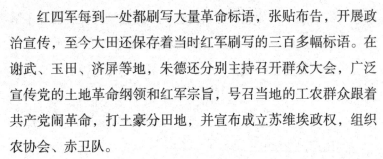

将两个儿子分别取名为郭传烈、郭传仕，意在缅怀革命先烈。

红军军纪严明、买卖公平、秋毫无犯、关心穷苦农民。当地群众始知朱毛红军来到大田，纷纷下山回家，捐献大米、牛肉、猪肉、地瓜、南瓜等慰劳子弟兵。驻屏山之际，朱德和红军战士患了痢疾，当地合开中草药店的中医郭景云、郭昭远立刻上山采草药，医治好了朱德和几十位红军士兵的疾病。朱德十分感激，赠送郭景云一支法兰西铅笔（解放后献给省博物馆）和几枚银圆，赠送两个书箱给郭昭远做纪念。

红四军每到一处都刷写大量革命标语，张贴布告，开展政治宣传，至今大田还保存着当时红军刷写的三百多幅标语。在谢武、玉田、济屏等地，朱德还分别主持召开群众大会，广泛宣传党的土地革命纲领和红军宗旨，号召当地的工农群众跟着共产党闹革命，打土豪分田地，并宣布成立苏维埃政权，组织农协会、赤卫队。

在红四军的帮助下，谢武、石湖、玉田、济屏、路口、上京等区乡先后都建立了苏维埃政府，设立主席、土地委员、文化委员、裁判委员、军事委员、财政委员、粮食委员等职务。在路口乡许坑章家老宗祠成立的了路口乡苏维埃政府，推选章国标为主席，章世院为土地委员、章经晃为文化委员、章兴揽为裁判委员、章兴团为军事委员、黄振文为财政委员、章新杏为粮食委员。并且组建了地方武装力量——赤卫队，成立农民协会、贫农团。

红军离开屏山时，还留下三支步枪给乡赤卫队，让他们保卫家乡。各区、乡苏维埃政府与赤卫队、农民协会密切配合，统一行动，组织发动群众，开展轰轰烈烈的土地革命运动，打土豪、分田地。分配田地采取计口分田的办法，分田到户，并造册登记，实地插牌，实现了"耕者有其田"的愿望。

1929年9月6日，中共福建省委给闽西特委及红四军前委信指出："我们对付会剿的策略，是继续运用游击战争的方式，发动农民群众起来斗争。发动群众斗争的区域，除闽西及邻近县份之外，并应扩大到泉州、大田、德化、永春、仙游、莆田。省委完全同意你们一面以四纵队留闽西一带与农民群众发动斗争来防御反动军队的进攻，以保障自己军事的胜利；一方面以二、三纵队由漳平向泉属发动农民群众的秋收斗争，这一行动是扩大农民土地革命斗争，同时也是牵制反军向闽西进攻，保卫闽西的胜利"。

红四军的到来，使大田地方组织得到迅速发展壮大，革命斗争也如火如荼地开展。

至1930年1月，大田就已被全苏代表大会列为"全国苏维埃区域"之一。全国苏维埃区域代表大会开幕日印发的《全国苏维埃区域与红军扩大的总形势》中，就明确指出："闽西各县，完全是苏维埃区域，且赤色势力渐渐展至闽南及闽北。兹将红色区域各县列左，闽西：长汀、上杭、武平、龙岩、永定、宁化、清流；闽南：平和、漳平、大田；闽北：建宁、归化、将乐、邵武。"大田成为闽西苏区扩展时期的重要组成部分。

1931年夏，根据福建省委"开展游击战争，开辟新苏区"的指示，闽西苏区加大了向周边扩张的力度。

1931年12月，中华苏维埃共和国临时中央政府成立。中央反"围剿"战争的胜利，使中央苏区逐渐进入鼎盛时期，大田苏区也成为了中央苏区重要组成部分。

1932年，为进一步巩固和扩大中央苏区，中共苏区中央局指示中共闽粤赣省委："闽西的党应极宽广的发动和深入群众的阶级斗争与反帝运动，来巩固和扩大苏维埃根据地。闽西苏区的发展，应计算到漳泉两属"。

1933年8月，正当大田苏区深入开展土地革命之际，闽粤赣省委机关报《红旗》连续发表了《迅速正确地分配新区的土地》和《新发展区域的分谷斗争》等文章，提出要及时指导苏区工作开展。中共大田特区委在中共闽西特委的领导下，积极扩大农会组织，领导地方武装，开展游击战争，大田苏区不断巩固发展。

1933年8月11日，中革军委决定，以红三军团和红十九师组成东方军，由彭德怀兼司令员、滕代远兼政委、袁国平兼政治部主任，共一万多人。为执行"筹款百万，赤化千里""把红旗插到福建去，开辟新的根据地"的东征任务，东方军攻克宁化、清流、归化、将乐后，在永安、大田一带展开追击战，先是围歼了进犯苏区的国民党七十八师两个团，接着又紧追不舍急行160里再歼灭一个团。东方军这次在永安、大田出色的追击战，得到红一方面军总部的表扬。

1934年2月1日，《共产国际执行委员会远东局给中央苏区的电报》指出："第2军的外侧将由来自归化的第7独立团、来自永安的第9独立团和来自龙岩的第2独立团在大田至尤溪方向采取游击行动加以保护。由这些部队建立第2游击军团。"

1934年8月18日，国民党《江声报》报道："在尤溪、大田等县又设一新匪区，由彭匪主持，为闽西、闽南赤匪根据地，实行打游击策略，……战事中心在尤溪、大田……"可见当时大田乃红军战事之中心地之一。

在此前后，大田苏区进一步发展壮大。在东方军帮助支持下，大田文韬乡建立了苏维埃政府，推选郑新景为主席，吴起越为军事委员，方成森为财政委员，方占放为文化委员，黄卿云为土地委员，朱知理为粮食委员，张树增为裁判委员，政府设在奇韬村双龙堂。同时成立文韬乡农民协会、互助会，并组建了一支30多人赤卫队，发动群众开展土地革命运动，打土豪分田地。

1934年4月，红九军团奉中央军委之令深入到岩连宁漳敌后开展游击战争。红九团在宁洋、漳平、大田一带活动，扫荡地方反动武装，时间约一个多月，还派出部队将三百余支枪送到龙岩、连城、宁洋边区的根据地。红九团为了配合苏区军民反"围剿"，在智取宁洋县城后，奉命配合红七军团十九师攻打永安城，开展敌后游击战争，以钳制国民党对苏区的进攻。在攻城之前，红九团在永安的西洋、岭头、大田县的桃源一带开展群众工作，一部分准备参加攻城战斗，一部分担负阻击漳平、大田方向的援敌任务。

4月18日清晨，红七军团在参谋长粟裕的指挥下攻克了永安城，之后便开始在邻近的大田等县迂回。

5月29日清晨，红军侦察部队300多人来到大田县境的广铭乡，在街上刷写革命标语，当听到广铭至湖源方向的枪声，知道红军本部已与敌军交锋，急忙赶去参战。敌八十师向红军发起攻击，红军估计敌军只有一个营的兵力，因此只派五十六团向敌军反攻，其余部队在警戒线待命。中午十二时双方交锋后，由于敌军占领了主峰和周围几个主要山头，地形有利，红军几次进攻均受挫，伤亡很大，于是红军又派五十五团、五十七团，兵分两路包抄敌后。经过一个多小时的急行军，北路红军插到敌后一、二线阵地开火。

由于山高林密，情况不明，敌军惊慌失措，乱了阵脚。一线敌军误认为背后阵地失守，就回过头来猛烈阻击；二线敌军则认为前线被突破，就拼死攻击，结果敌军自相混战一个多小时。红军乘机占领了几个山头，发起猛击，大量杀伤敌军，敌军抵挡不住。下午六时战斗结束，经统计，红军俘敌2000余人，缴获机枪40多挺、迫击炮3门、步枪2000余支、子弹10万发、电台1部。敌军伤亡500多人，红军伤亡300多人。

这一仗，是红军在第五次反"围剿"中处于劣势的情况下，在东线取得第一次重大的胜利。5月31日，红军派出部分先遣部队进驻大田广铭乡东西坑。

6月1日至2日，红七军团十九师全师进入大田广铭乡东西坑、大吉等村。在红七军团和红九军团的帮助下，大田桃源、大华、三民、广铭等区、乡也成立了苏维埃政府，同时组建了赤卫队、贫农团、儿童团，发动群众开展土地革命运动，打土豪分田地。

1934年7月15日，中革军委决定，由红七军团改组的抗日先遣队6000余人，在军团长寻淮洲、政委乐少华、参谋长粟裕、政治部主任刘英率领下，到达永安小陶镇，与掩护红七军团北上的红九军团4000余人在军团长罗炳辉、政委蔡树藩、参谋长郭天明、政治部主任黄火青等率领的红军会合。

7月17日，红军北上抗日先遣队的先头部队由永安市西洋进入大田县桃源。抗日先遣队随即陆续进入桃源，后兵分两路。一路，抗日先遣队和红九军团一部分，经桃源、赐福亭东进宿营于上京。7月19日，队伍抵达离大田县城15公里的小湖村。

7月21日，抗日先遣队和红九军团经宋京、莲花崎，攻占了大田县城，缴获步枪十余支，无线电台和电话各一部，食盐万余斤，大田成为中国工农红军北上抗日先遣队攻占的第一座县城。红军北上抗日先遣队在县城文庙还召开贫苦群众大会，开展打土豪斗争，没收几家富豪的粮食以及财产，分发给贫苦农民；组织拆除城墙的城垛，烧毁凤凰山、白岩山、霞山、禁山的民团炮楼；刷写革命标语，分发传单，革命热情空前高涨。

红军占领大田县城后，"围剿"中央苏区的国民党东路军总司令蒋鼎文调集两个旅的兵力向大田扑来，企图堵截红军北上。

7月23日，抗日先遣队近万人兵分三路离开大田县城，到大田湖美高才坂会合。抗日先遣队在高才坂召开群众大会，宣布成立高才乡苏维埃政府，由刘曰鸿任主席，并组建了地方武装高才赤卫队。

红军进入大田的另一路，是7月18日驻扎在桃源的红九军团一部2000多人，他们途经大田桃源、永安青水、大田三民、文韬进入尤溪。

24日，在尤溪蒋坑与由高才坂前去的先遣队和红九军团的一部会合后北渡闽江。

红九军团完成护送北上抗日先遣队渡过闽江的任务后，8月10日起陆续往大田县的东佳、文经、桃舟、三保和永安青水等地前进。红军北上抗日先遣队在大田境内袭击了许多碉堡，缴获枪支五六十支。

红军北上抗日先遣队途经的大田桃源、东坂、上京、玉田、三民、大华、石湖、文韬、高才等区乡均建立了苏维埃政府，并组建了赤卫队、贫农团，掀起打土豪、分田地斗争高潮，使大田苏维埃政权得到进一步巩固与发展。

1934年9月，红八团、红九团密切配合，开展敌后游击战争，肃清团匪，建立了纵横三百余里、人口四五万的游击根据地。红八团、红九团在宁洋、永安、大田这几县边界行动一个多月，消灭多股散匪。

12月，国民党军队第八十师开始向红九团进攻。红九团避敌锋芒，截打敌人后方，缴获大量战略物质，打击了国民党军八十师的嚣张气焰。此时，红九团共有1000多人，其中留下九团的第二营百余人，由刘汉带领进入大田、清流一带开展斗争，牵制敌人。闽赣省军区十七团、十八团在清流遭敌伏击后，转入永安、大田一带活动，后与方方领导的闽西游击队会合。

中央主力红军长征后，中共闽粤边特委领导大田人民和原中央苏区福建省军区红九团，原闽赣省军区十二团、十七团、十八团等，一直在大田县境内坚持了艰苦卓绝的三年游击战争。

在中共闽西特委和大田特区委的领导下，大田掀起土地革命高潮，红色区域迅速扩展，谢武、石湖、玉田、济屏、路口、文韬、桃源、东坂、上京、大华、三民、广铭、高才13个区乡先后成立了红色政权，红色区域达到全县总面积的73%，苏区人口占当时全县总人口的75%，使之成为中央苏区扩展时期的重要组成部分。

土地革命战争时期，大田作为中央主力红军开辟的苏维埃区域和红军战事之中心地之一，作为闽西苏区向北拓展、保卫苏区安全的腹冲要地，积极策应中央苏区反"围剿"斗争和接应中国工农红军北上抗日先遣队，同时大力发动群众，开展筹粮筹款，积极扩红参战，为中央苏区的扩展及巩固作出了重大贡献，也付出了巨大牺牲。

在中共大田特区委领导下，大田人民积极为红军筹集粮款、照顾伤员，从人力、物力、财力等方面为红军提供强有力的后勤保障。朱德率红四军进军大田，仅屏山乡农民就捐献大米13 000多斤，牛肉和猪肉4100多斤，地瓜和蔬菜15 000多斤。

1934年5月，红九团在大田桃源开展游击活动，抓到一个姓邱的地主，上缴银圆500块，并在桃源镇开展了打土豪、分资财斗争。

红军北上抗日先遣队所经之处，受到大田群众热情欢迎和拥护；他们为红军提供生猪200多只、鸡鸭羊1500多只，提供大米、粗粮32 000多斤。

1934年7月17日，红九军团2000多人由永安青水进入大田县三民乡，该乡林景地热情接待红军，并悉心照顾负伤战士。期间，有一名红军战士病逝在林家，林景地出资将其安葬在房屋边上。此后，林家三代每年为红军烈士扫墓。如今，每年清明节，当地政府、中小学校都组织干部、青少年到该红军烈士墓祭扫瞻仰，开展革命传统教育。大田人民还以朴实的感情，创作了许多具有本地特色民歌，揭露国民党军阀、官僚、土豪的罪行，歌颂红军战士英勇善战的战斗精神，唤起群众的革命热情，鼓舞红军战士斗志。红军北上抗日先遣队进驻湖美，湖美群众创作了颂扬红军的歌谣，传唱至今。

大田苏区党组织积极发动广大工农子弟踊跃参军参战。据统计，大田全县参加红军有 276 人，济屏乡、路口乡就有 21 人参加红军。湖美高才乡踊跃参加北上抗日先遣队的青年就有 13 人，梅山乡吴明梗、吴文楷及均溪郑玉尚等还参加二万五千里长征。

大田各地还建立了多支赤卫队，共有队员 608 人，成为开展土地革命的中坚力量，并担负起了保卫红色政权的重任。

此外，地方群众还积极参与红军战斗准备，帮助搬运战斗物质，为红军充当向导、交通员。中央主力红军长征后，国民党军队侵占了苏区，大田革命根据地进入极端艰苦的年代。国民党在根据地实行疯狂的"五光""十杀"政策，白色恐怖笼罩着每个村庄。

大田县境内出现田园荒芜、人口稀少的惨景。1927 年大田县总人口为 121 488 人，至 1935 年大田人口锐减为 99 736 人。

近年来，在大田境内发现苏区时期遗留下来的大量革命文物、史迹，成为大田苏区历史的见证。1934 年 8 月 1 日邓小平主持的《红星报》报道了北上抗日先遣队占领大田县的消息，这版珍贵的报道被收录《邓小平画册》作为永久的纪念。

1958 年 1 月 13 日，朱德应大田县人委要求，为新落成的烈士陵园亲笔题词："为革命事业而牺牲的烈士们永垂不朽"。

县里组织的层次不一的演讲比赛、红色文化宣传、县情推介以及中小学乡土教材等，大田苏区的革命斗争史实被无数次的采用。"大爱之田"与"大美之田"的表述更被广为引用。在那时，万霞感觉汗水里浸透着甜味。

杨歌说，幸运之神的降临，往往只是因为你多看了一眼，多想了一下，多走了一步。

四　引颈翘首知谁苦，逢人笑答早心安

心里最难、最累的是等待"申苏"获得批准的日子。

海明威的《老人与海》中，老人出海，打了一条大马林鱼，但是被鲨鱼吃了，只剩下一副鱼骨架。老人一无所有，他浑身是伤，很累，回去就睡着了，他不在乎别人看见他的眼泪。

"申苏"工作，领导高度重视，社会热切关注，团队精诚团结，部门齐心协力，群众广泛参与，最担心的是出现没有结果的结果。虽然万霞等人对大田苏区历史原貌进行了恢复与纠正，以最大的努力告慰革命先烈，已是一大成效，"申苏"工作中有五个重大突破，已引起全国党史专家学者的高度评价与认可；但是，对于大田苏区历史地位的确认，才是全县广大干部群众更为期待的结果。

一年多的夜以继日，万霞常常问自己：会不会与海明威笔下的那个桑提亚哥"老人"一样的结果？如果这样，自己又能

否像"老人"那样拥有"人可以被毁灭，但却不能被打败"的打不败的精神？

这世上绝大多数人，只注重结果，不注重过程。这是定律。

久久等待、苦苦期盼，伸长脖子、竖起耳朵，多方打听消息。为了迎接中央党史研究室专家前来考察调研、论证与确认，对五个重点乡镇预安排了调研点，对重要革命遗址遗迹进行修缮保护与布置。布置县苏区革命历史陈列馆，全面展示苏区时期的革命斗争历史，制作了宣传册子、宣传专题片以及"申苏"课件。从开始的紧赶慢赶暴躁焦急，到精心准备仔细梳理，就是一个很漫长而艰辛的过程。

倪副省长向中央党史室领导专家专题汇报回来后，得到消息说，往后不再作中央苏区县的批复与确认工作，只可能作为列入《赣闽粤振兴原中央苏区发展规划纲要》文件中的适用范围。

这让万霞等人感到失落，但失落中仍充满希望，坚信能搭上末班车。在史料的不断新发现与不断完善过程中，万霞多次理直气壮地与中央党史研究室的专家们报告说，大田历史上就属于原中央苏区范围。大田县许多老同志愤愤不平，说，如果央室不给予确认或批复，不排除上访的可能。全县的干部群众也都认为，有这么丰富的史料作佐证，被确认是理所当然铁板钉钉的事。

2012 年 11 月，国家发改委与中央党史研究室组成了十四个调研组，对三个省的部分县开展调研，意在了解老区苏区经济社会发展情况，以对《规划纲要》的政策制定更有针对性。得到这个消息时，万霞正在外省出差，坐立不安，只谋划着当他们前来调研时，该做些什么准备工作。一整个晚上辗转反侧无法入眠，她5点就起床，先给林主任打电话，一直到7点多，林主任回了电话，简单地告诉万霞调研组一行的目的，知道不是有关"申苏"论证、确认的事，才稍稍放下心来。

2013年4月，国家发改委的《规划纲要》初稿已经形成，并委托三个省的发改部门到各地市征求意见。这当儿，中央党史研究室还是安静得没任何信儿。

5月，终于听得央室开始对各县的文本进行审核了。万霞的心提到嗓子眼儿，耳朵竖得更直了。有事儿没事儿给央室专家发个邮件，报告关于史料的新发现，意在能听到相关的动态。

6月2日，万霞却接到要求补充论证材料通知，吓了一跳。一周时间，要将所需的材料全补齐，这么短的时间，要完成恁多的材料，万霞恨不得长出三头六臂，但只能使出浑身解数，她知道，关键时候来不得半点马虎。

人在关口上，常是一些看上去荒唐的事起作用。在高度紧张下，万霞脑子里的灵感倒光顾得特别频繁，时间宽松情况下想不出来的，在倒逼的境遇里，一个接一个的金点子从脑子里闪烁迸发出来，就连过后事儿做妥贴了再想起，也没明白那当儿的思维如何能那般活跃。

2012年7月，"申苏"组长赵书记荣调省直机关任职。这期间汤县长主持县委工作，党委政府一肩挑，工作任务尤为繁重，原以为汤县长会无法顾及"申苏"工作，万霞忧心忡忡，在"申苏"工作最后的关键节点，生怕大田县的团队力量输于别县，担心会在工作的横向纵向等沟通方面遇到困难问题。在林主任第四次到大田考察期间，汤县长拔空陪同一整天。上午陪同考察大田中央苏区革命历史陈列馆，下午主持了林主任为县委中心组集中学习的授课活动。万霞心底压着的一块石头才放下来。

主持县委工作的汤县长专程陪同一整天，林主任被深深打动了。

全面完成"申苏"任务后，万霞翘首以盼，终日苦苦等待，政府机关里许多人也特别关心此事，每天碰到的人都问"申苏"结果，几乎所有人的关心，都是只问结果，不问过程。万霞在等待中想像着各种可能，心底如十五只吊桶打水——七上八下。被批复确认为中央苏区县，还是仅作为《振兴原中央苏区发展规划纲要》的适用范围，还是连《规划纲要》也没有出台？只要结果未出来，一切皆有可能。

虽然每一次对他们的发问，万霞都理直气壮：大田就是中央苏区县。当有人问，会不会永远无法获批复呢？万霞不假思索地回答：绝对不会！可自己的心里却如同翻动着五味瓶，毕竟结果还未出来，且主动权不在自己手里，至于上级将如何统筹考虑也无从得知。

等待的时间总是特别漫长。

五 走进大田三采风，闽中烽火再回眸

《走进大田》写作组采风活动，吸引了众多中国作协作家、福建省作协作家，最让人欣喜和激动的是，收到中国作家协会会员、福建省原科协副主席林思翔的一篇饱含深情的文章

《闽中烽火——大田革命岁月回眸》。林老写道：

如把福建省地图横竖对折起来，中间的交叉点便是大田。就福建方位而言，东西南北中，大田居正中。

地处戴云山脉西侧的大田，名曰"大田"，却无"大块田"，境内丘陵起伏，峰峦耸立，处处是青山巍巍、草木葳蕤。故有"中国高山茶之乡""中国油茶之乡""中国高山硒谷"之美称。

适中的地理优势和群山环抱的特点，成了战争年代战略要地，也给当年的游击活动提供了迂回空间。因此，苏区时期大田是一块重要的革命根据地，是国民党驻闽南军队进攻闽西苏区的咽喉地带，也是闽西苏区向北拓展、保卫苏区安全的缓冲要地。在长达 20 多年时间里，这片土地上革命浪潮风起云涌。这里的人民为国家独立和人民解放付出了牺牲，做出了贡献。

现在，我们撷取大田革命战争年代的几个片断，回望当年的革命烽火，以不忘初心，激励斗志，并借以缅怀革命先烈。

星星之火　点燃闽中革命烽烟

大田的中共组织活动始于 1929 年。这一年，大田籍的共产党员叶炎煌，从厦门返回家乡开展党的工作，建立起了中共大田特支。叶炎煌是在大田播撒革命火种的第一人。可这一段史实，由于种种原因，被尘封了 80 多年后才重见天日，为世人所知晓。它的发现还有一段传奇的故事。

长期以来，大田一直被认定是 1937 年 2 月才建立的游击区，苏维埃时期大田革命先辈的斗争业绩在许多史著中得不到反映。2011年11月，大田县委党史研究室同志在厦门图书馆查阅资料时，发现了1934年10月25日的《福建民报》第七版刊登的一则"保安处今晨枪毙共产犯六名"的消息，其中"六名共产犯"之一叶炎煌，籍贯大田。这条历史文献资料引起了县党史研究室同志的注意，于是他们在全县展开有关叶氏族谱调查考证工作，还多次到厦门公安部门了解查证。终于查明：叶炎煌是大田华兴乡京口村人。之后通过多方努力，联系到客居香港的叶炎煌孙子叶伟忠一家，并开始搜集宣传叶炎煌的革命事迹。

叶炎煌1909年11月出生在大田县华兴乡京口村，祖辈历代行医。1919年举家迁往厦门，叶炎煌求学期间加入中国共青团，1927年任厦门团市委书记，期间加入中国共产党，致力于党的秘密活动。1934年8月，在厦门不幸被捕，押解到福州，于同年10月25日，被国民党杀害，时年26岁。

1928年下半年，叶炎煌任厦门团市委书记期间，曾介绍进步学生叶飞（后任全国人大常委会副委员长）入团，叶炎煌问叶飞中学毕业后的打算。叶飞回答说："服从组织决定，只要是组织需要，干什么都可以。"叶炎煌听后向叶飞介绍了革命形势和组织发展计划。叶飞当即表示放弃即将进行的毕业考，转入党的地下活动。叶炎煌夫妇还受组织委托，抚养曾志与蔡协民所生的儿子小铁牛，只可惜由于天花麻疹流行，小铁牛不久就夭折了。1934年1月，中央批准中共福建临时省委组成人员名单，叶炎煌为省委委员。

1929年初，叶炎煌受中共厦门区委委派，返回家乡大田开展党的工作，建立了大田第一个党组织——中共大田特支。组建了秘密农会。在闽中腹地播下革命火种，拉开了大田新民主主义革命的序幕。

红军进驻　苏维埃运动掀起高潮

大田的苏维埃运动，是在朱德率部出击闽中和多批红军部队进驻大田后，帮助推动发展起来的。

为打破国民党军队的三省"会剿"，深入敌区，切断敌军主要补给线，1929 年 8 月，朱德率红四军出击闽中，于 8 月20 日从漳平厚德进入大田谢武乡。朱德军长吃住在开明绅士林笏隆家，并在林家设立红军总部。红军进村后顶着炎日四处写刷革命标语，张贴朱军长、毛党代表和陈毅主任签署的《红军第四军司令部政治部布告》，扩大我军的政治影响。

在红四军主持下，恢复了与厦门党组织失去联系的大田党组织，更名为中共大田特区委，书记林壮锟，改属中共闽西特委领导。在红四军帮助下，谢武、石湖、玉田、济屏、路口、上京等区乡先后建立了苏维埃政府。并组建了地方武装——赤卫队，成立农民协会、贫农团。由此大田境内开展了打土豪、分田地轰轰烈烈的土地革命。至 1930 年 1 月，大田就被全苏代表大会列为"全国苏维埃区域"之一。

朱德来到大田，虽然时间不长，但由于红军的广泛宣传和纪律严明，使人民群众认识了红军，留下一段军民鱼水情的佳话。孤儿郭守苞因脚骨摔断无法行走，一个人留在家里，被红军发现。朱德知道后即带警卫赶到郭守苞家看望，还叫来卫生员为他包扎医治受伤的脚，郭守苞非常感动。为感谢红军的恩情，后来他将两个儿子分别取名为郭传烈、郭传仕，表达缅怀革命先烈之意。

大田群众知道朱德率领红军到来，纷纷捐献大米、牛肉、地瓜等慰劳子弟兵。驻扎屏山时，朱德和红军战士患了疟疾，在当地开中草药店的中医郭景云、郭昭远立即上山采草药，治好了朱德和几十位红军战士的疾病。朱德十分感激，把一支法兰西铅笔和几枚银圆赠给郭景云，送两个书箱给郭昭远作纪念。红军还送3支步枪给当地赤卫队，希望他们保护好人民群众。

1933年8月，由彭德怀司令员、滕代远政委率领的东方军，在永安一带展开追击战，取得胜利。东方军先后进驻大田的桃源乡、文韬乡，东方军帮助两个乡成立苏维埃政府，建立赤卫队，开展土地革命运动。分到土地的农民，革命热情高涨，筹粮筹款，积极支援红军。如今，当年彭帅旧居也是乡苏维埃政府旧址的桃源村荥阳祠和奇韬村双龙堂保存完好，它们在默默地向人们讲述着80年前那段光辉的历史。

1934年4月18日，红7军团在参谋长粟裕指挥下攻克了永安城后，便开始在邻近的大田等县迂回。5月29日在大田广铭乡的山头，红军与敌军交战，俘敌2000多人，敌军伤亡500多人，还缴获一批军用物资，红军也伤亡300多人。这史称"广铭大捷"的战斗，是红军在第五次反"围剿"中处于劣势的情况下，在东线取得的第一次重大胜利。在红7军团和红9军团的帮助下，大田桃源、大华、三民、广铭等区乡都成立了苏维埃政府，同时组建了赤卫队、贫农团、儿童团，发动群众开展土地革命运动，打土豪分田地。

1934年7月15日，由红7军团为主组建的抗日先遣队

6000余人，在军团长寻淮洲、政委乐少华、参谋长粟裕、政治部主任刘英率领下到达永安小陶镇，与掩护红7军团北上的由军团长罗炳辉、政委蔡树藩、参谋长郭天明、政治部主任黄火青等率领的红9军团4000多人会合，于7月17日进入大田桃源、上京，7月21日攻占大田城，大田成为红军北上抗日先遣队攻占的第一座县城。先遣队在大田境内袭击了敌人许多碉堡，缴获了一批枪支。他们途经的桃源、东坂、上京、玉田、三民、大华、石湖、文韬、高才等区乡，均建立了苏维埃政府，并组建了赤卫队、贫农团，掀起打土豪、分田地斗争高潮，使大田的苏维埃政权得到进一步的巩固与发展。

苏区时期，在红军的帮助下，大田13个区乡先后成立了红色政权，红色区域达到全县面积的75%，苏区人口占当时全县总人口的75%，成为中央苏区扩展时期的重要组成部分。中央主力红军长征后，中共闽粤边特委领导大田人民和原中央苏区福建省军区红9团，原闽赣省军区12团、17团、18团等，一直在大田境内坚持了艰苦卓绝的3年游击战争。

同仇敌忾　抗日救亡蓬勃开展

大田虽地处偏僻的闽中腹地，抗日救亡运动却搞得蓬蓬勃勃、有声有色。大田成了闽西北抗日救亡和反顽斗争的中心，而且在斗争中不断壮大力量，党组织和游击队活动范围也从大田扩大至漳平、宁洋、永安、三元、德化、永春、南平、沙县、尤溪等周边地区。这当中，林鸿图发挥了重要的作用。

大田武陵籍青年林鸿图早年在河北省立农学院读书时就加入共产党，"一二·九"运动爆发后，他组建了河北农学院党支部并担任书记。党支部在校内外广泛开展抗日救亡活动，发展党组织。这期间，林鸿图把"一二·九"运动的爱国示威游行照片、宣传品和抗日救亡的进步刊物、书籍以及传单寄回老家，给时任武陵小学校长林大蕃传阅。

1936年底，林鸿图从保定返乡，向林大蕃等人介绍了"一二·九"运动情况和"西安事变"内幕。激发了林大蕃等人的革命热情。1937年2月，林鸿图返校前夕，吸收林大蕃、林茂森为中共党员，建立了中共武陵小学支部，林大蕃任支部书记。

支部建立不久，"七七"事变发生，抗战全面爆发。大田党组织以武陵小学为基点，积极开展抗日救亡宣传活动。林大蕃以校长的合法身份，团结教员开办青年读书会、农民夜校和妇女识字班，进行抗日救亡教育，还组织文娱宣传队上街入村进行演出。在宣传发动基础上，还组织义卖，筹集经费，扩大抗日宣传。城区以大田初级中学为中心开展多种形式的抗日宣传活动。

此时，河北省立农学院被迫停办。1937年冬，林鸿图返乡在大田县初中任教，他以福建省抗敌后援会大田分会指导员身份，组织文艺宣传队上街、下乡宣传抗日，开展抗日义卖活动。同时与林大蕃一起联络各界进步人士，编印《田民呼声》《田民画刊》，揭露大田县长廖基贪赃枉法、欺压百姓和破坏抗日等罪行，迫使福建省政府撤换廖基职务，特别是将被日寇杀害的爱国志士蔡公时居留大田县时在赤岩寺题写的题壁诗，进行印刷义卖，引起轰动，把大田抗日救亡运动推向新高潮。

大田党通过开展抗日宣传活动，考察培养了一批爱国热血青年。至 1938 年秋，先后吸收了林志群、肖冠槐、郑超然、林大森等 18 人为中共党员。并于 1938 年 11 月将中共武陵小学支部扩建为中共武陵垵中心支部，林大蕃任书记，下设桃溪等 3 个党支部和桃源等 4 个党小组。党组织的活动范围从武陵小学扩展到武陵的桃溪、百束，桃源的兰玉、王山及谢洋等乡村，直至城区的大田县初级中学。

林鸿图于 1939 年 7 月离开大田赴广西柳州农学院续学。离开前夕，他专程到国民党福建省府临时所在地永安吉山，找到了隐蔽在省教育厅当科员的中共闽江工委宣传部长陈培光，将大田党组织关系转给中共闽江工委。随后林大蕃与陈培光接上关系，从此大田党组织归属中共福建省委领导。不久，中共闽江工委派余光（黄贤才）来武陵垵，接收大田党组织并领导大田党的工作。与此同时，林志群也在从集美迁来的职校中发展党员，建立了集商、集农两个党支部。

1939 年 9 月 20 日，6 架日军飞机炸毁了大田初中教室 6间和集美职校的文庙临时宿舍。日军的暴行激起了广大师生的义愤，他们举着火炬示威游行，把抗日救亡运动进一步推向高潮。

1939 年冬，根据形势发展需要，省委指示建立中共大田县委。县委的工作重点继续开展抗日救亡宣传活动，发展农民和妇女党员，建立各地交通站，发展游击武装，开辟基点村，广泛开展统战工作，加强集美职校的建党工作。县委还决定建立游击队，以抗日救亡为中心自卫反顽，这支游击队是抗战时期共产党领导下的闽西北第一支革命武装。

1940 年 11 月爱国华侨陈嘉庚来大田视察职校，发表了言词激烈的抨击国民党的演说。12月，林鸿图又从广西寄回陈嘉庚抨击"陈仪暴政"，呼吁国共两党真诚合作、抗战到底的讲词。大田县委立即翻印，广为散发，进一步推动抗日救亡活动。

林鸿图于1941年7月从广西柳州农学院毕业后回福建工作，他继续从事革命活动，曾3次被敌逮捕。1944年10月他第3次被捕，先后被辗转关押福州、厦门等监狱。厦门解放前夕被国民党秘密杀害，时年37岁。这位为抗日救亡和党的建设做出突出贡献的大田儿女，他的名字永远铭刻在人民心中。

不懈斗争　扫除阴霾迎来胜利

1941年1月，发生了震惊中外的"皖南事变"，国民党反动派掀起反共高潮。大田县委决定执行党中央关于"隐蔽精干"的16字方针，组织活动更加隐蔽，斗争方式力取合法为主。

这年3月，上级派黄宸禹来大田武陵垵接替余光，指导地下党工作，他以武陵小学教员身份为掩护进行党的活动。1942年2月，大田县委改建为中共闽中工委，林大蕃任书记。闽中工委成立后，党的活动扩大到大田、漳平、宁洋、永安、南平、尤溪、德化、永春等县边境，并建立了4块游击根据地。至此，共建立了9个直属党支部、17个农村党支部，共有142名党员。同时将大田县委游击队改为闽中游击队。不久，这支队伍又扩大成了人民自卫总队，推举林笏隆为总队长，林大蕃为政委。经过闽中工委的努力，统战工作成效显著，全县18个乡镇长和小学校长有三分之二同党组织建立了各种形式的联系。

不久，根据省委指示，林大蕃、林志群、林大森、林友梅等组成武工队，前往南（平）沙（县）尤（溪）边境，恢复重建菖蒲洋党支部。任务完成后成立了南沙尤边委，林志群任书记。后改为南沙尤工委，从而将大田地下党的革命斗争从大田一带扩大到南平、沙县、尤溪、顺昌、将乐等县，南沙尤地区日益成为闽西北革命斗争的又一重要地区。

正当革命斗争烈火越烧越旺的时候，省保安厅成立了大田特种会报及五县联防办事处，专门指挥"围剿"大田地下党组织和游击队。革命队伍中林达光、林茂森、肖占春先后叛变。1944年7月15日，国民党特务大队长林震、副大队长刘驾环带领9个中队800多人，连同土匪、叛徒等总计3个团以上兵力，突然包围袭击了武陵垵根据地和闽西北特委机关，还分兵包围了领导骨干的家和武陵小学。反动武装扑空后，丧心病狂搜捕共产党员、摧残革命家属和革命群众。仅这一天就有149人被捕入狱，惨遭酷刑。紧接着，又"清剿"了桃源、丰田、汤泉、京程、科里和西浦等基点村，计有300多人被关进监狱，惨遭酷刑和杀害。

为打击敌人嚣张气焰，我游击队组成小分队，由肖应时、林大蕃指挥，攻打上京乡公所，镇压了"剿共"骨干、乡长黄春光，烧毁其炮楼，缴获长短枪14支。

此后，国民党反动派变本加厉。这年11月，国民党福建省第六行政区保安副司令钟大钧坐镇大田，出任"剿共"总指挥，采取更加残酷、毒辣手段"围剿"大田地下党组织。因找不到游击队，转而大肆抓捕杀革命家属和群众，先后有55人被枪杀、活埋，17个村庄被移民，5座民房被烧拆，755户计

2930人背井离乡。林大蕃父亲、共产党员林壮谦被严刑拷打，宁死不屈，牺牲在狱中，其亲人和家属林龙使、刘绍珠、魏中娣、陈香娣被活埋。闽西北特委统战部长肖冠槐的父母亲属及其所在的兰玉村各自然村，接头户10多人均被抓走。闽西北特委宣传部副部长郑超然一家3人均被杀害，其所在王山村10余名接头户均遭严刑拷打。中共汤泉区委书记蒋光斗在牢房领导难友进行一系列斗争，反动当局软硬兼施，他视死如归。敌特无奈，令他父亲出面劝降。他大义凛然，一脚踢翻审判桌，最后遭枪杀。

在白色恐怖的腥风血雨中，大田的革命志士并没有被敌人的淫威所吓倒，而是继续革命。闽西北特委统战部长肖冠槐，面对五县联防办事处副主任李忠锁要他下山自首、封官许愿的"劝降书"，愤怒不已，动员全家老少疏散，把整座房子付之一炬，以示革命到底，表现了共产党人宁死不屈的英雄气概。

1945年6月之后新组建的闽西北挺进游击队在奇袭三民乡公所和拦截敌运票车取得胜利后，突袭大田龙门保安队，暴露目标，陷敌重围，在西洋乡内炉村等地也遭敌阻击。数月时间里，闽西北特委统战部长肖冠槐、城关直属区委书记林大森、宣传部副部长郑超然等牺牲，特委妇女部副部长林友梅、游击队班长林占赓等12人被捕。他们在狱中坚贞不屈，于1946年初被活埋。特委书记、游击队政委林大蕃，队长游栋也壮烈牺牲。参加龙门夺枪战斗的30多名游击队指战员大部牺牲，少部被捕和失散。此后重建中共闽西北特委，蔡敏任书记，林志群任副书记。闽西北革命重心从大田转到南沙尤地区。

1947年3月，为全面开展游击战争，中共闽西北特委先后改为中共闽赣边地委和闽西北工委，并恢复纵队建制。1949年6月，林志群被任命为中国人民解放军南平军分区司令员。不久林志群派员到大田组建均溪游击大队，9月5日，游击队兵分三路向大田县城进发，国民党大田县长和守敌林荣春部闻风逃窜。9月6日，均溪游击大队以武力进驻县城，宣告大田县正式解放。大田人民从此获得新生。

胜利果实来之不易。为了这一天的到来，大田人民付出了重大牺牲，做出了重要贡献。主力红军长征后，国民党在根据地实行疯狂的"五光""十杀"政策，大田境内出现田园荒芜、人口稀少的惨景。1927年大田县总人口为121 488人，到1935年锐减为99 736人。在长期的革命斗争中，不少的革命志士献出了宝贵的生命，涌现出一批可歌可泣的优秀人物。青年学生叶炎煌在大田点燃革命火种，献出了年仅26岁的生命；林鸿图为革命3次被捕，受尽酷刑，被害时年仅37岁；林笏隆倾全家资财支持革命，他被捕后遭受严刑而身亡，其儿子林其蓁在燕京大学参加游击队，被日寇杀害，其女儿林友梅被反动派活埋，一门三忠烈；大田地下党主要负责人林大蕃与胞弟林大森战死沙场，父亲林壮谦被国民党反动派摧残致死，姑姑林龙使、堂侄林占江、堂侄媳刘绍珠都被反动派活埋，一家六口英烈……

我们今天和平安宁的幸福生活就是这些革命先烈和无数革命志士用生命和鲜血换来的。我们不能忘记也不会忘记。当年曾率部出击闽中的朱德委员长对大田一往情深，他挥洒墨题写了"为革命事业而牺牲的烈士们永垂不朽"这笔力厚重的16个大字，如今被镌刻于大田县城白岩山西侧仙跳嵩的烈士纪念碑上。它金光闪闪，辉耀苍穹，召唤着人们要永远以先烈为榜样，不忘初心，砥砺前行！

革命烈士永垂不朽！

林老在写作之前，在大田县党史研究室工作人员陪同下，几次放弃午休时间，深入红色革命遗址遗迹、中央红军村、革命烈士后代、革命历史纪念馆等地考察调研了三天时间，马不停蹄地几乎把红色印迹跑了个遍。有了直观感受之后，还找大田党史研究室要了相关素材，采风文章撰写完成后，林老把文章初稿传给大田党史研究室审读。杨歌感慨，大田的红色故事、红色文化、革命精神，终于不再尘封，终于被不断抒写、不断宣讲，永续弘扬！苏区精神也回来了。

第七章 终获成功

一 终获成功捷报传，有功之臣受表彰

2013年7月31日上午11点，万霞接到省室黄处长电话，得知《关于原中央苏区范围认定的有关情况》（中史字〔2013〕51号）已将大田列入原中央苏区范围。万霞第一时间将这消息告诉所有关心这一事情的领导、朋友，告诉"申苏"的团队，又联系了大田县电视台，借助《大田新闻》将这一消息传递到全县每一个角落，传递给曾为此事付出汗水的每一位同志。接着，万霞让清姐将这消息编写成一则信息发至县"两办"信息科、大田新闻网以及《三明日报》等，将大田重新获得的历史地位昭示所有人。

当日，一拨又一拨的电话打进来祝贺。

这一刻，万霞真切体会到，以汗水浇灌的花朵，别样芬芳，以汗水浸泡的果实，别样甜蜜。然而，正如冰心所说："成功的花朵，人们只知道它的娇艳，却不知道当初它的芽儿，沐浴了奋斗的泪泉，洒遍牺牲的血雨。"

中央党史研究室的文件是7月23日形成的，只抄送给国家发改委以及三个省的省委省政府，并没有发至各县。

获得这个好消息后，几十个项目补助标准将会得到提高。县直部门纷纷地前来复印文件，拟将项目的材料报呈省发改委。

9月3日，中共三明市委办公室市人民政府办公室联合下文，表彰三明市委市政府"申苏"有功人员：先进集体一个，先进个人四名，给予县委党史研究室记三等功一次，并兑现绩效奖励。

10月14日，市委常委扩大会通过了市委市政府对五个"申苏"县的表彰决定。

大田县委主要领导也多次在会上提出，要对县里的"申苏"有功人员、"申苏"积极分子给予表彰。

总有一种心情可以无尽品味，红色采风、大田美人茶、中央红军堡；总有一种记忆值得永远铭刻，官厅、马路岭、中央苏区县……历史没有忘记，历史不会忘记，在全县38万人的久久期盼中，大田终于被确认属于原中央苏区范围，终于可以告慰曾经为大田这片红土地付出过生命与牺牲的革命先烈。

二　历史改写有人怨，耐心劝导得众欢

"浮云世事改，孤月此心明。"

因为"申苏"过程中大量鲜为人知的史料被发现，改写了大田的革命斗争史，也改写了大田的组织史。这冲撞了县里一些人的固有认识。社会中出现了个别反对的声音，开始阶段无暇顾及，只在武陵乡的老同志一行十几位前来参观大田中央苏区革命历史陈列馆时，热情而耐心地为他们介绍史料以及我

们艰难查找过程，告诉他们不是因为"申苏"工作而对史实造假，而是之前重要史料被尘封，一番耐心的解释，终于消除了前来的老同志的疑虑。刚放下心来却发现，在2012年有几位同志向市里提供资料并在《三明党史月刊》第2、3期合刊以及三明客家丛书《大观》的文稿两次顽固地表述说，大田县的建党组织时间为1937年2月。万霞明显感觉到有一小股势力在有意而为，更担心大家的努力会被一些别有用心者所阻扰所破坏。

2012年8月28日，江部长率万霞到武陵乡召开部分老干部座谈会，意在统一思想，通力做好大田县的"申苏"工作，武陵革命老区的革命后代、退休老干部代表以及武陵乡党委书记、乡长等近二十人参加了会议。会上，万霞先对座谈会的目的作说明，再向他们通报大田县"申苏"工作的基本情况及全国、省、市的大背景。一是关于大田县"申苏"工作的进展情况，大田中央苏区革命历史原貌恢复工作得到了中央、省、市的大力支持，在全县各部门的通力配合下进展顺利，走在全省申报县前列。二是国家层面，国家发改委正在制定《振兴原中央苏区发展规划纲要》，这项政策除了西部政策外，还有对经济社会各方面的优惠政策扶持资金。三是省里动态，省委孙书记于2012年4月22日率省委陈副书记、省党史研究室领导专家拜访中央党史研究室领导专题汇报福建省的"申苏"工作开展情况，4月25日漳州市举办中央红军入漳80周年纪念大会，6月28日在龙岩长汀举办福建省苏维埃成立80周年纪念大会，省委孙书记、苏省长、各地市委书记参加会议，省委陈副书记多次到央室协调相关工作；关于三明市动态，三明市委黄书记于 2011 年 5 月 20 日率四个"申苏"县的主要领导到央室专题汇报工作，同年 10 月 12 日，三明余秘书长率五个县主要领导前往联系工作；2012 年 4 月 20 日，市委党史研究室王主任受市委委托再次到央室专题汇报"申苏"工作并邀请央室专家领导前来三明考察指导工作，县里的赵书记、汤县长、江部长多次与省、市沟通协调，全力以赴做好这件事。所以，恳请各位老同志以大局为重，以博大的胸襟尊重历史，县里在做一件大事，即"申请确认大田县属于原中央苏区范围"的工作，既是告慰革命先烈为新中国建立而付出生命与鲜血，也是为传承革命先烈的革命精神，推动当下经济社会快速发展，希望与会的同志务必要统一思想，尊重历史，武陵具有光荣的革命历史，早在 1929 年就在武陵建立党组织，武陵是红军进入三明的第一站，武陵儿女在土地革命战争、抗日战争、解放战争时期为了民族独立和人民解放事业作出了重大贡献，付出了巨大牺牲，谱写了福建革命史光辉的一页，全县人民都十分感谢武陵老同志对"申苏"工作的关心和支持，希望他们继续关心支持"申苏"工作，确保"申苏"工作圆满成功。与会的老同志通情达理，表示支持。

座谈会上，武陵乡党委范书记在会上作了表态发言，全乡将统一思想认识，按照县委、县政府的统一部署全力做好"申苏"工作。要继续做好革命遗址遗迹的修缮与保护工作，在全乡范围内继续做好革命文物的征集工作；要协调好中共大田特区委旧址和闽中工委会址的布展工作；要多方筹集资金完善全乡基础设施建设，大力发展红色旅游。最后，县委常委、统战部长江太生强调：第一，要统一思想，尊重历史。文献资料已明确 1929 年大田就有党的组织，创始人为叶炎煌；《中国苏维埃》载明 1930 年之前大田就是当时福建全省 14 个苏维埃县之一。第二，要理直气壮，广泛宣传。大田就是中央苏区，等待中央党史室确认，大家要理直气壮进行广泛宣传，在县内外制造浓厚的舆论氛围。第三，要齐心协力，全力"申苏"。着力抓好四个方面工作：一要进一步充实史料，为下一阶段论证做好充分准备；二要做好革命遗址遗迹的修缮和保护工作，为子孙后代留下宝贵的精神财富；三要继续做好革命文物的征集工作；四要研究中央苏区县政策，策划好对接项目。

但是，武陵乡一位精神失常的老信访户，屡次到县委督查室张口对万霞骂骂咧咧，万霞给他耐心解释，他听不进去；解释徒费口舌，他又赖着不走，万霞便躲到县委办打字室。十几分钟后，万霞以为他离开了，打开门，看到他又口无遮拦满嘴胡言，万霞只好再躲到楼下政府办公室。后来，这位老访户还到县党史室无理取闹。好长一段时间，万霞等党史室人员一看到他，便迅速关起门办公。

"莫听穿林打叶声，何妨吟啸且徐行"，坦然面对闲言碎语，坚定执着干事，则"回首向来萧瑟处""也无风雨也无晴"。

三　回首申苏曲折路，诸多贵人记心间

关于"申苏"，万霞只想说，自己已倾尽了全力，无法更努力了……在"申苏"的每一个日子里，总是用心灵接触人与事，辛苦、欣喜、感动、难忘……种种情感交织在一起。

时间紧、任务重、基础差，落于人后，万霞赤手空拳，又必须一试，内心带着几许悲怆。碰到热忱帮忙的人，万霞明白了什么叫"感激涕零"。

在种种困难中，万霞又怯又倔，心里像磨着砂石，一旦触及自尊心就会尖锐起来，绝不低头，永不服输。记得《沉默的羔羊》中的史达琳，美国联邦调查局（FBI）二十四岁的实习生，她左手可以一分钟扣动七十四下扳机。她知道失败和被人看轻是什么滋味。

十年前，万霞曾是全省全市县委办公室系统综合科唯一的女同志，但"蛾眉曾有人妒"，有人背地里说她文字不行。长期以来习惯了表扬与肯定的话，哪能受得了这个？于是万霞倔强地在县委办综合科一干就是四年，这段工作砥砺，为后来的文字功底打牢了基础。

"申苏"工作因为落后于他县，任务艰巨、使命光荣，受刺激、被紧逼，这倒更激发万霞"后来居上"的念头。

虽然多次遭到"申苏"组长赵书记的训斥，但也在他的指导下不断进步。奇怪的是，他的指点常常都是对的。他的工作方式给万霞最大的启发是：抓工作善于抓"牛鼻子"。正所谓"擒贼先擒王"，此法让万霞受益匪浅。做工作讲究科学方法，从实际出发，遵循客观规律，就可以起到事半功倍的效果。

随声附和是盲从，一知半解是盲信，感情冲动，无事详求，是谓盲动，评抵激烈，昧于事实，是谓盲争。对于重任压肩，万霞已能够冷静面对，妥善处理，受点委屈也不再有如天塌下来，心乱蓬蓬的不知所以。

历史已经过去，但历史永远不会过去。对历史的各种记载必须抱审慎态度，用怀疑的眼光来看待，而不能抱着预先相信的态度来对待，绝不能抓住一则历史记载，或者一则史料，便以为确凿无疑，并据此对历史人物或者事件任意臧否。

历史的真相，是由细节构成，一点一滴积累而成，一个偶然的发现，都可能成为破解真相的钥匙。弄清细节，有助于尽可能地还原历史真相；而不弄清细节甚至忽略细节，随着时间的流逝，就有可能失去还原真相的机会，给将来的不认真相提供借口。历史研究，就是在对细节的不断发现中进步。历史研究是一门科学，不是靠主观想象，而是在证据和逻辑中产生，即使是几千年前的历史，都可能因为新的发现而改写。

在"申苏"过程中，许多人让万霞难以忘怀，林主任是其中一个。林主任对于万霞的急脾气，总是劝导有加。当万霞遇到困难万分沮丧时，林主任对她的鼓励更是不厌其烦，用安慰的口气说她具有很多良好的特质，有能力、敢担当、有激情云云。当万霞将信将疑时，他却总说：凡事要相信自己。

他对于万霞，常常像有满心说不出来的叮咛，也有一种不必说出来的安慰。有他的关心与帮助，万霞认为自己是幸运的。

四　资政育人题中义，深挖红色展内涵

弘扬苏区精神，传承红色文化，是大田科学发展跨越发展之需，是廉政文化和红色党建的重要内涵，更是大田文化大发展大繁荣的重要举措。

万霞等人积极配合旅游部门做好打造红色旅游精品线路，

在开发赤岩公园时，以资政报告向县委、县政府呈报，建议依托霞山、狮山的战壕遗迹，融入红色元素将它开发成大田中央苏区主题公园，这一建议被县委、县政府采纳，并得到全县人民高度关注与热烈响应；积极参与均溪镇玉田村市首批"中央红军村"的建设规划工作，提供红色历史知识、背景，整合红色元素与红军村的人文、自然等资源。

同时，万霞等人也注重上下联动，加强合力推进，主动与组织、宣传、党校、教育、文化、旅游以及社会科学、档案等部门间的沟通与配合。联合举办党史知识竞赛、革命历史图片展，组织人员参加红歌比赛、征文等活动，让党史宣传工作深入人心。

2013年6月25日，收到市教育局李局长来信，万霞对收到大田县委党史研究室寄出的两本书表示感谢，也对党史研究室的工作尽心尽职表示肯定，她认为这么翔实的史料可以作为地方乡土教材。来信转录如下——

中共大田县委党史研究室：

承蒙惠赐《大爱之田》《大田中央苏区史料选编（一）》大作2册，捧读再三，至为感激。

大田县红色资源丰富，特色鲜明，土地革命时期历史厚重，红军遗址遗迹史料丰富。大田党史室切实履行"存史、资政、育人"职能，深入挖掘研究，广泛收集整理，编史修志，资料翔实，内容生动，纪念前贤，激励后学，成绩斐然，功在当代，利在千秋，善莫大焉。

拜读《大爱之田》《大田中央苏区史料选编（一）》，

英雄足迹，历历在目；革命精神，跃然纸上。抚今追昔，我们倍感幸福生活来之不易；继往开来，我们将倍加努力建设美好家园。学校将利用厚重的历史文化和丰富的党史资源，以史鉴今，立德树人，培养德智体美全面发展的社会主义建设者和接班人。

读史明智，思源如是，谨至谢忱。

即颂

编祺！

三明市教育局　李建明

二〇一三年六月二十日

文化并不能如搞经济、做项目、修路、搭桥那样立竿见影，而是一种潜移默化的渗透过程，许多在孩提时代受过的教育，特别是现场教学，在人的一生中都难以忘怀。

历史已经过去，但是历史永远不会过去。许多的历史都会惊人的重复。以史为鉴，可以知兴替，以人为鉴，可以明得失。这个道理必须每个人都明白。

所以，即使万霞兼职两个单位，常常排不出时间，但只要县委党校、各中小学、县直部门有发出邀请，她都欣然应邀授课。

在县里"贯彻十八大，转作风、提效能、促发展"主题教育活动中，只要有预约，不论双休日、节假日，万霞他们都义务开放展馆，提供教育基地并安排讲解员进行宣传，竭尽全力地担负起宣传和弘扬红色文化的历史责任。在万霞的心底，希望全县所有的人，特别是党员领导干部都能够从历史中汲取不忘初心的信仰力量。

更为可喜的是，三明市"风展红旗如画"红色三明故事宣讲高潮一浪高过一浪。大田的参赛选手们，在初赛、预赛中，一轮又一轮地展开宣讲，诸多红色故事也不再鲜为人知。

多方精心筹备，全域深情宣讲

三明全域是中央苏区的核心区，是中央红军长征的出发地，是红旗不倒的革命根据地，是伟人革命的重要实践地。在这片红色热土上，无数英雄儿女，用热血和生命，铸就了永不褪色的精神丰碑，留下了可歌可泣的感人故事。

红色文化传播的载体不断创新，苏区精神进一步得到传承和弘扬。

2019年，三明市组织"风展红旗如画"红色三明故事宣讲比赛。市委宣传部总牵头，各县（市、区）委、市直各党委（党组、总支、支部）齐行动，市直机关、企业、学校、县（市、区）4个板块比赛同时进行。"一切向前走，都不能忘记走过的路；走得再远、走到再光辉的未来，也不能忘记走过的过去，不能忘记为什么出发。"宣讲红色三明故事，是回归初心，是珍惜现在，更是为了开创未来。

2544场比赛，赛程近两个月，16447名选手参赛，近20万观众现场聆听，390多万人次观看融媒体直播，"风展红旗如画"红色三明故事宣讲比赛"红"动三明。

《毛泽东的建莲缘》《三明革命烈士第一村》《一门三烈士》……选手们动情讲述的故事正是出自《红色三明故事》，

这本册子由市委宣传部牵头组织，市党史和地方志研究室、市文学艺术界联合会等部门收集整理，各县（市、区）配合编印。这些故事，有的来自典籍，有的来自民间，经过考证和打磨，从不同层面刻画了红色三明的风貌。

倾听历史的细节，方能知其深刻；通感红色的深意，方能焕发生机。在比赛中，很多优秀的宣讲者都在尊重史实的基础上，根据宣讲的需要对《红色三明故事》进行二度创作。有评委曾这样点评：能进行二度创作，说明宣讲者对这段故事已经有了更深刻的理解，他们的宣讲有悬念、有核心、有高潮，达到了更好的宣讲效果。

每一位宣讲者都精心准备，饱含深情，真挚讲述，不少宣讲者深入挖掘红色故事，加入了艺术表现的方式，让宣讲更加打动人心。有人特地再次前往宁化县革命纪念园拍摄视频，有人几经辗转收集视频、图片资料，有人专门学唱山歌，有人表演还原场景……宣讲不是演讲、不是朗诵，它有其特殊的政治性、思想性、组织性、教育性和艺术性，每一场比赛选手们都在思考着：作为宣讲者我得到什么提升？我的观众收获了什么？

在税务系统选拔赛的现场，市税务局团委书记罗梦薇一直忙碌着，她说："从活动策划到执行，我们都十分注重活动效果，一直在思考如何能让更多的税务人在感受红色精神中提振精气神，不断努力奋进。"为此，宣讲比赛中不仅播放了《筑税前行党旗红》视频，还安排了增强气氛的文艺表演。

在宣讲比赛中增设应知应会答题环节；宣讲比赛结束后，邀请市委党史和地方志研究室负责人主讲唱响"风展红旗如画"红色三明品牌有关课题；将红色故事演讲活动与党委中心组学习，以及党课、党日、团日、队日活动有机结合，让机关、企事业单位、学校师生、乡镇村居群众都参与其中；通过单位电子屏幕、宣传栏等文化阵地，图文并茂营造宣传氛围……各级各部门，各级党组织积极增强宣讲活动的实效性，拓宽活动的覆盖面。

不忘初心使命，当好薪火传人

"革命烈士林大蕃抛头颅、洒热血，换来我们今天的幸福生活，作为 96 岁的幸存者，我有理由有必要把这段红色历史讲解好，让更多的人牢记，好好学习、好好工作，干好每一天……"抗战老兵郝滔是此次红色三明故事宣讲比赛中最年长的选手，比赛中，郝老全程站立脱稿演讲，由他原创的红色三明故事《红色太阳映红大田》，条理清晰、激情澎湃，把感人的红色故事和自己的"初心"与"使命"一一呈现，催人泪下。

"我很真切地感受到了那件棉衣真的好温暖。这次参加红色三明故事宣讲，让我对革命先辈的英雄事迹有了更多更深的了解，我一定好好珍惜现在的幸福生活，好好学习，做新时代的好少年。"10 岁的戴晨希是年龄最小的参赛者，比赛中她娓娓道来《一件棉衣》，获得了全市总决赛学校组二等奖。

"收条中提到的肖瑞兰同志是我的外公……这张'红色'收条，它传承着红色基因，凝聚着红军的汗水，饱含着建宁人民对毛主席的深情，也寄托着领袖对建宁老区人民的厚爱。虽然外公离开我们多年，但外婆常用外公在世时说过的话要求我们：'要听党的话，要做对国家和社会有用的人。'在这份初心的感召下，外公外婆的子孙后辈们在各自的工作岗位上积极进取，努力践行着听党话、跟党走的誓言。"选手林菲宣讲的《一张"红色"收条》，深深打动了在场观众。

尤溪县坂面镇京口村是三明市首批"中央红军村"，闽赣省机关曾在这里开展艰苦斗争，京口村的红色故事宣讲活动就在闽赣省苏维埃政府旧址举办。一个个感人故事把闽赣省机关以及红军战士在尤溪的战斗事迹娓娓道来。观众们纷纷表示，要持续把京口村的红色传统发扬好、把红色基因传承好、把红色资源利用好，打响"风展红旗如画"红色品牌。"这里是个神圣的地方，我对这里充满了信心，相信在党的领导下，我们京口村村民的生活一定会越来越好。"京口村宣讲员张上才激动地说。

不论是普通党员干部还是烈士后人，不论是在革命遗址还是场馆舞台，红色故事被一遍遍深情讲述，三明儿女在共同感受信仰光芒中坚定传承榜样力量的决心。

红色三明故事，传遍山山水水

"感人肺腑！榜样的力量无穷尽！""红色故事真情演，励志来者再征程，红色三明沃土浇，与时俱进旗更艳。"……在"风展红旗如画"红色三明故事宣讲比赛直播留言区、在微信公众号相关文章留言区，不断新增网友留言。

全市"风展红旗如画"红色三明故事宣讲比赛决赛于6月25日圆满落下帷幕，经过激烈角逐，11名选手荣获一等奖，25名选手荣获二等奖，40名选手荣获三等奖。

一边落幕一边启程，红色三明故事仍在传颂。

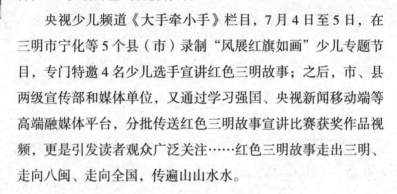

7月2日，三明市红色三明故事宣讲分队，应邀晋京参加国家财政部开展的"不忘初心、牢记使命"主题教育暨庆祝建党98周年主题党课活动，4名红色三明故事讲述人深情宣讲了《数字里的红色记忆》等故事，标志着红色三明故事巡回宣讲的高位开启。随后在京一周，宣讲分队又先后应邀到国家交通部、国家发改委进行宣讲活动。而另一支宣讲小分队则分别于7月4日至5日先后到三明学院、三明医学科技职业学院宣讲，700多名师生到现场聆听。

央视少儿频道《大手牵小手》栏目，7月4日至5日，在三明市宁化等5个县（市）录制"风展红旗如画"少儿专题节目，专门特邀4名少儿选手宣讲红色三明故事；之后，市、县两级宣传部和媒体单位，又通过学习强国、央视新闻移动端等高端融媒体平台，分批传送红色三明故事宣讲比赛获奖作品视频，更是引发读者观众广泛关注……红色三明故事走出三明、走向八闽、走向全国，传遍山山水水。

"行源于心，力源于志"，有什么样的精神，就会有什么样的力量。站在新的历史起点，三明儿女坚定理想信念，不忘初心、牢记使命，奋力在建设"机制活、产业优、百姓富、生态美"的新三明实践中建功立业。

五 红色故事勤传颂，挖掘资源再弘扬

均溪镇玉田村被命名为首批中央红军村，村民都引以为傲，从村主干到百姓，几乎个个能讲大田红色故事，华兴、武

陵他们的百姓也认为自己的故事更具历史地位，全县百姓在这一轮"申苏"工作推进中，唤醒了红色记忆，总能在不同场合，不同渠道听到红色故事宣讲与传颂。

——军民鱼水情深

1934年7月，中革军委决定指派寻淮洲、粟裕等同志率领的红七军团组成中国工农红军北上抗日先遣队，为配合这次行动，中央命令红九军团从江西东进到闽中地区护送北上。红七军团于7月6日从江西瑞金出发，经福建长汀、连城、永安，攻打下了第一座县城——大田。

1934年7月21日，北上抗日先遣队和红九军团先头部队经宋京、莲花崎，直抵大田城西白岩山上的国民党炮楼。守城者闻风而逃，国民党省政府委派的县长陈敬正在尤溪开会返回路上，听闻县城失守，被手下奉劝，逃离至德化县。

当时，大田城关连日暴雨，溪水浑浊，当地群众饮水困难，红军战士积极帮助城里的群众救灾，四处寻找水源，在玉田村官厅一处洼地发现水源，冒雨连夜动工，开掘挖井。这口红军井至今完好保存下来，成为饮水思源、军民一家亲的见证。此外，红军还协助将要受淹的贫苦农民搬迁，并送饭接济，帮助群众渡过难关。

7月23日，抗日先遣队和红九军团近万人兵分三路离开大田，到达湖美高才坂会合。当天中午，先头部队到达高才坂，洪水暴涨过不了河。红军到坑里自然村借来一条棕绳，因长度不够，又从一大富人家缴获大量苎麻，搓成两条大绳子，由19名战士带着绳子凫水过河，将绳子一端系在河边大枫树头，另一端系在木桩上；固定好两条绳子后，高才坂群众纷纷提供杉木扎成木排，铺上木板、门板，搭成临时浮桥过河，并救起一名落水妇女。

高才坂人刘明华小时候听奶奶说，红军来了，帮忙清理场地，打扫卫生，他们有的睡在老祖房里，有的睡在民房的客厅里和屋檐下。他们挖地瓜时，便在地里埋下了一块银元回馈主人。当晚，红军在刘氏大祠堂种德堂召集村里的长者开会，讨论设立高才坂乡苏维埃政府，机构设有主席，军工、土地、粮食、裁判委员各一名，并组建了地方武装高才坂赤卫队。

7月24日上午，红军在种德堂门口广场上召开群众大会，乐少华政委宣传共产党的政策，讲明工农红军的性质和北上抗日的任务，号召贫苦农民团结起来，打倒土豪劣绅，清算地主老财。会后，开仓分粮，并以高才坂乡苏维埃政府名义镇压了押到这里的6名反动分子。

7月25日一早，红军离开高才坂，兵分两路向尤溪挺进。高才坂13位青年自愿当向导，其中3人加入红军。红军临走时，群众拥来相送，依依惜别。

红军北上抗日先遣队所经之处，深受大田老百姓热情欢迎和拥护，大田人民积极为北上抗日先遣队筹集粮款、照顾伤员，从人力、物力、财力上为红军提供强有力的后勤保障，为红军提供生猪200多头、鸡鸭羊1500多只，提供大米、粗粮1.6万公斤。

红九军团另一部2000多人，经永安西洋，进入桃源，绕道青水转大田罗丰、建设、桃舟、文经、奇韬、东佳，到尤溪坂面漈头、坎里。24日，经尤溪县街面、古迹口、坂面，在蒋坑与来自高才坂的部分红军会合进军尤溪。

红军北上抗日先遣队、红九军团走过的乡村、城镇民宅、祠堂，都留下了大量的红军标语。

——传承红色基因

早在 1929 年初，大田就有党的活动，建立过"中共大田特支"，有了党部组织。大田的党组织创始人叶炎煌在 1927 年至 1928 年 10 月担任厦门第一任团市委书记，系叶飞将军入团介绍人，曾与毛泽东、朱德、陈毅、蔡协民、陶铸、曾志有工作上的联系。1929 年 8 月，朱德率领红四军二、三纵队出击闽中大田，开展武装斗争，建立苏维埃政权，大田被纳入闽西苏区发展范围。

近年来，大田县党史研究室先后编纂出版了《岁月尘封下的一颗光辉灵魂》《大田中央苏区史料选编（一）》《红色大田 绿色发展》《大田故事》等 8 部专著；2014 年，邀请作家杨金远创作小说《叶炎煌》一书出版发行。这些书著的编辑发行，为红色文化传承提供翔实而丰富内容，给大田广大干部群众、青少年们提供了生动的教育教材。

2015 年 5 月 7 日，来自大田县直机关、乡镇、学校 100 多名中共党员，身穿红军服，重走长征路，锻造好作风。沿着1934 年 7 月中国工农红军长征先遣队在大田留下的足迹，徒步10 多公里，来到叶炎煌烈士故居，聆听大田红色历史，重温入党誓词。

近年来，大田县充分整合校园文化，以红色教育课堂为依托，让学生学会"三懂"（懂学习、懂做人、懂感恩），达到

"三会"（会讲一个长征故事，会唱一首长征歌曲，会说一句英雄名言），做到"三有"（思想认识有新提高，行为习惯有新变化，学习成绩有新进步），促进学校"红娃"健康茁壮成长。

大田县还拍摄《红军在这里播下革命火种》《寻访抗战老战士》《革命遗址上的故事》等党史专题片，将党史生动地"搬"上了电视荧屏，受到群众广泛好评。2014年八一电影制片厂摄制，以叶炎煌为原形的革命题材电影《无悔的心》已拍摄完成，影片描绘了大田一段峥嵘岁月的革命历史，于2016年9月上映，为庆祝中国共产党建党95周年，纪念红军长征胜利80周年献礼。

——深挖红色资源

近年来，大田县对朱德旧居、红四军指挥部旧址、北上抗日先遣队驻扎地旧址、红四军战斗遗址群、红九军团驻扎地旧址、红军墓、中央红军堡等50多处遗址遗迹进行立碑、修缮保护。2015年8月，县里公布了日本飞机轰炸大田县立初级中学及县城文庙遗址、中共闽中工委会议旧址、抗战时期集美职业学校内迁大田旧址群等21处抗战纪念设施和遗址，已确定现存70多处革命遗址遗迹。

目前，大田拥有市、县级爱国主义教育基地18个，县里充分利用这些红色资源对广大党员干部、中小学生进行革命传统教育。7年来，已接待机关事业单位、乡镇干部职工、学校师生等40万余人。

大田已在城关东南部朝凤亭、战壕遗迹等人文景观基础上，初步建设规划了占地面积 690 亩的苏区文化公园，县里还将朱德出击闽中大田 8 处故居及纪念馆建设纳入"十三五"规划，投资近 3.6 亿元。

2013 年初，大田县提出"文化强县"战略目标，专项成立了苏区文化建设项目，整合大田现有的红色资源，申报革命遗址群列入国保单位，建设国家级省级爱国主义教育基地，策划红色文化项目，推出红色旅游线路，开发红色旅游纪念品，举办红色文化演出。

第八章　共享福祉

一　了却苏区申报事，祝福大田新启航

2013 年 7 月 23 日，大田县被中央党史室确认为"原中央苏区范围"，一段被湮没 80 多年的光荣历史得以重现。从此，大田红色资源更加丰富，红色历史更加厚重。全县人民无不欢欣鼓舞，这不仅标志着大田县党史研究工作取得了重大突破，同时，还原了历史本来的面目，充分肯定了大田在土地革命战争时期的历史地位，告慰在大田红土地上流血牺牲的革命英烈。

祝福大田，成为实至名归的红土地。在这片红土地上有着丰富的红色文化遗存。传承红色文化，弘扬"坚定信念、求真务实、一心为民、清正廉洁、艰苦奋斗、争创一流、无私奉献"的苏区精神，将为大田科学发展跨越发展提供巨大精神动力。

祝福大田，从此可享受中央、省、市优惠政策。近年来，中央不断加大对革命老区、苏区发展的扶持力度。2009 年 5 月，国务院出台《关于支持福建省加快建设海峡西岸经济区的若干意见》中指出，福建原中央苏区县在中央预算内投资安排

等方面参照执行西部地区政策，其范围包括项目开发、农业农村、基础设施、财政信贷、科教文卫、旅游业、民生工程等，涉及水务、国土、交通、民政、人社、农业、林业等20多个市直部门，项目覆盖了水利、交通、能源、农网改造、基础设施、教育、卫生、文化等社会事业，新型农村养老、低保、医疗救助、廉租房、公共租赁住房等社会保障，公安、检察、技侦用房、司法局用房建设等方面的意见条文。

祝福大田，有了经济发展的新引擎。近期，国务院拟出台《赣闽粤振兴原中央苏区发展规划纲要》，由于"申苏"成功，大田作为原中央苏区县，将享受到《规划纲要》中的各项优惠政策，这给大田县经济社会发展注入新活力，带来新的发展机遇。水利、发改、司法、农业、林业、交通、文化、教育等部门正积极研究支持原中央苏区建设的优惠政策，吃透政策精神，充分利用好中央、国务院和省对中央苏区县的政策倾斜，争取上级更多的关注与扶持西部大开发有关政策进行研究，并梳理出适合大田实际的可争取的具体政策、项目，认真做好各项扶持政策的对接工作，力争相关政策在大田落地，不断从中央和省争取政策"福利"。

祝福大田，利用大项目带动大发展。项目是县域经济发展的有力抓手，更是经济发展的有力支撑。苏区大田正通过大项目、好项目的落地实现结构调整、产业升级和发展方式的转变，实现集约发展、绿色转型。2013年9月下旬，在省纪委倪书记等领导的关心帮助下，大田县主要领导亲自带队到省发改委、水利厅、国土厅等15个省直有关部门对接项目，累计对接项目48个。截至10月中旬，已得到省厅、委、局明确答复支持有 19 个，总投资 24.7 亿元，正在进一步跟踪对接的第一批项目有 12 个，总投资 71.1 亿元。

祝福大田，正站在新的历史起点，以豪迈的步伐，昂扬的斗志，谋求科学发展、跨越发展，推进绿色发展、循环发展、低碳发展，努力打造天蓝、山青、水绿的美丽大田，真正实现"百姓富"与"生态美"有机统一，真正建成宜居宜业、创新创造的节点城市。

祝福大田，因为有了这一段中央苏区革命斗争的光辉历史，从此破茧化蝶，展翅高飞。

二 以史鉴今谋发展，红色基因永续传

因为大田"申苏"工作一直都是在余秘书长分管党史研究工作期间亲历亲为推动下顺利开展并出色完成。之后转任为余副书记，也一直跟进三明红色文化发展以及苏区政策对接事宜，想必大田"申苏"历程记载以及成果汇编，余副书记会有独特的感悟与深情。万霞就贸然邀请，余副书记思量再三，在《红色大田 绿色发展》一书集结出版前夕，寄来序言文章，他在序言中写道：

2011 年，我到三明工作的第一天起，就被三明这块红土地上厚重而又璀璨的红色文化所打动，被三明这个享有"中国绿都""绿色宝库"美誉的生态环境所吸引。

三明是重点革命老区，是土地革命战争时期中央苏区的重要组成部分，是红军长征出发地之一。"宁化、清流、归化，路隘林深苔滑。今日向何方，直指武夷山下。山下山下，风展

红旗如画。"毛泽东的著名词篇《如梦令·元旦》所描绘的壮美场景，正是当时三明原中央苏区如火如荼革命斗争的真实写照。毛泽东、周恩来、朱德、彭德怀、叶剑英、杨尚昆等老一辈无产阶级革命家曾先后在三明从事过伟大的革命实践活动，创造了辉煌的业绩，为争取中国革命的最终胜利奠定了重要基础。共和国十大元帅有八大元帅、十大将军中有五大将军在三明战斗生活过，留下了光辉的足迹。为粉碎国民党第二、三、四、五次反革命"围剿"，毛泽东、朱德、周恩来等中央领导多次在三明苏区境内形成了反"围剿"的重要战略决策，取得了第二次、第三次和第四次反"围剿"战争的重大胜利。1931年5月，毛泽东指挥红一方面军取得了第二次反"围剿"最后的具有决定性一战的胜利——建宁大捷，连续作战，横扫700余里，五战五捷。在建宁，毛泽东为此挥笔写下了《渔家傲·反第二次大"围剿"》的光辉词章："白云山头云欲立，白云山下呼声急，枯木朽株齐努力。枪林逼，飞将军自重霄入。七百里驱十五日，赣水苍茫闽山碧，横扫千军如卷席，有人泣，为营步步嗟何及！"

第五次反"围剿"失败后，红军被迫实行战略转移。驻宁化中央主力红军约14 000多人从凤凰山出发，开始踏上二万五千里漫漫征程，宁化成为中央红军长征四个出发地之一。红军长征之后，中央苏区的斗争环境日益艰苦恶劣，但三明苏区、老区并没有停止斗争。闽赣省军区所辖的红军独立第十二团、第十七团、第十八团，以及闽西红军第九团和闽北红军第二、六纵队等，在苏区老区人民的支持下，继续在苏区老区及周边县开展了艰苦卓绝的三年游击战争。抗日战争时期，三明人民坚持开展了以永安为中心的抗战活动和以大田为中心的抗日救亡和反顽斗争。解放战争时期，三明党组织继续领导人民进行革命斗争，开展广泛的游击战争，沉重打击了国民党反动势力，并紧密配合人民解放军，以武力或和平方式解放了三明各县，迎来了新中国的诞生。设立在大田武陵的闽中工委创建的南（平）、沙（县）、尤（溪）根据地和建立的革命武装，为配合解放军解放闽西北起到了重要作用。从第二次国内革命战争开始，一直到抗日战争、解放战争，我市老区始终坚持革命斗争，20年红旗不倒，为中国革命和新中国的诞生做出了重要贡献。1958年，朱德委员长亲笔为大田县革命烈士纪念碑题词："为革命事业而牺牲的烈士们永垂不朽"。

长期艰苦卓绝的革命斗争，光荣的革命历史，为三明这片土地留下了数量众多的革命文物、革命斗争遗址和遗迹，为三明人民留下了宝贵的红色资源和精神财富。

为恢复三明在土地革命战争时期的历史地位，缅怀革命先烈，激励鞭策后人，服务经济建设和社会发展，三明市在2008年将乐县、沙县被中央党史研究室确认为中央苏区县的基础上，于2009年以来，特别是2011年又全面启动了三元、梅列、永安、尤溪、大田五个县（市、区）的申报中央苏区县工作。三明市委、市政府始终高度重视"申苏"工作，把这项工作作为促进三明市经济社会发展的重要举措。市委常委会议多次研究"申苏"工作，黄琪玉、邓本元、杜源生等市委市政府主要领导经常过问，直接推动。五个"申苏"县（市、区）以对历史、对人民高度负责的态度全力抓好"申苏"工作，集中人力、物力、财力，全力挖掘查找史料证据，保护好革命遗址遗迹，深入、细致、全面地研究论证申报材料，各县（市、区）的"申苏"论证材料得到中央党史研究室领导和权威专家的高度认可。2013年7月，中央党史研究室正式下发关于原中央苏区范围认定的有关文件，审批确认五个县（市、区）为原中央苏区范围，和其他七县一起享受国务院即将出台的《赣闽粤原中央苏区振兴发展规划纲要》的各项优惠政策。至此，三明市所属12个县（市、区）均属土地革命战争时期中华苏维埃共和国中央苏区县，恢复和明确了历史地位，告慰了革命先烈，也必将为三明经济社会的发展提供强大的精神动力和政策保障。

大田县因为历史原因"欠账"太多，"申苏"工作起步艰难。"申苏"工作期间，我几次来到大田考察调研，大田县委、县政府本着对历史高度负责的精神，多方发动，有序推进，迎头赶上，成效显著。一是史料充分证明1929年大田县就已建立党组织，把大田的组织史向前推移8年；二是史料证明1930年1月大田县已被列为全国苏维埃区域之一；三是发现大田建党创始人、叶飞将军的入团介绍人叶炎煌；四是发现革命历史文献珍品《中国苏维埃》，为研究中共党史尤其是苏维埃运动史提供了宝贵资料；五是发现日文版秘密等级的《中国苏维埃运动研究》，把大田划为福建西南部的闽西苏维埃根据地之一。大田以翔实的史料，扎实的论证，得到中央党史研究室和省委党史研究室以及省市党政领导的充分肯定。

申报中央苏区县的过程，既是一次深刻的三明革命史宣传教育过程，也是一次开发红色资源、弘扬和传播红色文化的过程。在"申苏"过程中，大田县大力弘扬老区苏区精神，积极融入海西建设大局，全力对接沿海产业，发展态势强劲，2011年至2013年连续三年荣膺全省县域经济发展"十佳"县。

大田以及三明各县（市、区）要以中央支持原中央苏区县发展为契机，充分挖掘、科学利用三明红色文化的优势资源。要加强领导、统筹规划，整合资源、科学开发，突出特色、提升质量，通过政府组织引导、社会积极参与和市场有效运作，加强重点项目建设，全面提升三明红色旅游开发水平。要按照"保护为主、抢救第一、合理利用、加强管理"的原则，加大对重点革命历史文化遗产的保护、挖掘和整理，不断丰富完善红色旅游内容和保护体系，拓展和深化红色旅游思想文化内涵。要加大红色旅游宣传推广，重点推进红色旅游内容形式、方法手段创新，运用现代科技手段增强展示效果，开展形式多样的讲解演示活动，提高三明红色旅游产品知名度。要全力推进集红色历史教育、红色文化宣传、红色旅游示范、新农村建设示范"四位一体"的"中央红军村"建设发展工作，打响三明"中央苏区"牌，助推三明科学发展、跨越发展。

杨歌、清姐、老涂等也倍受鼓舞，欣喜不已。杨歌说，就知道余副书记能答应为书作序，因为后进，因为基础差，所以他对大田党史研究工作一直都关心倍至，支持有加，可谓厚爱一层。

近年来，三明市委市政府高度重视红色文化的保护、传承和弘扬工作，按照"真实性、整体性、活态保护、地域特色"的要求，实施革命文物普查保护、红色资源项目开发建设、红色历史挖掘整理、红色文化推广宣传四项工程，着力打造一条红色文化项目化、品牌化的保护传承与开发利用新路子，进一步激活"红色基因"，塑造"红色品牌"，弘扬"红色精神"。

2012 年 7 月，市委余副书记为弘扬红色文化，精心创立的"中央红军村"这一党史资政育人的重要举措得到中央宣传部、中央党史研究室和省委领导的关注和肯定。余副书记说，80 多年前，中国工农红军曾在三明这片土地上，开展革命工作、浴血奋战……厚重的红色资源，是三明老区苏区人民的宝贵财富。全市两批 25 个"中央红军村"务必根据要求，将"中央红军村"打造成红色文化传承、美丽乡村建设的典型示范。8 年来，全市"中央红军村"结合各自实际情况，按照红色历史教育、红色文化宣传、红色旅游发展、新农村建设示范基地"四位一体"的功能定位，整体推进，分步实施，各项建设取得较好的成效。

三明市还将结合传统村落保护、美丽乡村建设和红色旅游开发，将革命文物保护纳入历史文化名镇名村、传统村落、红色旅游相关工作规划，进一步支持红色文化特色小镇建设，加速相关产业发展；结合美丽乡村建设，实施红色文化遗存及其历史环境的整体保护展示，深挖红色文化特色资源，加强红色文化创意产品的开发推广；结合爱国主义、革命传统和党风廉政教育基地特色品牌建设，突出革命旧址在三明市红色旅游中的要素引领作用，建立红色文化生态旅游带；分层分类开展红色主题教育实践活动，着力推动红色文化在青少年中的传播，让广大青少年听红色故事，知红色历史，学红色榜样，传红色精神。

三 八闽中心红土地，绿色发展开新篇

传承红色基因，深耕绿色产业。

大田建县于明嘉靖 14 年（1535 年），隶属延平府。1983年始隶属福建省三明市，位于福建省中部，三明市东南部，戴云山脉西侧，总面积 2294 平方公里，辖 10 个乡、8 个镇，总人口 42 万人。自然实体为"九山半水半分田"，森林覆盖率达 70.1%，峰峦叠嶂、山峻水秀，是闽江、九龙江、晋江三大水系支流的发源地，是福建省 12 个重点生态功能区之一。

大田面向闽南金三角开发区，周边与德化、永春、漳平、永安、三元、沙县、尤溪等 7 个县相毗邻，是沿海腹地，内陆前沿，是内陆通往沿海的重要通道。省道 205 线、305 线二级水泥路直贯全境。泉三高速贯穿全境。县城距福州 340 公里、厦门 262 公里、泉州 196 公里、三明 129 公里、永安 97 公里。鹰厦铁路的岭头火车站与省道 305 干线相交，距大田县城 62公里。开发中的菜坂洋新城区，把大田县城与国道 235 线、国道 356 线交会处的石牌镇连为一体。

山峦蜿蜒，高峰峻立，沟涧密布。地势大致由西南向东北倾斜，东西宽 57 公里，南北长 75 公里。千米以上的山峰有175 座，最高处为南端的大仙峰，海拔 1553.4 米，最低处为北部的文江溪下游河谷，海拔不到 200 米。境内溪流纵横，河网密布，是闽江、九龙江、晋江三大水系支流的发源地之一。

大田县属中亚热带季风气候，四季常青，温湿适中。年平均气温 16℃ ~ 26℃，无霜期 280~300 天，年降水量 1491~1809

毫米，气候温和，雨量充沛，土壤肥沃，适于发展农、林和畜牧业。农作物以水稻为主，经济作物主要有茶叶、大豆、甘蔗、花生；林以松杉为主。

大田境内山峦叠翠，云峰耸峙，林茂草丰，生态旅游资源好。"山、水、泉、茶、堡、台"等旅游资源各具特色，拥有"大仙峰·茶美人"国家 4A 级旅游景区，"灵动济阳""五彩大石""五龙山""花海乐园"等国家级 3A 级旅游景区，"南方天山"之称的象山地质文化公园，"福建土楼之母"之称的明清土堡近 100 座，"春采茶、夏避暑、秋观堡、冬泡泉"，是闽南沿海大都市休闲、养生、度假的"后花园"。

昔有"田阳八景"：百雉凌云（城跨凤山），双岩映翠（赤岩、白岩对峙左右），仙峰秀色（大仙峰为邑巨镇并峙云表），合剑滩声（滩水奔汇尤溪闽江），南涧渔歌（南门外渡），东溪虹影（东郭镇东桥），新兴梵韵（新兴寺名为大庆习仪处），古寨晨烟（邑人多筑寨为家）；现有中国第一座碾压混凝土坝、全省第二大的水库——闽湖，古堡、古寨、古廊桥、古驿道、古树王、古寺庙，古瓷窑、冶炼遗址、古民居建筑等物质文化遗产。

旅游商品主要有大田美人茶、济阳黄花菜、华兴老茶油、石牌大骨头、武陵烤兔、九层粿、山宝腊鸭、二宝红酒、白斩太监鸡、野生红菇、绞股蓝、珍珠粉、阿佳苦菜、雪山萝卜、和财米粉、朝阳米粉、红曲米粉、上京水粉、桃源小篮等。

大田县是中国天然氧吧！

是全国首批生态旅游胜地！

是中国森林旅游美景推广地！

是全国森林康养基地试点建设单位！

是中国睡眠康养示范基地！

是中国高山茶之乡！

是中国洛神花之乡！

是中国油茶之乡！

是革命老区，是中央苏区！

是国家革命文物保护与利用片区！

是中国高山硒谷！

是全国群众体育先进县！

是国家公共文化服务体系示范区！

是福建省官方认定的首批避暑清凉福地！

是福建省 12 个重点生态功能区县之一！

是国家非物质文化遗产板灯龙和宋代杂剧作场戏的故乡！

是全球网红千年肉身坐佛章公故里！

是《全相二十四孝诗选集》编撰者郭居敬故里！

是历史上的"千堡之城"！

大田县一贯秉承"绿水青山就是金山银山"的生态文明发展理念。谋划"红""绿"两篇文章，通过发展大田美人茶产业、富硒有机农特产业、铸造冶炼纺织传统产业、全域康养文旅产业；通过修缮保护红军长征先遣队革命遗址群，积极推进国家长征文化公园大田片区项目建设，打造闽中红色文化传承创新基地，发展闽中红色旅游，推动一、二、三产业融合发展，实现闽中崛起。

尤其值得一提的是大田茶产业，在几任市县领导的合力推动下，全产业链初步形成。

如今的三明市委林书记也对大田美人茶情有独钟。他总结出大田美人茶最突出的特点"贵"。2020年5月，在中国首个国际茶日福建专场活动举办地——大仙峰·茶美人景区，林书记为现场的活动筹备工作人员详细阐述大田美人茶的"三贵"品质。

林书记说，大田美人茶最突出的品质"贵"。

一贵"出身"：阳坡净地，蝉茶一味天成。

二贵"姿色"：五颜六香，神似仙女飞天。

三贵"品位"：情窦初开，甘柔醇绵如蜜。

在场人听得好奇："林书记是茶专家呢！"

"再仔细说来给大家普及一下！"

林书记像是遇到了茶知音，也很愿意借机深入普及。他接着介绍：

大田美人茶的主要品种有金萱、软枝乌龙、金牡丹、金观音、铁观音等，都选择高山阳坡净地而立，天地精气凝聚、土壤疏松肥沃，阳崖阴木，尽吸在脂，纵享天地之力、自然之爱。大田美人茶是虫子叮咬过的茶叶，而且是叮咬程度越厉害，蜜香之韵越浓，做出来的美人茶品质越好。叮咬茶叶的虫子叫小绿叶蝉，又叫浮尘子，叮咬后水解酶的作用和茶树本身的自愈功能，可增加茶叶单萜类及醇类等芬芳物质。

大田美人茶生长的"向阳背风"之处，藏精聚气，温暖湿润，得天独厚的环境使小绿叶蝉易于生长繁殖。为使小绿叶蝉与茶树相融共生，美人茶园必须保持纯净无污染，不施任何农药、化肥和除草剂，而是有机肥栽培、物理方法防治，培植出来的茶叶芽头肥壮、叶质柔软、茸毛甚多、形态优美，以"天然、有机、安全"彰显其尊贵的品质。

"这是我介绍的大田美人茶第一个'贵'的特质。"林书记说。

看到众位客人都在洗耳恭听，林书记又介绍大田美人茶的第二个"贵"。

大田美人茶制作工艺在六大茶类中最为繁杂、最讲究，须手工采摘"一芽一叶、一芽二叶"之嫩茶，经"萎凋→凉青→做青→（摇青⇌凉青）→发酵→杀青→回润→揉捻→烘干"等工序精制。

大田美人茶的干茶茶身自然卷缩、紧致成条，千姿百态、婀娜多姿，呈明亮鲜艳的白、青、褐、红、黄五色相间，也称为"五色茶"，神韵美若敦煌壁画中身穿五彩斑斓羽衣的飞天仙女。美人茶的五色与《易经》"五行"和人体五脏相对应，即白为金、青为木、褐（黑）为水、红为火、黄为土，五行相生相克、阴阳平衡。美人茶博取兼容了阴阳五行的精华灵气，是最接近大自然的一类茶；根据中医基础理论五行平衡，生克得当，有助于改善人体五脏功能，具有健康养生功效。

大田美人茶发酵度为60%~80%，是半发酵青茶中发酵程度最重的茶品，不会产生任何生菁味，不苦不涩，具有"五颜"而散发着"六香"交织的轻柔风韵。六香：即"果香"，乌龙茶制作工艺即有果香；"蜜香"，茶青被小绿叶蝉叮咬水解酶在制茶过程中产生的蜂蜜香味；"花香"，做青工艺产生的香气；"甜香"，茶氨酸含量高及发酵工序产生的香气；"嫩香"，一芽一叶、一芽二叶新鲜柔软，制茶及时，带有娇艳欲滴、花季少女般的嫩香；"幽香"，大田山涧云雾，山高水

不忘本来

BU WANG BEN LAI

268

细缠绵，制出的茶叶独有一种幽远绵长的地域幽香，沁人心脾。

林书记把现场工作人员说得一愣一愣的。那么，大田美人茶的第三个"贵"呢？不知谁急着追问。

林书记不急不徐地接着介绍，大田美人茶第三个"贵"的品质是——

情窦初开，甘柔醇绵如蜜，有如少女。故大田美人茶也称少女茶。冲泡大田美人茶，当沸水入瓷杯，叶芽舒展，旋转飞沉，一如少女翩跹起舞，姿态极其优美动人。茶汤呈明亮清澈的琥珀色、橙黄色，尽显娇羞，清纯的气质，似绝色女子的诱人美感。

大田美人茶滋味兼具乌龙茶的清雅、普洱茶的醇厚，茶汤入喉之际，甘柔醇绵，润滑爽口，纯纯的、蜜蜜的、甜甜的，如蜜如澜，仿佛初恋少女情怀的芳醇。

林书记对大田美人茶的推介，是中国首个国际茶日筹备活动中的一个生动的插曲，意在借助这个时机，让全体工作人员将来也成为大田美人茶的忠粉甚至成为大田美人茶的推介员之一。

近年来，大田旅游产业从无到有、从有到优。已经创建设的国家级旅游景区有：大仙峰茶美人景区、灵动济阳灯光小镇、三明桃源里旅游度假区、花海乐园、五龙山景区、五彩大石景区等。桃源睡眠小镇品牌响彻省内外。一杯茶、一坛酒、一孝道、一尊佛、一群堡、一戏曲、一群英、一大猪、一学村、一乡愁等大田特色地域文化正逐步融入文旅康养产业发展，真正实现诗和远方走到了一起。

大田的地域文化非常独特，有大南迁而来的中原文化，有客家文化、闽南文化、本土风俗文化，有革命战争年代留存下来的红色遗珍等等，长时间的沉淀以及文化自身传承与弘扬过程中的扬弃与创新，产生了独特的闽中文化。从文化资源方面来看，大田的特色文化资源主要有：

一杯茶：大田有800多年的种茶历史，是中国高山茶之乡，大田美人茶，以日本自然农法种植，小绿叶蝉叮咬过的富含果香蜜味，英国维多利亚女王赐名"东方美人"而出名，目前全省美人茶标准由大田县制定。

一坛酒：大田二保吴家300多年祖传纯手工古法制作，有消食、活血、健脾、燥胃、美容、养颜、抗癌功效的乌衣红曲酒，深受省内外游客的喜欢，古法制作工艺已经启动国家非物质文化遗产申报工作。

一孝道：郭居敬编著的《全相二十四孝诗选集》是传承弘扬孝道文化传统的最佳教材，弘扬了百善孝为先的儒家思想，其《百香诗集》描述了田园牧歌的诗画境界。

一尊佛：1995年流失海外的章公六全祖师肉身坐佛，已成为全球"网红"，他的传奇性和神秘性将成为大田发展宗教旅游的独特IP。

一群堡：具有原真性、完整性、独特性的大田古堡、古寨群，申报世界文化遗产一旦成功，将成为世界级的旅游吸引物。

一戏曲：大田是福建省戏曲的博览园，多达28种的跨年代戏曲完好地保存在民间；文江朱坂宋杂剧作场戏，现在正在组织申报国家非物质文化遗产名录。

一群英：大田是革命老区、中央苏区，革命历史厚重，曾有叶炎煌、林鸿图、林大蕃、林友梅等革命先辈为了新中国的诞生和抗日战争的全面胜利抛头颅、洒热血，献出宝贵生命，革命传统和革命精神值得我们永续传承与弘扬。

一大猪：屏山内洋的民俗活动"晒猪节"人气很旺，大田千人土猪宴，每年吸引省内外游客慕名而来，大田高山草根药膳养生汤滋养一方水土一方人，大田石牌大骨头名扬省内外。

一学村：大田集美学村，抗战期间陈嘉庚集美职业学校内迁玉田办学8年。1939年1月至1946年，集美职业学校下辖的水产航海、商业、农林等3所中专学校14个班内迁至大田，随迁的还有10万余册图书、千余件教学仪器。

一乡愁：全县13个中国传统村落，古文化、古建筑、古廊桥、古驿道，保存完整，正吸引中外游客慕名而来。中国最美休闲乡村——大田畬寨东坂村和广平元沙村，和习总书记曾经走过的六个村即红星村、隆美村、梅林村、建忠村和元沙村等，都率先发展乡村旅游，其中两个村已经创评了国家AAA级旅游景区。

依托大田特色文化资源，实施和完成的项目可圈可点。

风展红旗如画项目群：闽中红色文化传承创新服务中心、朱德出击闽中大田革命遗址群保护开发与利用、北上抗日先遣队（红军长征先遣队）攻占大田县城革命遗址群保护开发与利用、大田中央苏区主题公园、大田集美遗址公园、大田革命历史博物馆、6天5夜或3天2夜闽中红色之旅线路、17个主题党日活动基地提升工程、风展红旗如画红色故事宣讲大赛；红色题材电影、电视、漫画、动漫制作、小说、剧本系列创作工程。

康养农文旅项目群：戴云十八仙农旅小镇旅游度假区、

大田美人茶文化公园、国家非物质文化遗产阔公戏主题公园、闽中富硒文化公园、大仙峰·茶美人景区、灵动济阳·灯光小镇、闽湖湾·古琴小镇、五彩大石景区、五龙山景区、酒曲时光小镇、笔架山酒文化公园、桃源最氧睡眠小镇、桃源里旅游度假区、香萍水世界、花田小镇、佛—禅—茶—农—旅项目等等。

传承红色基因，深耕绿色产业。如今，大田县获得了原中央苏区优惠政策扶持，经济社会发展如虎添翼。水土流失治理再见成效，创新了矿山变公园、矿山变家园、矿山变庄园、矿山变农业产业园、矿山变花园的"五园"模式。城市面貌焕然一新，新增了五桥五路五广场，河滨栈道、城市绿道、电影院、中央苏区公园、闽中戏曲文化园等，让百姓休闲有了好去处。福塘双创园、大田后生仔一条街、大田美人茶文化产业园、大田农特产品创意展示中心，成功吸引青年乡贤返乡创业。大田县高度重视革命精神和红色文化的传承与弘扬，加大红色文化的挖掘与利用，开辟党员、青少年的研学和培训教育基地，充分利用红色文化资源和林深水甜茶香独特自然资源，以"仙峰古堡·耕读大田"为主题的旅游形象，重点培育全域康养农文旅产业，推进老区苏区科学发展、跨越发展，凝聚合力脱贫攻坚奔小康，努力拼搏让老区苏区人民过上幸福生活。

四 申苏启示言难尽，初心使命驻心田

"申苏"历程中，大田党史研究工作者万霞他们，心无旁骛、主动担当、善做善成、爱岗敬业、无私奉献、积极协调、

攻坚克难，以较短的时间，完成历史使命。

一段岁月尘封的历史恢复原貌；

一段失实的大田组织史被改写；

一颗颗岁月尘封的光辉灵魂重新筑起丰碑；

一个个鲜为人知的革命斗争故事被传颂被宣讲；

一处处革命遗址遗迹得到抢救性的保护开发和利用；

一批批爱国主义教育基地建设布置交付使用；

一件件珍贵的文物文献被首度发现；

一批批青少年、党员、领导干部以及游客实地接受初心教育。

"申苏"历程中，有厚重的红色历史撞击心灵，有坚韧无畏的革命精神砥砺意志，有感人的革命斗争故事萦绕心间。

邻县两位党史专家到访，万霞陪同专家在大田美人茶馆喝茶，接到闺密夏雨来电："妞，看到新闻报道，你们的'申苏'成功了！祝贺我们的大美女、大才女！"

"有诚心的话，过来当面祝贺吧！我现在在'大田美人茶馆'喝茶。"

"'申苏'功臣，等着哈！马上到！"

约过了半小时，万霞刚送走邻县两位党史专家，就看到夏雨风风火火地赶来。

"我的大美女、大才女，说说，赶紧说说，历时两年不搭理同学，埋头苦干，无私奉献，都有哪些感想感受呀？"夏雨喝了一口大田美人茶，忙不迭地问道。

万霞回："感想感受太多了，你真要听？"夏雨连连点头。

万霞停顿了一下，说："第一，是要珍视和平，永远跟党走。面对大田土地革命战争史料，感受最深的是战争的残酷，牺牲了那么多生命。像苏区时期 1927 年全县总人口 121488 人锐减至 1935 年 99736 人；多少年纪轻轻的，为了革命事业，抛头颅，洒热血，献出了宝贵的生命。有的青春之花刚绽放，生命便戛然而止。你看华兴乡京口村叶炎煌先烈，青年才俊、家境优渥，有着美满幸福的家庭，投身革命牺牲时年仅 26 岁，家人也遭到国民党反动派'围剿'，流离失所。而那个时代离我们现在不到百年。我们不能忘记，更不该忘记，革命先烈用生命与鲜血换来的和平与安宁，我们要珍惜当下良好的发展机遇，真心实意地为百姓谋福祉。

"第二，要关心群众生活，注意工作方法。朱德出击闽中大田，驻扎武陵乡百束村林笏隆家时，为他们讲述革命道理、红军纪律、人民军队为人民等等。驻扎屏山时，朱德看到腿伤的村民郭守苞，立刻请来医生为其诊治，短短几天就与当地群众建立革命鱼水深情。我印象很深刻的是，阅读到 1934 年 1 月 27 日毛泽东同志在江西瑞金召开的第二次全国工农兵代表大会上发表讲话中的一段话：'我们应该深刻地注意群众生活的问题，从土地、劳动问题，到柴米油盐问题。妇女同志要学习犁耙，找什么人去教她们呢？小孩子要求读书，小学办起来没有呢？对面的木桥太小会跌倒行人，要不要修理一下呢？许多人生疮害病，想个什么办法呢？一切这些群众生活上的问题，都应该把它提到自己的议事日程上，应该讨论，应该决定，应该实行，应该检查。要使广大群众认识到我们是代表他们的利益的，是和他们呼吸相通的。'胸怀百姓，任何时候不能有丝毫自满和懈怠，必须再接再厉，使发展成果更多更公平惠及全体人民，朝着共同富裕方向稳步前进。"

"第三，要为人民服务，走群众路线。毛泽东曾指出：'真正的铜墙铁壁是什么？是群众，是千百万真心实意地拥护革命的群众。这是真正的铜墙铁壁，什么力量也打不破的，完全打不破的。'党一心为人民谋解放，百折不挠，一往无前。劳苦大众视党为救星，坚定了跟党走、听党话的决心。党和党领导的革命武装因此能够由弱变强，不断发展壮大。长征路上，衣衫褴褛，缺枪少弹，九死一生，一声'救亡图存'，应者绵延二万五千里，最终涓滴汇海而成大潮，众志成城而迎来新中国。而蒋介石有美国的装备，有美国的支持，却在不到三年时间里，三大战役都失败，要渡江。很重要地，是老百姓不拥护，失掉了人心。'民可载舟，亦可覆舟'，如果不谨慎，不为人民服务，不走群众路线，像国民党反动派腐败的作风，就有可能导致失败的下场。

"第四，要坚持党的领导，坚定制度自信。三大战役期间，毛主席和党中央在仅有35平方米的'世界上最小的指挥部'，'一不发人，二不发枪，三不发粮'，凭着向各地区、各战区发出的一封又一封电报指令，通过严密有序的组织体系，转化为千军万马的冲锋号，打败了国民党反动军队。马克思指出，无产阶级政党'应该使自己的每一个支部变成工人联合会的中心和核心'，毛泽东同志根据马克思主义基本原理指出：'党是无产阶级的先锋队和无产阶级组织的最高形式，他应该领导一切其他组织，如军队、政府与民众团体。'放弃任何一个领域的领导权，都有可能丧失政权，都是将党和人民的

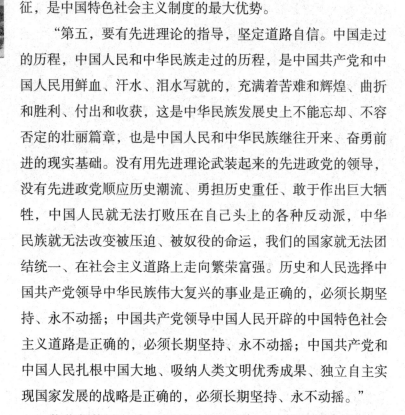

先进事业拱手相让于落后的势力，都是放弃人民当家作主。在国共合作的大革命时期，我们党还处于幼年时期，对军队领导权重视不足、掌握不够，国民党反动派叛变革命后无力反抗，造成大革命的失败。毛泽东同志吸取教训，在古田会议上确立思想建党、党指挥枪的原则，提高了军队组织性和战斗力。历史已经证明，中国共产党领导是中国特色社会主义最本质的特征，是中国特色社会主义制度的最大优势。

　　"第五，要有先进理论的指导，坚定道路自信。中国走过的历程，中国人民和中华民族走过的历程，是中国共产党和中国人民用鲜血、汗水、泪水写就的，充满着苦难和辉煌、曲折和胜利、付出和收获，这是中华民族发展史上不能忘却、不容否定的壮丽篇章，也是中国人民和中华民族继往开来、奋勇前进的现实基础。没有用先进理论武装起来的先进政党的领导，没有先进政党顺应历史潮流、勇担历史重任、敢于作出巨大牺牲，中国人民就无法打败压在自己头上的各种反动派，中华民族就无法改变被压迫、被奴役的命运，我们的国家就无法团结统一、在社会主义道路上走向繁荣富强。历史和人民选择中国共产党领导中华民族伟大复兴的事业是正确的，必须长期坚持、永不动摇；中国共产党领导中国人民开辟的中国特色社会主义道路是正确的，必须长期坚持、永不动摇；中国共产党和中国人民扎根中国大地、吸纳人类文明优秀成果、独立自主实现国家发展的战略是正确的，必须长期坚持、永不动摇。"

　　茶艺师换了一泡五颗星的大田美人茶。等她走开了，万霞感慨道："第六，做好舆论宣传工作可收万世之功。宣传发动亦即政治动员，是思想政治教育工作的重要内容和形式，是我们党凝聚力量、团结群众的重要工作，是中国共产党的传统政治优势和传家宝。中央红军每到之处，皆有先头部队张贴布告，更有专门的宣传队在醒目位置刷写大量标语。当中央红军被迫北上进行战略大转移时，意见分歧，毛主席写下《星星之火，可以燎原》等重要文章，扭转了局面，提振了士气，从而带领全军从一个胜利走向另一个胜利。大田境内留存下来的300多条红军标语，都宣传了不同红军部队各自不同的革命任务。朱德出击闽中大田，依据革命任务，抓住时代契机，采取一系列举措，加强了宣传发动工作，为筹款筹粮、扩大红军、北上抗日先遣队攻占大田县城等奠定了坚实的思想基础和群众基础，为中国革命积累了宝贵经验，对做好新时代思想宣传工作和社会主义现代化建设仍具有重要的指导意义。"

万霞喝了一口大田美人茶，继续说道："第七，感受很深的一点是，'一把手'要率先垂范。俗话说'老大难，老大出马就不难'。'一把手'要将整个班子带动起来，让领导班子步调一致，形成'动车组'，才能高效务实，形成同频共振、上下一心的局面。'一把手'既要善于发扬民主、集思广益，又要善于明责任、压担子，充分发挥班子成员能力和组织合力，拧成一股绳，同唱一首歌。'一把手'更应使班子成员安其位、谋其政、尽其责、竭其智、展其长、成其事，为地区部门带好头，为人民群众干好事，通过责、权、利的科学平衡，促进完成各项工作。领导重视是做好工作的前提，一件事，但凡领导重视了，力量到位了，成效就可能显著；当然，领导过于推力，可能违背科学的真实。

"第八，坚定信心持续努力，终将创造奇迹。星星之火，可以燎原，中国革命必然胜利。中央苏区的主体能够坚持存在近6年时间，中央红军主力撤离后在这块土地上还能坚持3年游击战争，都是坚定的理想信念这个伟大的精神力量在起作用。一个人心诚志坚，力量无穷。大田县申报中央苏区县，从开始史料严重缺乏到一次又一次的重大发现，直至多项研究成果填补中央党史、省党史的空白，就是在团队的加班加点、无私奉献、持续努力中，带来一个又一个的惊喜。精诚所至，金石为开。只要专心诚意去做，什么困难问题都能解决。专家领导们的关心、帮助、支持，全县干部齐心努力是'申苏'工作圆满完成的关键。李副主任、石主任、倪书记、黄书记、林研究员、逄主任、罗主任、余秘书长、李主任、王专家、巩副主任、赵书记、黄处长、王主任、汤书记、江部长、凌主任、杨专家、陈主任、小杨、小郑、老涂、小连、小林、郭老先生、章先生等等。太多太多的名字数都数不过来，"申苏"的成功离不开各级领导专家关心帮助与支持，离不开县局、乡镇、村等干部群众的支持，历史也终将记住这些为'申苏'而努力过的领导、专家、民众。微笑可以传染，信心也可以传染，抱着必胜的信心，完全可以将看似不可能的事变为可能。

"第九，科学的方法可以事半功倍。方法是过河的桥和船。方法得当，则事半功倍；方法失当，则事倍功半。毛泽东同志在《党委会的工作方法》中指出：'对主要工作不但一定要抓，而且一定要抓紧……抓而不紧，等于不抓。'讲究工作方法，很重要的方面就是要学会抓重点、抓主要矛盾。这是辩证唯物主义方法论的重要内容，也是开展工作的重要方法之一。工作中，要善于抓住重点，结合工作实际，做到长计划短安排，有点有面，有主有次，有急有缓，紧张有序、有条不紊地推进工作开展。'申苏'过程中，我们亲自谋划、定思路、找对策、善抓总、又分解、有统筹、多协调、上请示、勤汇报、坚定执着、率先垂范、敢于担当、善作善成。

"第十，要胸怀敬畏感和谦卑之心。海纳百川，成汪洋之势，因为它位置最低。在浩瀚无垠的人类历史长河中，个体是多么渺小；在烟波漫漫的知识海洋中，个体是多么无知。每个人应该记得把自己摆在最低处。心中有人民，权力才谦卑。党员领导干部，更是要敬畏历史、敬畏百姓、敬畏人生、敬畏权力，将权力关进制度的笼子里。要俯下身子，真正地为百姓谋福祉。"

夏雨听得入神，意犹未尽的万霞说道："若要换着平时，总感觉大道理像是在说教，难免有抵触心理。而今天听你说的是如此饱含深情、有理有据、有人有物的，还真是受教了。看来，'申苏'成功，是你们难得的人生经历，有说不尽道不完的感悟与体会，真是让人羡慕！"

万霞也没想到自己一下子连说了十大点。这是"申苏"历程的真实感想感受，又是"申苏"给予万霞的启示和精神洗礼。万霞对夏雨说："难得你听我唠叨，不说了，不说了，喝美人茶。"

不忘本来

BU WANG BEN LAI

后　记

　　2013年7月，大田"申苏"成功。作为参与者、见证者，欣喜之余，我整理历时两年多的工作笔记，产生了把工作历程集结成册的念头，更想把"申苏"背后的故事与大家分享。我构思了大半年时间，再用十七个晚上加班加点一气呵成，把历时两年多的"申苏"工作历程分章节分事件仔细记录整理，写成《历史不会忘记》一文，共八万多字，汇编入县委党史研究室主编的庆祝大田县"申苏"成功作品集《红色大田　绿色发展》一书中。之后，有读者朋友建议单独成书，记录历史，分享故事。当时写得仓促，也认为多有不足。经不住朋友们的劝说，拟把这个历程重新书写，也作存史之用。终究因杂务缠身而没有完全静下心来，一次一次地提起又一次一次地搁浅。2020年年初，疫情暴发，无法远行，不能串门，全县上下投身严密防疫抗疫中。人员不能集聚，服务行业、旅游景区景点全面歇业，自己所负责的文旅康养产业被迫按下暂停键。痛心之余，整个心思反倒静了下来，不再一味忙着出发，而有了更多的时间思考。

　　2021年，将迎来中国共产党建党100周年。许多作家、艺术家朋友都有意为庆祝这伟大节日而创作，聚焦中国共产党带领中国人民从站起来、富起来到强起来的历史性飞跃，从不同角度展示中国共产党百年光辉历程、伟大成就和宝贵经验，绘就一幅百年党史的恢弘画卷。受其影响，我又产生创作的冲动，想在这个伟大的节日来临之际，为我们伟大的时代抒写。"耕读大田""宽窄岁月""与茶时光""茶美人"等，都是我积累多时的主题，每个主题都有一二十万字的初稿。但思量再三，决定把自己参与找寻大田中央苏区历史的那段加班加点、有苦有甜、有悲有喜的难忘经历，重新整理、重新抒写，对首度发现的重要文献、文物、遗址作简要记载，对自己在挖掘红色历史过程中的所思所感所悟作个总结。回望大田中央苏区烽火岁月，铺陈大田红色文化红色资源，展示大田绿色发展的美好画卷。永远铭记那些为新中国诞生献出宝贵生命的革命先辈，永远铭记那些为中央苏区作出重大贡献付出巨大牺牲的苏区人民。同时也记录那些为"申苏"付出过辛勤汗水的领导、专家、民众：李副主任、石主任、倪书记、黄书记、林研究员、逄主任、罗主任、余秘书长、李主任、王专家、巩副主任、赵书记、黄处长、王主任、汤书记、江部长、凌主任、杨专家、陈主任、小杨、小郑、老涂、小连、小林、郭老先生、章先生等等。

　　大田革命先辈的如磐初心，大田苏区人民对中国共产党的忠诚与担当，大田中央苏区精神的传承与弘扬，大田红色文化资源的保护开发与利用，有许多想说想写想表达，但由于本人水平有限，终究无法言词达意，其中表述多有不妥，请广大读者海涵。

　　此书的出版，得到省委党史研究室杨占城处长的指导，三

不忘本来

BU WANG BEN LAI

明学院刘建朝编辑的诸多帮助和指导，仁水老师细心指正，三明市委党史研究室老主任王仁荣给出中肯意见并为该书作序。另外，大田县老区建设促进会会长、县政协原主席周隆超对于大田红色文化充满感情，对于该书的出版发行给予持续的关心帮助和鼓励。在此一并致谢。

282

不忘本来，面向未来

——评《不忘本来》

刘建朝

三明地处福建西部和西北部，辖 12 个县（市、区），在 20 世纪就有 5 个县（毛泽东词《如梦令·元旦》中提到的"宁化、清流、归化"和泰宁、建宁）认定为原中央苏区县，在中共中央党史研究室开展"中央苏区范围究竟有多大"的课题后，2007 年有 2 个县被确认，2011 年又有 4 个县进行申报且基本符合认定标准。三明全域只差大田县了。由于中央苏区时间主要为 1929 年至 1934 年的土地革命战争时期，而从当时掌握的资料来看，大田县是在 1937 年才建立党组织，属于中央苏区的史料严重缺乏。因此，大田县曾在 2009 年启动的申报工作，最终不了了之。搁浅两年后，市领导又要求大田县重视和落实申报工作，面对严肃的政治与历史课题，"申苏"材料不能凭空杜撰，大田县要如何申报？结果又会怎样？

《不忘本来》是舒静以此为背景创作的一部纪实文学著作，记录了大田县党史研究室同志为"申苏"奋战七百多个日夜的艰难曲折历程。在中央、省、市委党史研究部门指导下，在省、市、县党委和政府的大力支持下，大田县委党史研究室副主任万霞带领"申苏"工作团队对第二次土地革命战争时期大田县革命历史开展调查研究，在省内外广泛查访中发现了丰富的史料，特别是五个重要佐证材料为国内首度发现，为大田县"申苏"提供了有力证明。在"申苏"过程中，万霞他们还收集大田县红色故事，挖掘保护革命遗址遗迹，布置大田革命斗争历史展览馆、叶炎煌革命先烈主题教育馆，开辟爱国主义教育基地，开展红色故事宣讲，等等。历经千辛万苦，他们的工作还原了大田中央苏区的历史进程，即大田党组织的诞生、苏区的创建、苏区的巩固与发展、苏区的沦陷四个阶段，大量的佐证资料和革命文物足以证明大田属于中央苏区范围，而红色主题馆及红色故事宣讲等营造了大田县浓厚的红色文化氛围。最后，在大田人民的翘首企盼中，万霞收到了"申苏"成功的消息。

综观全书，作品在选题、主题、人物形象、结构布局等方面都值得称道。

选题的独特性。随着中央及各级、各部门加大对原中央苏区县的扶持政策与支持力度，"申苏"成为中央苏区所在省份很多市区县的一项重要工作。通过多年的历史挖掘与申报，中央苏区县也由最初的 21 个县增加到 2013 年的 97 个县，地域涉及福建、江西、广东、湖南。范围之广，县份之多，时间之长，使"申苏"成为重要的创作素材，但除了新闻报道，鲜有文学作品去反映这一现实。当下，"申苏"课题已经完成，《不忘本来》以文学艺术形式对大田县"申苏"历程进行一次回忆性记录，是各市县"申苏"的一个缩影和见证。因此，这部著作的选题是独特而珍贵的。就红色主题文学而言，红色革命题材是作家广泛书写的对象，不同时期大大小小的革命故事被发现，或正面或侧面地被表达于报刊、网络等，这使得红色革命的新题材变得十分稀少。《不忘本来》以"申苏"的经历对第二次国内革命战争历史进行再挖掘、再梳理，史料的新发现，更真实、全面地反映大田县的革命斗争历史，而"申苏"所具有的历史与当下相交汇的特点，突出了闽中大田红色文化传播与接受情况。这些也体现了作品选题的独特性。

主题的深刻性。首先，表达了开创事业的艰辛。"宝剑锋从磨砺出，梅花香自苦寒来"，大田县"申苏"成功背后是经历了披荆斩棘、千淘万漉的艰难过程。例如，大田县要从原有认知的游击区论证为中央苏区，最重要的是必须有史料史迹的支撑。万霞等人便辗转奔波于省内外，多方查寻资料，有如大海捞针，常常没日没夜地加班，还要对搜集的资料小心求证。通过两年的努力，"申苏"的佐证资料从无到有，再从有到完全具备而符合认定要求。在资料查找中，万霞他们了解到革命先烈英勇抗争、不怕流血牺牲的感人事迹，正是革命先烈前赴后继，以及付出了惨重的代价，最终使人们获得了解放。没有随随便便的成功，忆苦思甜，居安思危，那么，面对当今国家的和平与稳定，"申苏"带来的优惠政策与机遇，我们应该倍加珍惜。其次，团结的力量是无穷的。大田县党史研究室面临着时间紧、任务重、人手缺、基础差、起步晚等困难，但万霞带领团队全心投入和参与，加强沟通和配合，集思广益，凝聚合力，出色完成了"申苏"工作任务。专家领导们的关心、帮助、支持能够增加信心与力量，领导重视是做好工作的前提，而全县干部齐心协力是"申苏"工作圆满完成的关键。力量存

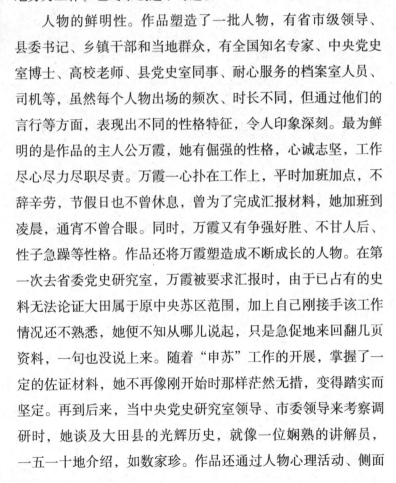

在于民众之中，"申苏"中领导群众上下勠力同心，其中大田百姓热心宣传革命故事、捐献革命文物等，为申报提供了有力支持。最后，坚定的理想信念会创造奇迹。如作品所言，中央苏区的主体能够坚持存在近6年时间，中央红军主力撤离后在这块土地上还能坚持3年游击战争，都是坚定的理想信念这个伟大的精神力量在起作用。万霞等人有坚定的信念，坚持不懈地努力工作，也终于创造了奇迹。

人物的鲜明性。作品塑造了一批人物，有省市级领导、县委书记、乡镇干部和当地群众，有全国知名专家、中央党史室博士、高校老师、县党史室同事、耐心服务的档案室人员、司机等，虽然每个人物出场的频次、时长不同，但通过他们的言行等方面，表现出不同的性格特征，令人印象深刻。最为鲜明的是作品的主人公万霞，她有倔强的性格，心诚志坚，工作尽心尽力尽职尽责。万霞一心扑在工作上，平时加班加点，不辞辛劳，节假日也不曾休息，曾为了完成汇报材料，她加班到凌晨，通宵不曾合眼。同时，万霞又有争强好胜、不甘人后、性子急躁等性格。作品还将万霞塑造成不断成长的人物。在第一次去省委党史研究室，万霞被要求汇报时，由于已占有的史料无法论证大田属于原中央苏区范围，加上自己刚接手该工作情况还不熟悉，她便不知从哪儿说起，只是急促地来回翻几页资料，一句也没说上来。随着"申苏"工作的开展，掌握了一定的佐证材料，她不再像刚开始时那样茫然无措，变得踏实而坚定。再到后来，当中央党史研究室领导、市委领导来考察调研时，她谈及大田县的光辉历史，就像一位娴熟的讲解员，一五一十地介绍，如数家珍。作品还通过人物心理活动、侧面

BU WANG BEN LAI

不忘本来

衬托等来塑造形象，如江部长评道："万霞的确是不可多得的好干部，干一行爱一行，做一件成一件。责任心很强，而且工作有思路、有方法、有成效！"可以说，万霞的形象塑造得立体而鲜明，成为忠诚、执着、勇于担当的基层干部的典型。

知识的丰富性。作品在叙述"申苏"的过程中，也融入了革命历史文化知识。例如，王主任向万霞介绍"申苏"的重要概念时，阐明了老区、苏区、游击区、中央苏区几个概念的关系。又如市委邓书记向中央党史研究室领导汇报三明与五次反"围剿"的密切关系，毛泽东、周恩来等革命家在三明的革命实践等，也是向读者普及了三明革命历史。作品还介绍了大田县的历史、地理、经济产业等情况，如精彩而生动地讲述了数则大田革命先烈的感人故事，黄书记在陪同调研时为大田美人茶代言，详细介绍了大田美人茶的生态有机品质，这些内容有助于读者更全面地了解大田县。此外，万霞回顾了倪书记的上党课内容"把读书当作一种生活方式"，对读书的方方面面展开有深度的剖析，要求党员领导干部要多读书。作品不时穿插万霞对"申苏"工作的体悟与总结，在提供知识的同时给予读者智慧的启迪。

构思的艺术性。《不忘本来》采用"冰糖葫芦式"进行结构布局，各章节都有一个集中的主题，而前后章节的联系并不十分紧密，这使每章节都相对独立，读者任取一章都能进行阅读。然而，作品总体上又是按时间顺序叙述"申苏"工作，即"申苏"任务下达与工作启动、资料查寻、展馆布置、人员接待等工作，最后材料呈报与"申苏"成功，构成故事完整的一部作品。作品在人称设置上也颇见心思。可以说，非亲历者或

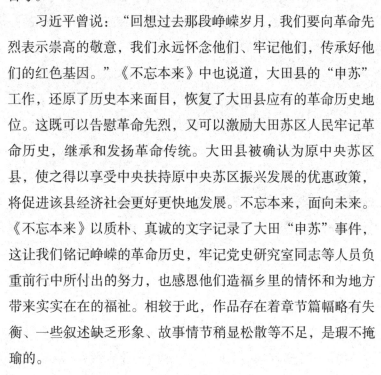

深入采访者难以写作纪实文学。作者万霞曾担任县党史研究室副主任、主任，带队参与了"申苏"全过程，她本来可以以第一人称写法作自传式的叙述，但她选择了第三人称写法，以冷静、客观的方式审视带领团队"申苏"的历程。这增加了更客观、更真实的阅读感，也避免了实录的自我肯定被误读为自卖自夸。

习近平曾说："回想过去那段峥嵘岁月，我们要向革命先烈表示崇高的敬意，我们永远怀念他们、牢记他们，传承好他们的红色基因。"《不忘本来》中也说道，大田县的"申苏"工作，还原了历史本来面目，恢复了大田县应有的革命历史地位。这既可以告慰革命先烈，又可以激励大田苏区人民牢记革命历史，继承和发扬革命传统。大田县被确认为原中央苏区县，使之得以享受中央扶持原中央苏区振兴发展的优惠政策，将促进该县经济社会更好更快地发展。不忘本来，面向未来。《不忘本来》以质朴、真诚的文字记录了大田"申苏"事件，这让我们铭记峥嵘的革命历史，牢记党史研究室同志等人员负重前行中所付出的努力，也感恩他们造福乡里的情怀和为地方带来实实在在的福祉。相较于此，作品存在着章节篇幅略有失衡、一些叙述缺乏形象、故事情节稍显松散等不足，是瑕不掩瑜的。

（刘建朝　三明学院《三明学院学报》编辑）

一个女子和一段尘封的历史

——评《不忘本来》

耕春人

  读毕书稿，题目就跳了出来。本来，想拟的题目叫：一个女子复原一段尘封的历史。仔细一想，觉得不妥，无论如何，单靠一个女人复原不了一段尘封的历史。毕竟，复原历史真实，不像让改道的河流重回原来的河床那么容易。

  准确地说，是复原了一段革命斗争的历史。为什么是"复原"？借用中共福建省委党史研究室林副主任的话："由于种种的历史原因，大田党组织和大田人民在土地革命战争时期这可歌可泣的革命斗争历史被湮没了60多年。于是长期以来，大田一直被认定为是1937年2月才建党的'游击区'，非但党的苏区、老区政策得不到享受，连大田苏维埃时期革命先辈足以动天地、泣鬼神的斗争业绩在已往许多史著中也都得不到反映，这难道不是天大的历史悲哀与遗憾吗？"（《岁月尘封下的一颗光辉灵魂》序言）

  可是，如果没人去复原，即便是"天大的历史悲哀与遗憾"，也只能沉默在时光的河流里，沉睡在发黄的纸页上，谬播于人们的口耳中。

　　犹如拨开云雾见青天一般，60多年后的今天，那段真实的革命斗争史，即大田1927年至1934年苏维埃时期的革命斗争历史，浮出水面。

　　大田苏区的历史可以分为四个时期：一是建党时期。1929年初，在厦门求学的共产党员大田籍学生叶炎煌（曾任省委书记叶飞的入团介绍人），受中共厦门区委的委派返回家乡——谢武乡（现在的谢洋、武陵）发展党员，开展党的工作，建立中共大田特支，支部书记林壮锟。这一发现把大田的建党时间从1937年前移到了1929年。二是扩展时期。朱德率领红四军第二、三纵队和前委机关3000多人出击闽中，于1929年8月17日，从漳平县的厚德到大田的谢武、石湖、玉田、济屏、路口等区、乡。在红四军帮助和影响下，所经区乡开展打土豪、分田地活动。到1930年1月，大田被全国苏维埃区域代表大会确认为"全国苏维埃区域"之一。三是全盛时期。大田早期就成立红区，由于国民党在这里进行围剿，大田党组织与厦门党组织失去联系，大田革命一度陷入低谷；1933年8月彭德怀领导的东方军，1934年粟裕指挥的红七军团第十九师，1934年7月寻淮洲率领的北上抗日先遣队，在这三支中央主力红军的帮助和支持下，大田又成为红军战事中心，不仅恢复了大田原先由朱德率红四军建立的苏维埃政府，又把红色区域扩展到文韬、桃源、三民、上京、东坂、大华、广铭、高才8个区乡，全县赤化面积达到了总面积的73%，成为中央苏区的重要组成部分，进入全盛时期。四是受挫时期。由于第五次反"围剿"的失败，整个中央苏区沦陷了，大田也随之沦陷，之后转入三年艰苦卓绝的游击战。

这不仅仅复原了一段已湮没 60 多年的革命斗争史，更彰显了我们对历史的尊重；也不仅仅是大田被确认为"原中央苏区县"，更是对长眠地下烈士英灵的慰藉。

复原这样一革命斗争史之艰难，只有读毕此书之后，你才能真切地感受到。也正因复原之路多舛，一个女子经过了一段坎坷多舛充满艰辛的人生苦旅，拥有了破茧成蝶凤凰涅槃的砥砺。

《不忘本来》一书，记录的是舒静亲历亲为的"申苏"历程，书中主人公万霞是舒静本人。

万霞原本是个生性胆怯的女子。舒静在书中写道："小时候看到长辈尊长从远处走过来，她都躲在墙角等他们过去再出来，从小怕跟人打招呼。天性里的那点怯懦，像钉子一样深深地楔入我的心底。一直到长大成人，生活中碰到那些让我仰视的人，尽量躲避，不搭讪，不回嘴，不周旋，只有跟老人孩子弱者待在一起，才觉得无拘无束，才有一种轻松感。"可是，要完成"申苏"这一重大使命，不仅要与各个部门性格不同的人打交道，而且要面对种种难以预料的棘手事件。因此，"为了'申苏'工作，一个接一个不停地出差，平时滴酒不沾的她，遇到需要求人的时候，遇到专家前来指导，常常喝得深一脚浅一脚，喝醉了自己却还在心底感激别人"。

要复原那段革命斗争历史，就必需用历史事实说话。从卷帙浩繁的史册打捞到能够作证的鲜活史料，成了工作的前提；而要查询到史料唯一的办法便是下笨功夫，付出常人不愿付出难以想像的心血和汗水。

"每天下午下班后，万霞只花十几分钟用餐时间，就下意识地回到办公室。对面办公楼三楼走廊外高挂着两盏大射灯已亮了，陆续地有球迷前来健身。关上办公室的门，摁下开关，灯管怔了一下，亮了。小操场中的击球声、欢笑声变得很遥远。"

这是平常日子的加班加点，有当年的球迷和两盏大射灯为证！

"大年二十七，全县都放假了，可是，赵书记的话老在耳边萦绕着，心底总觉得有几分忐忑不安，取了一个超市购物布袋，到单位装了满满一袋书籍，仅《中央苏区文库》党的系统五本就有二百多万字，还有《朱德传》《彭德怀传》《北上抗日先遣队》《东方军研究》等红色文献。一整个春节别的什么事也没做，一个朋友也没找，每天抱着书本，逐页逐行地查找。"

这是春节放假的潜心阅读，大海捞针般寻觅史料，有那些厚重的书册为证！

有时候，为了按照领导的要求在规定的时间内完成任务，万霞只能牺牲睡觉时间。有一回，接到整理并上送两份材料的通知；接到通知时是傍晚，必须在第二天上午六点前送达福州。于是，万霞和她的同事只好以分钟来计，先梳理材料，再成稿，然后字斟句酌，"十一点了，万霞急忙将两份材料再仔细推敲一遍，又再改了几处，很快到了十二点，没有时间再推敲下去了，得定稿打印出来，'两办'管理公章的同志早已经等烦了。匆忙地将县委、县政府公章盖齐、装订。出发时已经近凌晨一点半。整个政府大院天空黑漆漆的，很费劲地找，才发现几颗小星星在暗夜里，静得没有一点声响"。然后，又连夜乘车，凌晨五点钟左右总算赶到福州。接着，"立即将活页的论证文本一一拆开，再将二十份修改过的《请示件》装到文本的最前边，完成了一拆一装的任务后已五点五十几分，才发现手指疼极了，且口干眼花的"。工作完成了，该歇一歇吧！"八点钟江部长来电，要求她到省室拜访……"人家不是狠心，而是不知道你通宵不眠，而作为一个倔强得宁可把委屈藏掖起来也不愿抱怨的女子，万霞除了委屈、无奈、服从、工作，又能怎样？

我们在书中经常可以读到这样的表述——

"万霞的中餐、晚餐分别只用十分钟时间，从办公室与家里的往返，一天里的十几个小时泡在办公室里……"

这就叫废寝忘食！

"申苏"过程中，有喜有悲。有时候筲箕打水一场空，"他们仨查阅了十几本档案资料，却没发现一条与大田相关的内容。档案馆不许带水，他们口渴难耐，但强忍着，半天没喝一口水。"这是何其严峻的考验，真是苦不堪言！有时候功夫不负有心人，"在连日的挑灯夜战中，杨歌在《福建革命历史文件汇集》甲7、甲9两册书中查找到三处关于大田县在苏维埃时期有建党的记载"。每当受阻时，万霞会扪心自问：这个世界有极端认真的蠢人。我属于"蠢人"吗？她心底澄明，"也有朋友在背地里说她神经病，有这么疯狂工作的么？！她听后哑然失笑"。每当豁然开朗冰消释然时，万霞会歇斯底里感到高兴，自我感慨道："人努力，天帮忙"、"天道酬勤"啊！或者十分理性地告诫自己：胡适说过，做事情要"聪明人下笨功夫"。她原以为下笨功夫只是一种精神，但体会过了才悟得：笨功夫是一种方法，甚至是唯一方法。

这七百多个日日夜夜的付出究竟有多大？也许，数字最能说明问题。县委党史研究室几位同仁在万霞的带领下，北上南京、江西，南下厦门、漳州，行程三万多公里，查档案、访专家、寻证人，探遗址，查阅各种党史资料、文献档案1000多册，收集各种有价值的史料、证据，红色故事600多万字。

江西省方圆16.69万平方公里，他们每天跑500公里以上，只用8天时间横竖绕几圈，将红色摇篮红色革命圣地跑了个遍。白天在档案馆，图书馆或者资料中心，晚上这些地方没开放，他们就收拾行李赶路，因为这样能节省出好多时间。

仅仅这些数字，也许过于宏观，不妨举个细节："十一月九日，一个暴雨天气，万霞撑着一把小阳伞，从三明大厦往省委党史研究室资料中心。斜长的雨，像一枝枝乳白的长棍子敲打过来，皮鞋里的水满上了，每踩一步都发出吱叽的声音。到了资料中心，顾不得'寒从脚起'，便迫不及待地翻阅查找档案资料。猛一抬头望窗外，暮色降临，四周高楼已是一片粲然的灯火，双脚麻得站不起来，冷得直打颤，拎起裤管，还挤出一串水珠，皮鞋袜子湿透……"

我边读边想，是什么力量让一个女子为了一段尘封的革命斗争史如此殚精竭虑完全将自己置之度外呢？我在这本书中找到了答案，"若问我为什么能做到这一点，我恪守一个公理。世界上有一个公理：当一个人的付出没有得到金钱和物质回报时，必定会得到等值的精神愉悦！"

智慧究竟是禀赋还是后天历练所得？我提出这个问题是缘于万霞常常能够急中生智想出金点子。"铭记一将被遗忘的历史""岁月尘封下的一颗光辉灵魂""大美之田""大爱之田""大福之田""爱我苏区新大田"……这些如今早已"飞入寻常百姓家"的书名或者宣传语词的出炉，固然与万霞四年的县委综合科与文字打交道的经历有关，但我以为更是缘于她对工作痴然陶然的全身心投入，用她自己的话说，"申苏"工作中的许多金点子，都是在万般紧急的情形下，灵机一动，从脑子腾一下迸出来。这种情形，有人喜欢用"急中生智"一词来形容，我不否认；但就像文学创作灵感出现一样，往往是厚积薄发所致，如果是一个对生活与文字颠顸者，灵感从何而来？其实，我们也可以在书中寻找到答案："常常在凌晨二点三点辗转着，脑子里闪出好的主意，立刻拿手机记录下来。"正因为如此，这些诗一般的词句才会"在半睡半醒之间从心湖的石坝上流淌出来"。

不错，在"申苏"的七百多个日夜里，她的一颗心与"申苏"工作的得失同喜悲。欢喜时，在榕城，见到榕树浓绿，鸟儿欢歌；坐在行驶于高速公路的车上，便觉得山外晃过的一格格青山，"我见青山多妩媚，料青山见我应如是"。"申苏"遇到挫折时，便"别有一番滋味在心头"了，听到省委党史研究室黄处长打来电话说，中央党史研究室通知要求报送补充材料，关于党组织、政权存续时间、苏区人口、面积等等相关佐证资料，"万霞越听心底越觉得冰凉，登时一脸木然，不知所措，有一种欲哭无泪的绝望，她的心脏像是被什么捏着，吸不上气来"。遇到麻烦时，她甚至抱怨领导，甚至因赵书记荣调"申苏"组长由汤县长代理也表示"不放心"；而看到希望的曙光之际，省市领导光临她的办公室时，她受宠若惊，感慨不已。

等待"申苏"获得批准的日子对于万霞而言，无异于一种煎熬，比等待孩子高考成绩还忐忑，"心提到嗓子眼儿，耳朵竖得更直了。有事儿没事儿给央室专家发个邮件，报告关于史料的新发现，意在能听到相关的动态"；一听到要补材料，便"恨不得长出三头六臂"，"使出浑身解数"；她甚至做好了不能通过时的心理承受准备："我只想说，我已倾尽了全力，我无法更努力了……"这不只是女性特有的表达句式，更是怀揣一颗"申苏"拳拳之心者的肺腑之言。我甚至能想像出她自我表白时那沉重而欣慰的面部表情。而当"申苏"通过的喜讯传来时，她歆享这以汗水浇灌的鲜艳花朵的同时，没有泣不成声泪如雨下，而是想到了冰心的话："成功的花朵，人们只知道它的娇艳，却不知道当初它的芽儿，沐浴了奋斗的泪泉，洒遍牺牲的血雨。"

在"申苏"的七百多个日夜里，万霞的思想走向成熟，是静海深流的成熟。"工作能够锻炼人性、磨砺心志，工作是人生最尊贵、最重要、最有价值的行为。把工作当作事业来做，把事业当爱人对待，像这位木工师傅一样，将自己的一生奉献给一门职业，埋头苦干，孜孜不倦，这样的人最有魅力，也最能打动我心弦。"不妨将这话当作她的"申苏"感言。她没忘记与自己甘苦与共的团队，也没忘记领导和专家。"他对于我，常常像有满心说不出来的叮咛，也有一种不必说出来的安慰。有他的关心与帮助，我是幸运的。"她深深知道，"申苏"这件浩大的工程，靠的是集体的智慧和力量。

从严格意义上说，这只是一本心灵日记式的文字，至多算是纪实性散文。舒静在匆忙的"申苏"日子里记下自己的工作点滴，原是为了把工作做得更好。这样的书写，在她，不过是实录与实感，信笔为文，就像爱唱歌的人，到了歌厅亮上几嗓子，不必就说是成了歌者一样。接二连三、连四接五地写下来，居然成了岁月对这个女子的丰厚馈赠。昔日无心插柳，而今结集成册也就理有宜然、势所必至了。我很清楚，借助这篇书评来耳提面命，聒聒不休，大谈一通为文之道定然大煞风景，但本书拨开一段尘封的历史，其以史鉴今、资政育人之意义不可低估。

如今，舒静已离开县委党史研究室，到旅游局任职，从事她更喜欢的诗和远方。我们期待她一如既往的干一行爱一行专一行！

红色大田，绿色发展！

（耕春人 福建省作家协会会员）

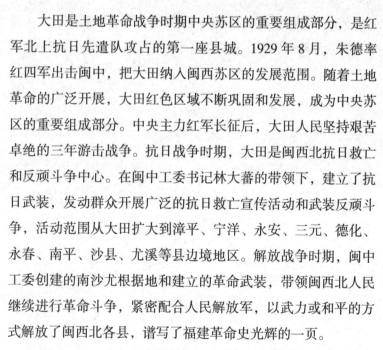

以苏区精神照亮新时代奋斗之路

——评《不忘本来》

杨树人

大田是土地革命战争时期中央苏区的重要组成部分,是红军北上抗日先遣队攻占的第一座县城。1929 年 8 月,朱德率红四军出击闽中,把大田纳入闽西苏区的发展范围。随着土地革命的广泛开展,大田红色区域不断巩固和发展,成为中央苏区的重要组成部分。中央主力红军长征后,大田人民坚持艰苦卓绝的三年游击战争。抗日战争时期,大田是闽西北抗日救亡和反顽斗争中心。在闽中工委书记林大蕃的带领下,建立了抗日武装,发动群众开展广泛的抗日救亡宣传活动和武装反顽斗争,活动范围从大田扩大到漳平、宁洋、永安、三元、德化、永春、南平、沙县、尤溪等县边境地区。解放战争时期,闽中工委创建的南沙尤根据地和建立的革命武装,带领闽西北人民继续进行革命斗争,紧密配合人民解放军,以武力或和平的方式解放了闽西北各县,谱写了福建革命史光辉的一页。

由于种种原因,长期以来,大田中央苏区革命斗争这段历史鲜为人知。2011 年大田县委、县政府全面启动申报中央苏区县工作。由于大田土地革命战争时期的资料极少,当时已经获取的资料远远不足支撑大田属于中央苏区县申报的要求。因此，大田"申苏"过程异常艰辛。大田县委、县政府本着对历史高度负责的精神，多方发动，有序推进，取得重大突破。大田"申苏"报告以翔实的史料、扎实的论证得到中央党史研究室、福建省委党史研究室以及省市党政领导的充分肯定。2013年7月，大田被确认为中央苏区县，三明为全域苏区，这是大田党史研究工作和老区建设工作的一项新成就，既肯定当年大田人民为中央苏区所作出的重要贡献，付出了重大牺牲，也肯定了大田的光荣革命历史，恢复了大田作为中央苏区重要组成部分的历史地位。它必将激励大田人民弘扬老区苏区精神，在加快发展的道路上奋勇拼搏，同时也为大田加快发展创造了新的机遇，注入了强大的动力，推动苏区大田蓬勃发展。

《不忘本来》一书作者廖舒静，时任大田县委党史研究室副主任，全程参与大田"申苏"过程，是大田"申苏"的参与者与见证人。本书再现了大田"申苏"不平凡的历程，同时也让我们深刻感受到了一个党史工作者不忘初心、求真务实、主动作为、勇于担当的精神。

苏区精神，一直以来是党和人民攻坚克难的重要精神支柱。中华人民共和国成立以来，党的几代领导人都非常重视苏区精神的传承和发展。以毛泽东同志为核心的党的第一代中央领导集体团结带领全党全国各族人民，不忘初心，发扬革命传统，确立了社会主义基本制度，完成中华民族有史以来最为广泛而深刻的社会变革，并初步建立起独立的比较完整的工业体系和国民经济体系。进入改革开放时期，党和国家的很多领导同志都曾到苏区，关怀慰问老区人民。《不忘本来》彰显苏区精神，它是砥砺我们在新时代不忘初心、牢记使命的不竭精神动力。习近平总书记在党的十九大报告中指出，实现伟大梦想，必须进行伟大斗争。当前，我们进一步弘扬苏区精神，可以提振民族的自信心，更好应对复杂的国际局势。因此，苏区精神有着十分重要的时代价值。可以说：苏区精神彰显了坚定信念的精神，是我们进行新长征再出发、一往无前的精神动力；苏区精神蕴含着丰厚的革命精神和人文精神，为社会主义核心价值观教育提供了宝贵资源；苏区精神蕴含着丰富的治党执政理念，为新时期加强党的先进性建设和执政能力建设提供了宝贵的经验。大田县正面临产业发展转型升级的关键时期，煤炭、钢铁、水泥、纺织等传统产业发展遇到瓶颈，现代农业、现代服务业、文化旅游森林康养产业刚破题起步，各产业的龙头企业尚未培育成熟，带动力不足。大项目、好项目不多，规模以上企业总量偏小，发展环境有待提升，等等。如何凝心聚力，以苏区精神照亮新时代奋斗之路，意义重大。

苏区精神具有历久弥新的时代价值。新时代弘扬苏区精神最根本的就是要结合我国发展新的历史方位和社会主要矛盾的历史性变化，不断赋予苏区精神新的时代内涵，为实现中华民族伟大复兴中国梦提供不竭动力。弘扬苏区精神，就是要在新时代的长征路上，坚定对马克思主义的信仰，对中国特色社会主义的信念，对实现中华民族伟大复兴中国梦的信心，凝聚起中华民族风雨无阻奔向复兴伟业的强大精神力量；弘扬苏区精神，就是要在新时代的长征路上，深刻总结历史经验，深刻把握历史规律，倍加珍惜我们党开创的中国特色社会主义事业，增强"四个意识"，坚定"四个自信"，做到"两个维护"；弘扬苏区精神，就是要在新时代的长征路上，牢记习近平总书记"新时代是奋斗者的时代""伟大梦想不是等得来、喊得来的，而是拼出来、干出来的"的教诲，弘扬伟大奋斗精神，脚踏实地干好我们自己的事情，做新时代的奋进者、搏击者；弘扬苏区精神，就是要在新时代的长征路上，去跨越无数的"雪山""草地"，征服众多的"娄山关""腊子口"，创造让世界刮目相看的新的更大奇迹。

历史非常无情。许多人，许多事，优与劣、褒与贬，没有人记录，就会成为空白，就会被遗忘。《不忘本来》主人翁万霞是作者廖舒静本人。本书把历经二年多申苏点点滴滴，以报告文学的方式记录下来，把艰辛写出来，把决心刻录下来，把汗水表达出来，目的不是为了写作者自己，而是写一个群体，一个从各级领导到普通党史工作者对申苏工作的执着坚持、关心关注、共克时艰的集体力量，对事业追求的坚忍不拔的现代精神表现出来。本书记叙与心得相结合，既写出各类人物的心中的波涛，也写出作者当时的内心体会，是舒静难得的工作与人生体悟，充满了人生智慧，并用美的文字表达出来，阅读过程是一种美的享受。当然，舒静的《不忘本来》也许算不上是名著，舒静也还不是大作家。可这是历史，一段历史应当要有人记录。

时值中国共产党建党一百年之际，地处八闽中心、九山半水半分田的山区县大田，立足区位优势、交通发展优势、特色文化优势、红色资源优势，奋力脱贫攻坚，以苏区精神照亮新时代奋斗之路，凝心聚力、奋力拼搏、科学发展、跨越发展，真正实现闽中崛起，成为名符其实的"闽中明珠"，让大田老区苏区人民过上幸福生活。我认为，本书的出版正逢其时；我相信，它对助力大田县社会经济文化的发展将起着独特的作用。

（杨树人　福建省党史研究专家）

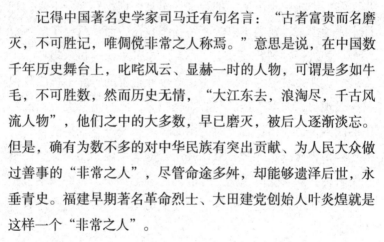

一个重大的发现

林　强

　　记得中国著名史学家司马迁有句名言："古者富贵而名磨灭，不可胜记，唯倜傥非常之人称焉。"意思是说，在中国数千年历史舞台上，叱咤风云、显赫一时的人物，可谓是多如牛毛，不可胜数，然而历史无情，"大江东去，浪淘尽，千古风流人物"，他们之中的大多数，早已磨灭，被后人逐渐淡忘。但是，确有为数不多的对中华民族有突出贡献、为人民大众做过善事的"非常之人"，尽管命途多舛，却能够遗泽后世，永垂青史。福建早期著名革命烈士、大田建党创始人叶炎煌就是这样一个"非常之人"。

　　叶炎煌之所以"非常"，是因为他一生虽然短暂，但却轰轰烈烈。叶炎煌 1909 年 11 月出生于大田县华兴京口村。1927年初在厦门求学期间加入中国共产党，致力于厦门地区建团工作，后任共青团厦门市委书记。1927 年厦门"四·九"反革命事变后，转入农村继续领导农民革命运动。1934 年 8 月被捕，国民党当局视之为"要犯"，上报"南昌行营核准"后，于 10月 25 日凌晨五时将叶炎煌杀害于福建的"雨花台"——福州西门外鸡角衕，时年 26 岁。

叶炎煌之所以"非常"，还在于一段数十年鲜为人知、长期被湮没的"非常之举"——返乡致力于大田建党工作。即1929年初，叶炎煌受中共厦门区委委派，返回大田谢武（现武陵、谢洋乡）开展党的工作，发展了3名党员，建立了中共大田特支。1929年8月19日，朱德率领红四军第二、三纵队和前委机关三千余人，肩负拓展闽西苏维埃区域的任务，从漳平厚德进入大田县的谢武、石湖、玉田、济屏、路口等区乡，开展武装斗争，扩大党的活动区域，将中共大田特支更名为中共大田特区委，由林壮锟任书记。在谢武乡百束村，朱德军长吃住在开明绅士林笏隆家，并在这里设立红四军指挥部。从此，大田便纳入了闽西苏区向外拓展的重要区域。在1930年全国苏维埃区域第一次代表大会开幕日印发的《全国苏维埃区域与红军扩大的总形势》中，就把大田县明明确确地列为"全国苏维埃区域"之一，当时福建有14个县被列入。1931年8月3日，中央巡视员姚仲云在向中央的报告中，也明确指出："大田、安溪这两县去年省委破获之前本有地方党部组织"，这也是一个有力的佐证。后随着革命形势的发展，特别是在彭德怀率领的东方军、粟裕指挥的红七军团及寻淮洲率领的北上抗日先遣队先后帮助和支持下，大田苏维埃区域不断扩展，成为中央苏区的重要组成部分。第五次反"围剿"战争失败后，包括大田在内的中央苏区全部陷落，便转入了艰苦卓绝的三年游击战争。

　　由于种种的历史原因，大田党组织和大田人民在土地革命战争时期这段可歌可泣的革命斗争历史被湮没了60多年。于是长期以来，大田一直被认定为是1937年2月才建党的"游击区", 非但党的苏区、老区政策得不到享受, 连大田苏维埃时期革命先辈足以动天地、泣鬼神的斗争业绩在已往许多史著中也都得不到反映, 这难道不是天大的历史悲哀与遗憾吗?

为了继承和发扬光荣的革命传统, 恢复历史的本来面目, 近年来, 大田县委、县人民政府本着尊重历史、实事求是精神, 再三恳请中央党史研究室确认大田县属于中央苏区的范围。尤其是大田县委党史研究室同志, 在有关部门支持与配合下, 克服种种困难, 四处查档访问, 深入调查研究, 废寝忘食地工作, 终于掌握了大量苏维埃时期有关大田建党建苏的历史文献, 有的还是全国首次挖掘利用。这是一个重大的发现, 也是对大田乃至福建历史的重大贡献。其中凝结着赵荣生老书记、汤俊生书记、江太生部长的许多心血, 特别是廖舒静等几位党史工作者的满腔热血及不懈努力。在这期间, 我曾应邀四下大田, 所见所闻, 令人感动与敬佩。我始终坚信, 有这种对历史、对人民高度负责的态度, 有这种对事业、对工作万分敬业的精神, 最终一定会感动上帝的。

（林强　中共福建省委党史研究室原副主任、巡视员、研究员）

图书在版编目（CIP）数据

不忘本来 / 廖舒静著. -- 南昌 : 百花洲文艺出版社，2021.2
ISBN 978-7-5500-3511-9

Ⅰ．①不… Ⅱ．①廖… Ⅲ．①纪实文学－中国－当代 Ⅳ．①I25

中国版本图书馆CIP数据核字(2020)第257752号

不忘本来
BU WANG BENLAI

廖舒静 著

责任编辑	胡青松	
书籍设计	三湘水	
制　作	阿　微	
出版发行	百花洲文艺出版社	
社　址	南昌市红谷滩新区世贸路898号博能中心一期A座20楼	
邮　编	330038	
经　销	全国新华书店	
印　刷	济南普林达印务有限公司	
开　本	880mm×1230mm　1/32	
印　张	10	
版　次	2021年2月第1版第1次印刷	
字　数	238千字	
书　号	ISBN 978-7-5500-3511-9	
定　价	58.00 元	

赣版权登字　05-2020-299
版权所有，盗版必究

邮购联系　0791-86895108
网　址　http://www.bhzwy.com
图书若有印装错误，影响阅读，可向承印厂联系调换。